KB046081

Hibariyu
히바리유 지음
illust 시소

전학 간 학교의
청순가련한 미소녀가
옛날에 남자라고 생각해서 같이 놀던
소꿉친구였던 일

"그래, 지금 내가 하고 있는 게임 안에서 가장 미는 캐릭터야! 주변에서는 냉철하고 가차 없는 절대자인 진조 중 하나라며 두려움을 사고 있지만, 사실은 싸움을 싫어하고 인형을 모아서 꾸미는 게 취미. 하지만 모국을 지키기 위해 억지로 스스로를 속이며 앞장서서 싸우는 공주님이야!"

일단 뭔지 모를 스위치가 켜져 버린
하루키는 빠른 말투로 최애에 대해
설명하는 오타쿠 그 자체였다.

"흡혈 공주 브리깃 땅을 칭송하고 싶어."

"어? 흡혈, 뭐......?"

"…………어?"

그게 농담이나 장난이라는 건 하야토도 알 수 있을 만큼 명백했다.
그러나 하루키는 맥 빠지는 소리를 흘리며 시선을 헤맸다.

"키리시마 군, 이렇게 머리
제대로 정리하니까 외모도 꽤 괜찮네?"

"솔직히 숨겨진 우량품이지─."

"하지만 둘은 그냥 친구란 말이지─."

"그럼 있지, 내가 노려도 돼?"

그 제안에
사키와 미나모는 와아, 환호성을 터뜨렸다.

무라오 사키
Saki Murao

Contents

illustration by 시소   design by 무시카고 그래픽스

프롤로그

단풍이 떨어지기 시작할 무렵이었다.

시가지에서는 산이 보이고 커다란 강이 가로지르는 지방 도시.

대부분의 시설은 중심부에 모여 있고, 학교에 가면 친구가 있고, 집으로 돌아가면 맞벌이하는 부모님.

휴일에는 가족끼리 화기애애하게 영화나 쇼핑. 긴 휴가에는 여행.

그런 어느 집에나 있는, 흔하디흔한 미나모의 일상은 어느 날 갑자기 무너졌다.

『아니, 이건 어떻게 된 거야?!』

『보는 그대로지만, 당신이 생각하는 그런 일은 전혀 없어! 애초에 한참 예전부터 이야기했잖아!』

『이건 못 들었어! 너는 항상──.』

『그렇게 따지면, 당신도 전부터──.』

서로를 비난하는 아버지와 어머니.

예상도 하지 않은 말과 함께 맞부딪치는 차가운 시선.

험악한 분위기 가운데, 경쟁하듯 집을 뛰쳐나가는 두 사람을 미나모는 그저 우두커니 서서 보고만 있을 수밖에 없었다.

그때의 눈앞이 캄캄해지고 발밑이 무너지는 것 같은 감각은, 도저히 잊을 수가 없다.

그날부터 부모님은 나란히 집으로 들어오지 않게 되었다.

미나모도 그저 아무것도 하지 않은 것은 아니었다.

하지만 아버지와 어머니에게 건넬 말을 찾을 수가 없어서.

공허함과 함께 그저 시간이 흐르고 마음이 텅 비어갔다.

『미나모, 이런 곳에 있으면 안 된다! 자, 나랑 같이 가자!』

실의에 빠져 있던 미나모를 그런 말과 함께 캄캄한 세계에서 끌어 올려준 것이, 사정을 듣고 달려온 할아버지였다.

수도 없이 찾아온, 너무나도 잘 아는 할아버지네 집.

낡고 군데군데 구멍이 뚫린 장지문이나 커튼.

껄껄 웃는, 주름 가득한 미소의 할아버지.

어릴 적부터 계속 변하지 않는 그것들은 얼어붙은 미나모의 마음을 점차 녹였다.

그리고 이곳에 있어도 된다고 생각하게 만들어주었다.

그다지 익숙하지 않은 마을에서 할아버지와 둘이서 사는 것은 쉽지 않아서, 헤맬 때도 많았다.

하지만 생활에 익숙해지려고 이것저것 하거나 갑작스러운 전학에 지망 학교를 변경하느라 허둥지둥하다 보면, 바쁜 탓에 슬픔이 흘러간다.

이윽고 시간을 거쳐서 이대로 천천히 일상으로 돌아가는 것일까 싶던 그때, 할아버지가 쓰러져서 입원했다.

『그게, 미안하구나. 가능한 한 빨리 집으로 돌아가도록 할 테니까…….』

바로 달려간 병실에서 미안하다는 표정으로 그렇게 말하는 할아버지가, 기억에 강하게 남아 있다. 그리고 그저 우두커니 서 있기만 했던 것도.

어째서, 너무나도 좋아하는 가족이 자신에게서 멀어져 버리는 것일까.

──────────니?

갑자기 아버지가 건넨 말이 뇌리를 스쳤다. 마치 자신이 재앙을 부르는 원인은 아닐까 그런 생각이 드는 바람에, 차라리 자신이 없었다면 나았을까, 하는 싫은 생각만 떠오르고 만다.

그때부터 미나모는 자신의 껍질 안에 틀어박혔다.

집에 틀어박혀서 계속 무릎을 끌어안고만 있었던 것을 기억한다.

하지만 2, 3일이 지났을 무렵일까?

그런 상황은 갑자기 끝을 고했다.

꼬르륵, 배꼽시계가 울렸다. 울린 것이다.

살아있다면 당연하다. 마음과는 달리 몸은 무언가를 먹으라 외치고 있다. 본능인 그것에 거스르기는 무척 어렵다.

문득 우울해하는 미나모를 보고 슬픈 표정을 짓는 할아버지를 다시 떠올렸다.

그러자 그 순간, 할아버지가 그런 표정을 짓지 않았으면 좋겠다는 마음이 가슴에서 치밀어 올랐다.

게다가 이럴 때라도 배는 고프구나, 하니 어쩐지 우스웠다.

눈동자에 힘을 되찾은 미나모는 느릿느릿 부엌으로 가서, 무언가 먹을 것은 없는지 찾았다.

『……아.』

그 바람에 들어 있던 채소가 굴러떨어지고, 그것들을 보고 눈을 크게 떴다.

언제 산 것일까? 큰 싹이 미나모의 무릎까지 자라고 이파리가 달릴 만큼 성장한 모습이었다. 이제까지 본 적 없는 감자의 모습에 눈을 끔벅거릴 뿐.

냉정하게 생각하면, 시간이 지나면 이렇게 되어버린다는 것은 안다.

하지만 채소의 이런 낯선 모습은, 식물로서 본래의 모습이기도 하다. 그래서 그것이 굉장히 이 채소가 살아있다는 실감을 주었다. 미나모는 문득 이 채소들의 반생을 상상해 봤다.

땅속에서 지상을 동경하여 열심히 싹을 뻗고, 잔뜩 볕을 쬐고, 비 샤워를 맞고, 같은 밭에 있는 많은 동료들과 경쟁하듯 열매를 맺는 것이다.

그리고 의지에 반하여 수확되어 가게에 진열되고 이 집으로 와서 어떤 요리가 될지 두근두근했지만, 잊혀버려서 토라지고 그럼에도 애써 싹을 틔우고 있다. 그런, 반생.

『……후후, 아하, 아하하하하핫.』

어째선지 무언가가 가슴에 복받쳐서 웃고 말았다.

그렇다, 살아있는 것이다. 이 채소들도.

다양한 곳에서 태어나고 이런저런 경위를 거쳐 이곳에 있으며, 썩지도 않고서 싹을 틔우고 있다.

그러자 그 순간에 이 채소에 감정이입해 버려서, 이대로 버릴 수가 없게 되었다.

이것은 이미 먹을 수 없다.

하지만 그때, 어떤 사실을 떠올렸다.

『이대로, 길러보면 어떻게 될까……?』

그것은 작은 호기심.

마음을 애써 달랠 무언가가 필요했던 것일지도 모른다.

미나모는 이때, 고등학교에서는 채소를 길러보자고 결심했다.

계절은 흐르고, 변해간다

전날의 가을 축제 이후로 조금 지난, 어느 일요일.

하야토는 역 앞에 있는 노래방의 한 방에서 찜찜한 표정을 짓고 있었다.

"아하하하하하, 키리시마네 오빠 노래 웃겨—!"

"의외로 확 꽂히지! 계속 귀에 남던데?"

"그치—! 아예 다른 장르 같던데 이것도 재능 아냐? 이상하게 스며들어!"

"……참 고맙네."

시끌벅적 하야토의 노래에 대해 떠드는 것은, 토리가이 호노카를 비롯한 히메코의 중학교 친구들. 하야토도 자기가 노래에 서투르다는 건 알고 있으니 놀림을 당했다고 불평할 생각은 없지만, 그녀들의 반응이 곤란한 건 어쩔 수가 없었다. 하아, 큰 한숨이 새어나왔다.

애당초 왜 하야토가 동생 친구들이랑 같이 노래방에 왔느냐면, 사람 수를 맞추기 위해서였다. 오후에 갑자기 히메코가, 오늘까지 같이 데려온 친구가 일정 수를 채우면 앞으로 1년 동안 10% 할인이 된다면서 소란을 떨기 시작한 것이었다. 키리시마 가의 가계를 맡은 몸으로서 10%의 무게는 잘 알고 있었다. 그 말을 꺼내지 않았다면 동생 친구들의 모임에 오겠다는 생각 따위는 하지 않았을 것이다.

그렇지만 운신의 폭이 좁은 것도 사실. 원흉인 히메코는 현재, 다음으로 무슨 노래를 부를지 선곡 패널과 눈싸움 중이다. 그것을 본 하야토가 인상을 찌푸리자 누군가 어깨를 툭 쳤다.

"후후, 나도 쟤들처럼 하야토 군의 노래가 좋아. 독특한 템포랑 멜로디 라인이라든지, 정말 깊이가 있단 말이지."

"실수 없이 평범하게 잘 부르는 네가 그래 봐야 놀리는 걸로밖에 안 들린다고, 카즈키."

하야토가 살짝 삐딱한 시선으로 답하자 카즈키는 장난스럽게 어깨를 으쓱였다. 그리고 앞쪽으로 눈짓하고는 쓴웃음 지으며 중얼거렸다.

"그렇지도 않아. 자, 저거."

"……아―."

그곳에 있던 것은 친구가 마이크를 떠넘기는 바람에 노래하는 사키의 모습.

솔직히 가창력이라는 부분에서는 하야토와 도토리 키 재기였지만, 하지만 부끄러워하면서도 열심히 노래하는 모습은 보는 사람의 표정을 부드럽게 만들었다. 실제로 다른 아이들도 따스한 표정을 짓고 있었다.

마침 그때, 하이라이트 부분에 접어들었다. 그러자 "아!" 하고 눈을 반짝인 히메코가 선곡 패널에서 고개를 들더니 함께 노래하기 시작했다. 그러자 다른 아이들도 이끌려서 함께했다.

갑작스러운 일에 사키는 눈을 끔벅거렸지만, 다 같이 노래하니 금세 미소로 바뀌었다. 그렇게 즐거운 듯 노래하는 그녀들은 실력과는 관계없이 매력적으로 비쳐서 가슴이 두근거렸다.

하야토가 "호오" 하고 숨을 흘리는 것과 동시에, 카즈키가 절절하게 중얼거렸다.

"귀엽네."

"그러네…… 아니! 이건 일반적으로 봤을 때 그렇다는 거야. 누구든 즐거워하고 있을 땐…… 카즈키?"

"웃! 아, 어어, 응! 즐겁게 웃는 애는, 누구든 귀엽지!"

"…………응?"

가슴속을 꿰뚫어 보는 듯한 말에 또 놀린다고 생각한 하야토는 얼른 항의가 담긴 시선을 보냈지만, 카즈키는 자신의 말에 놀랐는지 동요한 듯 눈을 끔뻑이며 시선을 헤맸다.

예상 밖의 반응에 하야토가 의아한 듯 미간을 찌푸리는데, 갑자기 하루키가 드링크바에서 음료를 가지고 돌아왔다. 그리고 어이없다는 듯 말을 건넸다.

"뭐야, 둘이서 여중생을 꼬셔보자는 이야기라도 했어? ……징그럽게."

"하겠냐! 애당초 동생이랑 같은 나인데!"

곧바로 항상 집에서 축 늘어져 있는, 칠칠치 못한 동생의 모습을 떠올리고는 말도 안 된다며 항의했다. 그러나 금세 하루키가 얌전한 목소리로 말을 꺼냈었다.

"하지만 딱 한 살 차이네."

"으, 뭐, 그건 그렇지만……."

말문이 막힌 하야토. 동생의 친구이자 한 살 연하인 사키는 매력 있는 여자애라 인식하고 말았다. 조금 전의 말은 미처 변명도 되지 못한다.

하야토가 머리를 긁적이며 얼버무리는데, 그들의 수다를 알아차린 아이들이 말을 건넸다.

"그러고 보니 니카이도 선배는 노래 안 해요?"

"나, 니카이도 선배 노래 듣고 싶어—!"

"니카이도 선배가 어떤 노래를 할지 흥미 있거든—!"

흥미진진한 모습인 아이들. 중학교 시절의 하루키는 하야토가 잘 아는 모습에서는 동떨어진 문무양도, 청순가련한 절벽 위의 꽃이라 다가가는 것도 황송한 동경의 존재, 였다고 한다. 그러니까 그녀들로서는 하루키가 무슨 노래를 할지 상상도 가지 않을 것이다.

그런 하루키는 "음—" 하고 턱에 손을 대며 카즈키, 히메코, 사키랑 아이들을 빙 둘러본 뒤, 하야토를 보고 살짝 미간에 주름을 지었다. 그러다가 갑자기, 살짝 짓궂은 미소를 지으며 대답했다.

"대체로 애니송 같은 거?"

"어, 애니송?!"

"의외인데요!"

"니카이도 선배, 애니메이션 같은 거 봐?!"

"하루키 씨, 굉장히 애니메이션을 잘 안다고 할까, 저도 자주 추천을 받아요."

"그래그래, 게다가 하루 엄청 노래 잘해."

"진짜로?!" "듣고 싶어!" "꼭이요!"

"좋──아, 그럼 한 곡 들려드리지."

"""오──!"""

사키에게서 마이크를 받아든 하루키는 얼른 패널에 곡을 입력하고 눈앞의 화면 앞에 서서 "음" 하고 목을 풀었다. 그것을 신호로 감도는 분위기가 일변했다.

아이들이 꿀꺽 숨을 삼키는 것과 함께, 경쾌한 멜로디가 흘러나왔다. 하루키가 싱긋 미소를 짓고 노래와 함께 춤을 추자 금세 와아! 하고 큰 함성과 박수가 터졌다.

여기서부터는 하루키의 독무대였다.

그녀의 가창력과 안무로 펼쳐지는 애니메이션의 세계에 모두가 매료되었다.

당연히 노래방 분위기는 크게 달아오르는 것이었다.

세 시간 가득 노래를 마치고 가게를 나서니, 해는 완전히 기울어서 서쪽 하늘을 주황색으로 물들이고 있었다.

차가운 공기가 하루키의 피부를 쓰다듬었지만 노래방에

서 달아오른 몸에는 기분 좋았다.

그리고 아직 흥분이 식지 않은 듯한 아이들이 말을 건넸다.

"니카이도 선배, 굉장했어요!"

"이미지 완전 바뀌었어요!"

"괜찮으시면 또 같이 놀…… 아니, 벌써 이런 시간이야?!"

"안 돼, 학원 수업 시작할 시간이잖아!"

"그럼, 우리는 갈게!"

그녀들은 허둥지둥 떠났다.

쓴웃음 지으며 손을 흔드는 하루키 옆에서, 지친 기색인 하야토가 카즈키에게 감사의 말을 건네고 있었다.

"오늘은 갑자기 불러서 미안해. 하지만 덕분에 살았어, 만약 저 안에 남자가 나 혼자뿐이었다고 상상하면 오싹해."

"아하하, 도움이 된 모양이라 다행이야. 데이트 중인 이오리 군을 부를 수도 없었고."

"뭐, 그렇지. ……하지만 솔직히 조금 의외였어."

"뭐가?"

"뭐라고 할까, 이제까진 저런 여자들뿐인 모임은 거북하다고 할까 멀리했잖아?"

"그렇지. 하지만 친구의 부탁이고, 게다가 **요전** 일로 이래저래 시원해졌으니까."

"아, 그런가."

그러면서 함께 웃는 하야토와 카즈키를, 하루키는 무척 애매한 표정으로 바라봤다.

요전.

확실히 전날 가을 축제에서는 많은 일이 있었다.

그때의 일은 지금도 하루키의 마음에 강하게 새겨져서, 아직도 가슴을 휘젓고 술렁이게 만들었다.

하루키가 얼굴을 확 구기는데 갑자기 히메코가 "아!"라며 작게 목소리를 높였다. 그리고 조금 묘한 기색으로 스스슥 카즈키에게 다가가서 귓가에 속삭였다.

"나 카즈키 씨의 비밀, 아이들한테 말 안 했으니까요?"

"어?! 내, 내 비밀이라니······?"

갑작스러운 히메코의 의미심장한 말에 어깨를 들썩이며 명백한 동요를 드러내는 카즈키.

그런 카즈키의 반응에 허를 찔린 듯한 히메코는 허둥지둥 말을 이었다.

"누, 누누누누나 말이에요, 누나!"

"아, 그거 말이지. 난 또 어느샌가 히메코한테 약점을 붙잡힌 건가 싶었어."

"으, 날 뭐라고 생각하는 거예요—!"

"아하하. 아냐, 최근엔 너희한테 한심한 모습을 보인 적도 많으니까."

카즈키가 장난스럽게 말하자 놀린다고 생각한 히메코가 잔뜩 입술을 삐죽였다. 그리고 하야토가 "확실히 그럴지도"라고 말하며 큭큭 어깨를 들썩이자 카즈키가 "하, 하야토 군?!" 하고 딴죽으로 답했다. 그 모습을 본 사키도 참지 못

하고 쿡쿡 웃었다.

그런, 얼핏 이제까지와 변함이 없는 대화. 아니, 이렇게 카즈키가 놀릴 틈을 드러내게 된 만큼, 이전보다도 사이가 깊어진 것처럼도 보이리라.

하지만 주의 깊게 카즈키를 본다면 미간에 살짝 흐르는 식은땀에 미묘하게 딱딱한 미소, 너무나도 신경이 쓰이는 듯 히메코의 모습을 좇는 시선이 보인다.

똑같이 내숭을 잘 부리는 하루키의 눈에는 순간적으로 태연을 가장하는 모습이 잘 보여서, 조금 떨어진 곳에서 어색한 미소를 지을 수밖에 없었다.

그 후로 평소처럼 키리시마네 집에서 저녁식사를 마치고, 사키와도 헤어져서 혼자가 된 귀갓길.

『오늘은 친구랑 역 앞의 노래방에 다녀왔어요.』

하루키는 히메코나 다른 아이들과 노래하는 영상을 첨부한 메시지를 평소처럼 어머니 타쿠라 마오에게 보내며——보고하며, 오늘 일을 다시 생각했다.

카즈키는 자연스럽게 아이들에게 녹아들었다.

유행하는 노래로 분위기를 끌어올리고, 그녀들이 노래하는 가수의 화제를 제공하고, 누군가 이야기를 건네면 사람 좋은 미소로 맞장구를 쳤다. 카즈키가 그렇게 대하는데 기분이 좋지 않을 여자는 없다.

그러니까 오늘의 주역은 카즈키였다.

하지만 그것은 불필요한 **오해**를 부를 수 있는 행위이기도 했다. 어쩌면 오늘의 카즈키야말로 본래의 그일지도 모르지만, 그 변화에 미간을 찌푸리고 말았다.

한편 카즈키는 다른 아이들은 전혀 안중에 없다는 듯, 히메코를 계속 신경 쓰고 있었다.

『난 지금, 태어나서 처음 누군가를 진심으로 좋아하게 됐구나…….』

가을 축제의 그때, 문득 카즈키가 흘리고 만 말이 되살아났다. 역시 그때 일은 결코 잠깐의 생각이 아니었다. 그 말은 진짜겠지.

이미 카즈키의 마음은 의심할 여지도 없지만, 그럼에도 당황스러웠다.

카즈키도 그 마음을 전해버린다면 모처럼 쌓은 지금의 관계가 무너지고 만다는 사실은 잘 알 것이다. 오늘 히메코를 대하는 태도나, 의심스럽지 않을 정도로 거리를 둔 것이 그 증거.

그런데도.

카즈키는 그것을 알고서 변하겠다는 길을 선택하여 나아가고 있다.

──사키와 마찬가지로.

욱신거리며 술렁이는 가슴을 눌렀다.

그런 생각을 하는 사이에 이윽고 집이 보였다.

평소와 똑같이 불빛이 없는 캄캄한 집을 보고 문득 스마트폰으로 시선을 떨어뜨렸다.

조금 전 어머니에게 보낸 메시지에 읽음 표시는 붙지 않았다.

뭐, 항상 있는 일이다. 때로는 며칠 동안 읽지 않을 때도 있다.

설령 읽더라도 대답은 없고, 스크롤을 위로 올려봐도 하루키의 어디로 외출했다는 보고가 따분하게 일기처럼 남겨져 있을 뿐.

그것은 어머니를 쓸데없이 번거롭게 만들지 않으려는, **착한 아이**의 증거.

하루키가 보낸 메시지만이 길게 남아 있는 그 화면은 쌀쌀맞게 비쳤다.

"나는……."

하루키는 그렇게만 중얼거리고, 가슴에 생겨나려던 답답한 무언가를 떨쳐내듯이 고개를 가로젓고 집으로 들어갔다.

"……다녀왔습니다."

익숙할 터인 귀가의 주문은 어둠 속으로 쓸쓸하게 빨려들어갔다.

갑작스러운 변화

최근에는 가을도 완전히 깊어지고 밤도 길어졌다. 태양이 얼굴을 내미는 것도 무척 느긋해지고, 아침은 이불에서 나가는 것이 겁이 날 정도로 쌀쌀했다.

그런 이른 아침의 키리시마가 부엌에서 촤악, 기분 좋은 소리가 울렸다.

"영, 차."

하야토의 기분 좋은 기합과 함께 프라이팬 위에서 달걀이 춤을 췄다.

만드는 것은 참치와 차조기, 그리고 가을답게 버섯을 잔뜩 넣은 오믈렛.

지내기 편한 날씨가 되어, 여름과 다르게 불을 다루는 가스레인지 앞에 서는 것도 힘들지 않았다. 결실의 가을이자 식욕의 가을. 요리도 이래저래 착착 진행된다.

"히메코, 아침 다 됐어―― 아."

"기다려, 오빠! 잠깐만 더!"

"……식기 전에 먹으라고―."

히메코는 지금 거실의 전신 거울 앞에서 옷매무새를 체크하느라 여념이 없었다. 바뀐 교복이 신경 쓰이나 보다.

상쾌하고 귀여운 느낌을 전면에 내세운 하복과 달리 앞으로 채우는 단추가 특징적인 동복은 색상도 차분한 느낌이라 어딘가 어른스러운 분위기를 자아냈다.

히메코 왈, 하복과 방향성이 달라서 헤어스타일의 작은 차이라든지 양말 길이 밸런스라든지, 그런 부분이 신경 쓰인다고 하지만 하야토는 전혀 와닿지 않았다. 며칠 전에 동복으로 바뀐 이후로 매일 반복되고 있기에 더더욱.

하야토는 넘쳐날 듯한 한숨과 함께 커피를 목 안으로 흘려 넘겼다.

전신 거울 앞에 들러붙어 있던 히메코를 재촉해서 아침을 후다닥 해치우고 아파트를 나섰다.

뺨을 쓰다듬는 공기는 서늘하고, 올려다본 하늘은 천장이 뚫린 것처럼 높고 푸르렀다.

길가의 잡초는 아침 이슬에 젖어 햇빛에 빛나고, 여기저기 나무들의 이파리에서는 색깔이 점점 빠지고 있었다.

계절은 이미 완전히 가을로 넘어갔다.

"히메—, 오빠—!"

"아, 사키! 안녕—!"

"안녕, 사키 씨."

약속 장소에서는 이미 사키가 기다리고 있었다.

두 사람을 발견하자마자 타박타박 달려왔다.

그러자 사키의 모습을 보고 히메코가 "아!" 하며 눈을 반짝였다.

"사키, 이 카디건 요전에 산 거야?"

"응~. 요 며칠, 갑자기 추워져서~…… 오빠, 어떤가요?"

사키는 히메코가 아니라 하야토 쪽으로 한 걸음 다가와서, 갈색 카디건 옷자락을 들어 올리며 몸을 돌리고 의견을 청했다.

그 거리감은 츠키노세에 있던 무렵에는 생각할 수도 없을 만큼 가깝다. 그녀에게서 감도는 달콤한 연하의 향기가 둥실 코를 간질이자 그만 두근대고 말았다.

"어— 그게, 머리카락 색깔이랑도 맞아서, 잘 어울려."

"그런가요…… 에헤, 기뻐요!"

"!"

아직 익숙하지 않은, 천진난만하게 기뻐하는 사키의 미소를 마주하자 이상하게 가슴이 진정되지를 않았다.

하지만 생글생글하는 그녀에게서 시선을 피하면 묘하게 의식하고 있다는 것을 인정해버리는 기분이 들어서 시선을 돌릴 수가 없었다. 참으로 성가셨다.

그리고 뺨이 열기를 띤 것을 자각하다가 어떤 사실을 깨달았다.

"어라, 사키 제대로 못 잤어?"

"……예?!"

"아, 사키 눈이 빨개. 무슨 일이야?"

"혹시 밤늦게까지 공부한 거야? 수험생이라고 하지만 진짜 시험은 아직 멀었으니까 벌써부터 너무 애쓰지 마. ……

히메코는 조금 더 긴장하는 편이 좋겠다고 생각하지만."

"요, 요즘은 제대로 하잖아!"

"아, 아하하……, 이건 저기, 그게……."

하지만 사키는 시원시원하지 못하게 시선을 헤맸다.

히메코가 "사키?"라고 어리둥절해서 얼굴을 들여다보자,
사키는 살짝 뒷걸음질 치면서도 조금 부끄러운 듯 말했다.

"실은 어젯밤 늦게까지 게임을 해서……."

""게임?""

"아! 물론 공부는 제대로 했다고요?!"

사키와 게임.

그다지 이미지와 이어지지 않는 대답에 하야토와 히메코
는 얼굴을 마주 봤다.

"호오, 사키 씨가 게임을. 무슨 게임을 했어? 나, 최근에
몬스터 사냥하는 거 조금씩 하고 있는데."

"오빠, 액션 게임이 서투른 사키가 잠을 제대로 안 자면서
까지 몰입했다는데 그건 아니겠지. 그러고 보니 푸치몬 신
작이 최근에 나왔던가?"

"그, 그게, 그런 게 아니라, 하루키 씨한테 빌린 이른바 시
뮬레이션 게임이라고 할까요……."

""시뮬레이션?""

전국 시대나 삼국지의 무장이 되어 천하통일을 노리거나,
불꽃의 문장을 둘러싸고서 싸우는 판타지 게임을 상상하는
키리시마 남매. 반사 신경을 사용하는 부류가 아니고, 캐릭

터 인기가 높아서 여성 팬을 다수 가지고 있기에 납득했다는 듯 고개를 끄덕끄덕했다.

하지만 사키는 어색한 표정을 지으며 애매하게 시선을 피했다.

사실 사키가 플레이한 것은 하루키한테 빌린 시뮬레이션 앞에 연애라는 수식어가 붙고, 상황에 따라서는 연령 제한의 문제로 본래 사키가 플레이하면 안 되는 종류의 게임이었다.

"안녕―, 내가 마지막인가."

그곳으로 하루키가 다가왔다.

그러자 히메코는 눈을 환하게 반짝이며 빤히 하루키를, 정확하게는 그녀의 교복을 봤다.

"하루 안녕…… 아니, 음~, 세일러복도 좋지만 역시 블레이저도 도시라는 느낌이라서 좋네―!"

"우리 교복은 꽤 귀엽다며 호평이라고 그러니까. 무척 눈에 띄는 디자인이고."

"응응, 치마 색상도 괜찮고, 장식 있는 옷깃도 좋은 느낌이라 화려하니까 인기 있는 것도 이해가 돼!"

"진학교이기도 해서 무척 고가에 팔린다던데?"

"어째서 그런 걸 알고 있냐, 하루키."

"이전에 호기심이 좀 생겨서 조사해봤거든!"

"아, 아하하…… 하루키 씨도 참…….."

부적절한 이야기를 꺼내는 하루키에게 딴죽을 거는 하야

토. 사키도 무심코 쓴웃음을 흘렸다.

히메코는 눈을 몇 번인가 끔벅거린 뒤, 표정이 환히 밝혔다.

"교복 거래, 라니 팔 수 있다고?! 와—, 귀여운 학교 교복이라든지 좀 있으면 괜찮을지도! 중고거래 앱 같은 건 교복거래 금지니까…… 저기, 하루, 그건 어디 가면 살 수 있어?!"

"으, 으—음…… 아! 오늘은 채소에 물 주는 날이니까, 빨리 화단에 가야 해!"

"어?! 잠깐만, 하루—!"

묘한 부분에서 히메코가 반응하자 당황한 하루키는 총총히 학교로 걸음을 옮겼다.

하야토와 사키는 미간을 찌푸리며 얼굴을 마주하고, "얼버무렸구나……"라며 중얼거렸다.

중학교 팀과 헤어진 하야토와 하루키는 나란히 학교로 향했다.

생각해보면 이렇게 함께 등교하는 것도 꽤나 일상이 되었다.

옆을 걷는 소꿉친구는 쫙 편 등에 긴 머리카락을 나부끼고 단정하게 블레이저를 소화하는 청순가련, 우등생 그 자체인 단아한 소녀. 잘 어울렸다. 익숙하지 않은 교복이 입혀진 것 같은 하야토와는 대조적이다.

옛날과 같은 듯 다르다.

신경이 쓰이지 않을 리가 없다.

조금 덥수룩한, 여름과 비교해서 무척 자란 머리카락을 한 번 쥐어보고 눈매를 가늘게 떴다.

'……카즈키 추천 미용실, 이었나.'

그러고 보니 하루키는 그런 쪽으로 어떻게 하는 것일까?

문득 의문이 들어서 옆을 봤더니 하루키는 무척 묘한 표정으로 생각에 잠겨 있었다.

"하루키?"

"응, 왜?"

"아니, 뭔가 고민이라도 있어?"

"어! 어―, 으―……."

하야토가 묻자 하루키가 어깨를 움찔 들썩였다. 그리고 얼굴을 잔뜩 일그러뜨리더니 신음을 흘리고 무어라 표현할 수 없는 음색으로 중얼거렸다.

"히메는 있지, 의외로 남자한테 인기가 있나 봐."

"…………허?"

예상 밖의 말에 무심코 뒤집어진 목소리를 내고 말았다.

히메코가 인기 있다.

전혀 생각한 적도 없었던 예상 밖의 말에, 의식과 함께 걸음이 멈춰 버렸다.

그러자 하루키는 그런 하야토에게 황급히 빠른 말투로 말했다.

"아니 그게, 히메는 외모가 귀엽잖아?"

"뭐, 외모에 신경을 쓴다고 생각은 하는데."

"적극적으로 자기가 하고 싶은 일이라든지 가고 싶은 곳이라든지, 감추지 않고서 제대로 말해주고."

"차분하지 못하고 거리낌 없을 뿐인데…… 그래 봐야 우리한테나 그러지, 밖에서는 머뭇거릴 때가 많지만."

"그렇기는 한데…… 후훗, 오빠는 신랄해."

"하지만 사실이잖아. 평소부터 손만 가고, 칠칠치 못한 모습만 보고 있으니까."

하야토는 히메코의 평소 모습을 다시금 떠올리고 미간에 주름을 지은 채로 흥, 코웃음을 쳤다. 하루키도 아하하 쓴웃음을 흘리다가, 다시 무척 진지한 표정을 짓고는 눈을 빤히 바라봤다.

"혹시…… 혹시 말인데, 히메한테 남자친구가 생긴다면, 하야토는 어떻게 할래?"

"히메코한테 남자친구라……."

어려운 질문이었다.

평소의 칠칠치 못한 모습을 알고 있는 만큼, 아직 보지 못한 동생의 애인을 상상하기가 힘들었다. 미확인 생물을 찾는 듯한 느낌이다.

"일단 정말로 히메코가 상대라도 괜찮겠냐고 확인하려나……."

"……아하하, 그런가."

조금 퉁명스럽게 대답하는 하야토에게 하루키는 애매한 웃음으로 답했다.

교실에 도착하자마자 하루키는 순식간에 여자들에게 둘러싸였다.

"아, 니카이도 씨 왔어!"

"와 진짜 똑같네, 역시 본인이잖아!"

"저기저기, 이거 니카이도 씨지?!"

"미얏?!"

갑작스러운 일에 당황한 하야토. 그동안에도 하루키는 """꺄─!""" 하는 새된 목소리에 시달리며 "미얏─?!" 하는 울음소리를 높이고 잇었다.

다들 스마트폰을 든 여자들 중엔 익숙하지 않은 얼굴도 많았다. 아무래도 다른 반이나 선배들도 찾아온 모양이었다.

에마도 어떻게든 하루키를 도우려고 했지만 속수무책. 오히려 "어, 그 자리에 이사미 씨도 있었어?!"라는 이야기가 날아들고는 끌려 들어가 버렸다.

하야토는 눈을 끔벅이며 가방을 놓고 이오리 쪽으로 시선을 던졌다.

"저건 대체……?"

"전에 유카타 사러 갔을 때, MOMO랑 소동이 있었잖아?"

"있었지, 동영상 같은 게 꽤나 돌았던가. 그래도 꽤 예전 이야기잖아?"

"그게 최근에, SNS를 중심으로 MOMO 옆에 있는 저 흑발 여자애는 누구야?! 라면서 화제가 된 모양이라."

"허? ……그래서 이게 하루키인가, 하면서 생긴 소동이구나."

"그런 거지."

MOMO의 게릴라 이벤트는 이전에도 화제가 되기는 했다. 하지만 이미 반 개월 가까이 전의 이야기인데, 왜 이제 와서 그러나 싶어 고개를 갸웃거렸다.

그러자 이오리는 어깨를 으쓱이며 조금 망설인 뒤, 자기 스마트폰을 이쪽으로 내밀었다.

"……이건."

화면에 비치는 것은 눈앞에서 벌어진 소동의 원인이 된 예의 동영상.

하루키가 눈에 띄도록 촬영, 편집된 것만이 아니라 코멘트에도 『MOMO가 돋보이도록 노래하는 거 장난 아닌데?』 『안무나 위치 잡는 것도 완전히 프로 수준』『MOMO랑 나란히 있어도 뒤처지지 않는 게, 상당히 귀엽다』같은, 하루키의 존재에 시선을 모으도록 만들 법한 내용이 많았다. 명백하게 무언가 의도적인 손길이 있는 것을 느끼고 미간에 주름을 지었다.

순간적으로 뇌리에 떠오른 것은 30대의 몇 번인가 얼굴을 마주했던 단정한 남성──사쿠라지마의 모습.

관계가 없지는 않을 것이다.

이제까지의 반응을 보기에 그가 하루키를, 아니, 타쿠라 마오의 딸을 알고 있음은 틀림없다.

물론 그의 입장으로서는 하루키의 저 **재능**을 내버려 두는 것도 어려우리라.

이제까지 가까이서 본 만큼, 하야토는 그것을 잘 알 수 있었다. 알고 말았다. 저도 모르게 답답한 가슴을 붙잡았다.

"……아니, 이건 대체 무슨 소동이야?"

"카즈키."

그곳에 카즈키가 나타났다. 아침 훈련 직후인지 아직 체육복 차림이었다. 아무래도 이 소동이 신경 쓰여서 찾아온 듯했다.

이오리가 쓴웃음과 함께 스마트폰을 내밀자, 카즈키는 화면을 들여다보고 "……아아"라며 무어라 표현할 수 없는 목소리를 흘렸다. 그리고 얼굴을 마주 보고는 하루키 쪽으로 시선을 향했다.

잔뜩 달아오른 여자들은 "이거 스카우트당한 거야?!" "니카이도 씨 연예계 데뷔해?!" "지금 사인을 받아두는 편이 낫지 않을까?!"라고 망상을 부풀리며 왁자지껄했다.

하루키에게 연예계는── 타쿠라 마오와 엮일 법한 화제는 일종의 금구다. "저기, 저건 그게, 저거라서"라며 저번처럼 표정이 굳어져 있었다. 하지만 그녀들이 그런 사정을 알 리도 없다. 당연한 일이다.

하야토는 눈에 힘을 싣고 주먹을 꽉 움켜쥐었다.

어떻게든 해야 해.

하지만 어떻게 하지?

답답한 심정으로 쳐다보는데 천천히 카즈키가 고개를 들었다. 카즈키는 한순간 망설이는 기색을 내비쳤지만 작게 고개를 가로젓고, 이쪽을 향해 윙크를 한 번 날렸다.

그리고 카즈키의 행동에 하야토와 이오리는 경악으로 눈을 크게 떴다.

"맞다, MOMO 하면 나도 재밌는 사진 있는데. 머리를 말리지도 않고 자서 완전히 폭발해놓고 최신 파마라면서 등교했던 사진이야."

""""""?!"""""

시원스러운 목소리가 교실에 울리자 금세 카즈키에게 주목이 모였다.

카즈키가 싱긋 평소 같은 사람 좋은 미소를 짓고 팔랑팔랑 스마트폰을 흔드니, 순식간에 하루키에게서 그쪽으로 흥미가 넘어갔다.

"우와, 완전 부스스해, 근데 미묘하게 어울리는 게 이래저래 말도 안 돼―!"

"아이리가 입술 삐죽이면서 머리카락 빗겨주는 게 웃겨―!"

"둘 다 같은 교복이라니, 선후배였던가?"

"그보다 카이도 군, 어떻게 이런 사진을 갖고 있어?!"

"어, 사실은 같은 중학교였거든. 그리고 이거 말고도 빈번하게 잃어버리는 립밤을 아이리가 전부 찾아서, 책상에 늘어놓고 잔소리하는 영상도 있어."

""""""어?!"""""

역시 친동생. MOMO의 조금 안타까운 이야깃거리는 많이 가지고 있는지, 그녀들도 다른 곳에서는 얻을 수 없는 정보에 끌려들었다. 효과가 확실했다.

하지만 하야토는 위화감을 금할 수가 없었다. 그답지 않은 행동이었다. 하루키를 도우려는 것이라고는 해도, 이 행동은 카즈키가 MOMO의 동생임을 들킬 리스크가 있었다.

이제까지의 카즈키라면 이런 위험한 줄타기 같은 짓은 하지 않았을 것이다.

"카이도……."

어느샌가 인파에서 빠져나온 하루키가 참으로 의아하다는 음색으로 중얼거렸다.

문득 눈이 마주치자 카즈키는 하루키를 향해 싱긋 웃으며 손을 흔들었다.

그러자 하루키도 한순간 눈을 끔뻑이다가, 퉁명스러운 표정으로 고개를 홱 돌렸다. 그리고 하야토에게만 들릴 듯이 작은 목소리로 툭하니 중얼거렸다.

"도와줘서, 고마워."

"본인한테 직접 말해줘."

"……흥!"

"아얏?!"

하야토가 어이없어서 딴죽을 걸자 기분이 상한 하루키는 그의 옆구리를 꼬집었다.

"다음 HR 시간에는 문화제에 대해서 이것저것 정하자고─, 다들 생각해두도록."

조례 연락사항 전달 후, 담임교사가 마지막으로 건넨 말에 교실이 단숨에 끓어올랐다.

학생들은 곧바로 가까이 있는 아이들끼리 대화를 나누고, 점점 더 흥이 올라갔다. 담임도 처음에는 "조용히─"라고 나무랐지만 이윽고 말해봐야 헛수고임을 깨달았는지 그대로 교실을 떠났다.

문화제.

고교 생활을 장식하는 일대 이벤트 중 하나.

물론 하야토도 마음이 설레지 않는 것은 아니라서, 옆의 하루키에게 말을 건네려 했지만─.

"저기, 하루키. 문화제─."

"있지있지, 니카이도 씨, 역시 문화제라면 카페겠지!"

"기왕이면 의상도 제대로 맞춰봤으면 좋겠는데, 흔하지만 메이드 카페 괜찮지 않아? 무조건 인기 있을 거야!"

"아니아니, 무녀 카페 같은 것도 완전 괜찮잖아!"

"하루키 씨 미스콘 나갈 거지?! 우리 엄청 응원하거든!"

"그보다 밴드 같은 거 흥미 없어?! 니카이도 씨, 동영상 보니까 노래 같은 거 엄청 잘했잖아!"

"그럼 아예 라이브 카페로 한다든지!"

"기왕이면 코스프레 같은 것도 하고!"

"""꺄─!""" """우오오오오오오!""" "미얏─?!"

또다시 하루키는 둘러싸였다. 이번에는 여자만이 아니라 남자도 하나가 되어, 문화제 추천에 대해서 떠들어대고 있었다.

확실히 1학년이라도 잘 알려진 하루키를 간판으로 내세운다면 성공은 약속된 것이나 마찬가지이리라. 그들의 권유에 열기가 담기는 것도 무리는 아니었다.

하루키가 "부 활동이나 실행 위원 쪽이 바쁘니까 그다지 힘이 되어주지는 못할 것 같아요"라고 살며시 거절해도, "조금만이라도 되니까!" "시프트라든지 시간은 니카이도 씨한테 맞출 수 있고!"라며 매달렸다.

하야토는 인기인도 힘들겠구나, 라는 생각을 하며 한숨을 한 번 쉬었다.

어딘가 남 일처럼 바라보는데 문득 누군가 말을 걸었다.

"키리시마 군은, 요리가 특기라며?"

"그래그래, 모리 군이 도시락 항상 직접 만든다던데! 장난 아니잖아?!"

"바느질도 반진고리 세트 가지고 다닐 정도로 잘 한다던데! 무기가 그랬어—!"

"무기 단추만이 아니라, 알바 제복도 터진 곳을 바로 고쳐 줬다고, 이사미 씨가!"

"윽?! 어, 아, 아니, 그게, 저기……?!"

그리고 하야토도 둘러싸였다. 요리나 바느질 실력을 높이 산 모양이지만, 설마 말을 건넬 줄은 몰라서 어찌 반응할지 곤란한 나머지 말문이 막혀버렸다.

그런 가운데, 이오리와 에마가 이쪽을 향해 엄지를 척 세워든 모습이 보였다. 아무래도 두 사람이 하야토를 모두에게 선전했나 보다. 하야토는 두 사람에게 곤란하다는 표정으로 답했다.

하지만 조금 부끄럽기는 해도 이렇게 부탁을 받는 것은 나쁘지 않은 기분이었다.

하루키, 그리고 하야토에게는 쉬는 시간마다 권유가 되풀이되었다.

점심시간이 되자마자, 두 사람은 이오리와 에마와 함께 복도에서 이쪽으로 오고 있던 카즈키와 합류해서 도망치듯 식당으로.

점심시간의 식당은 여전히 배가 고픈 학생들로 북적였다.

전학 직후에는 혼잡한 이 모습에 깜짝 놀라서 도저히 이용할 수가 없겠다고 생각했다. 하지만 도시로 나와서 어느덧 4개월 남짓, 도시의 소란에 익숙해지기도 해서 이제는 가끔씩 이용하기도 한다. 하지만 오늘은 평소처럼 도시락이었다. 같은 도시락 팀인 이오리와 함께 자리를 확보하며 모두 모이기를 기다렸다.

그리고 다 같이 점심을 먹으며 하는 것은 역시나 문화제에 대한 이야기.

하야토와 하루키가 권유를 받았다는 이야기를 들은 카즈

키가 질문했다.

"호오, 니카이도 씨만이 아니라 하야토 군도 인기가 있구나?"

"나는 스태프 쪽이야. 게다가 뭘 할지 아직 전혀 정하지도 않았으니까 대답하기도 힘들어."

"뭐, 우리 반은 니카이도가 있으니까 말이지―. 뭔가 의상이 있는 카페 쪽으로 움직이는 것 같아. 나는 할로윈 코스프레 카페를 밀었다고."

"나, 별로 앞에 나서고 싶진 않은데."

하루키가 곤란하다는 표정으로 중얼거리자 에마가 눈을 끔벅거렸다.

"아니, 아깝잖아! 니카이도 씨 완전 무대 타입이고, 노래 실력도 춤 실력도 좋은데!"

"니카이도, 오늘 아침의 영상도 평가 좋았지. 혹시 미스 콘도 안 나갈 거야?"

"……그게, 나, 눈에 띄는 게 거북하거든."

매달리는 에마와 이오리에게 하루키는 미안한 듯 곤란하다는 표정을 지었다.

문화제에는 외부에서 많은 사람들이 찾아온다. 그리고 어디에 누구의 눈이 있을지도 알 수 없다. 오늘 아침의 동영상이 좋은 예시다. 하지만 하루키와 타쿠라 마오의 사정을 다른 사람이 알고 있을 리도 없다.

하야토는 눈앞의 하루키를 보고 미간을 찌푸리며 이야기

의 흐름을 바꾸고자 질문을 던졌다.

"저기, 그러고 보니 카즈키네 반은 어떻게 할 거야?"

"응? 우리 반은 이미 여장 캬바쿠라를 하기로 정했어. 나도 당일 지명 넘버1을 목표로 할 거니까 모쪼록 응원하러 와줘."

"어?" "……허?" "푸흑!" "꺄―?!"

껄끄러운 소리를 너무도 시원스럽게 하는 카즈키.

예상 밖의 이야기에 어안이 벙벙한 하야토와 하루키, 차를 뿜는 이오리. 그리고 어딘가 눈을 반짝반짝 빛내는 에마.

눈꼬리에 살짝 눈물이 글썽이는 이오리가 어깨를 들썩이며 물었다.

"화, 확실히 재미있을 것 같은 기획이네. 일부 여자들은 좋아하겠어."

"응, 실제로 그런 느낌이야. 이제까지 별로 엮인 적 없었던 여자들이 중심이 되어서, 다른 애들이랑 같이 잔뜩 들떠 있어."

"이해해! 나도 좀 흥미 있으니까!"

"에, 에마……?"

"그러고 보니 히메코도 츠키노세에 돌아갔을 때, 신타한테 이상하게 귀여운 옷을 입히고 싶어 했지."

"아하하. 뭐, 하지만 실제로 귀여웠어, 신타 군."

"……신타?"

카즈키의 표정이 딱 굳어지고 의아하다는 목소리를 흘

렸다.

하야토는 그것을 보고는 신타라는, 자신과 하루키만 아는 이름이 나와 버렸다는 사실을 깨닫고 왠지 겸연쩍었다. 어떻게 설명해야 할지 "어~"라고 모음을 입안으로 굴리며, 스마트폰 사진 폴더를 열고 그들 앞으로 화면을 향했다.

"으음, 이거."

"오, 좋잖아!" "이 아이, 가……? 어, 하지만 신타라고……." "꺄―, 잠깐 뭐야 이 아이 엄청 귀여운데요!"

그곳에 있는 것은 축제 때에 촬영한 여아용 때때옷을 입고, 머리카락과 화장을 옷에 맞추어 단정한 신타의 모습. 어떻게 봐도 단발로 멋을 부린 여자아이로밖에 안 보이는, 어떤 의미로는 히메코 혼신의 역작이었다.

카즈키와 이오리는 감탄의 목소리를, 에마는 흥분한 기색으로 새된 목소리를 높였다. 하야토는 머뭇머뭇 말을 이었다.

"그 아이가 신타. 사키 씨의 사촌동생. 우리 시골, 축제 때에 일곱 살이 된 아이를 수레에 태우고 행진하는 풍습이 있어서."

그리고 하야토는 함께 물놀이나 바비큐를 할 때, 평소의 조금 말괄량이 남자아이인 신타의 사진을 보여줬다.

그러자 이번에는 세 사람이 점점 놀란 표정으로 바뀌었다.

"호오, 이건 또……."

"휘이, 이건 굉장하네. 변신이야."

"잠깐만, 얘가 그 여자애로?! 안 돼, 두근두근하잖아⋯⋯!"

"아, 나 이거 말고도 사키가 초등학교 입학식 때 입은 옷을 입힌 거랑, 사키가 어릴 적에 입던 무녀 옷을 입힌 것도 있어."

"어?! 니카이도 씨, 보여줘!"

"자, 여기."

"꺄―!"

"⋯⋯어느새 신타한테 그런 걸."

"아니―, 나도 신타 군한테는 미안하다고 생각하면서도, 히메랑 사키를 막을 수가 없어서. 뭐, 막을 생각도 없었지만! 니히힛."

그러면서 핑크색 혀끝을 날름 내미는 하루키.

아무래도 신타는 하야토가 모르는 곳에서도 먹잇감이 되었나 보다. 하루키의 스마트폰에 거친 콧김으로 달려드는 에마를 보고 딱하시다며 신타에게 마음속으로 손을 맞댔다.

그리고 에마의 반응을 찬찬히 보고 무언가를 생각하던 카즈키가 문득 목소리를 높였다.

"기왕이면 나도 진심으로 여장에 도전해볼까? 화장이나 가발이나 옷이나⋯⋯ 우리 반 여자들이나 누나한테도 배워서 말이야."

"오?"

"그건⋯⋯."

카즈키가 싱긋 평소의 사람 좋은 미소를 지으며 말했다.

하지만 그 말에 하야토는 눈을 끔벅거렸다. 생각해보면 오늘 아침 MOMO 이야기 때도 그랬다.

최근에 카즈키는 묘하게 주위에 엮이는 것에 적극적이었다. 딱히 이제까지 여자를 상대로는 벽을 만들고, 가능한 엮이려 하지 않았다. 과거의 일 때문에 두려워한다고 해도 무방했다.

카즈키는 변했다. 무언가 껍질을 깼다고 할까, 강해진 것 같은 인상을 받았다. 명백하게 이제까지의 스스로를 바꾸려는 행동으로 여겨져서 자연스럽게 표정이 풀어졌다.

틀림없이.

전부 전날 가을 축제에서 있었던 일이 계기일 것이다.

"카이도는⋯⋯."

문득 그때, 하루키가 묘하게 굳은 목소리로 작게 중얼거렸다. 처음 듣는, 마음속의 흔들림이 느껴지는 음색이었다.

"하루키?"

"어?! 아니, 당일 카이도를 어떻게 비웃어줄까 해서."

의아해서 말을 건네자 하루키는 짓궂은 미소로 답했다. 평소 그대로였다. 하야토는 살짝 걸리는 것을 느끼면서도 그에 맞추어줬다.

"그런가, 그럼 나도 당일 즐겁게 웃으러 갈게."

"어라, 그렇단 말이지? 그럼 반하게 만들어 주겠다는 기세로 임할게."

"나도 에마랑 같이 지명하러 갈 거라고."

"어, 카이도 군이 키리시마 군을 함락시키겠다고 들렸는데요?!"

"윽, 카이도—!"

그리고 남자 셋이 얼굴을 마주 보고, 식당에 유쾌한 웃음소리가 울렸다.

방과 후, 하야토와 하루키는 원예부 화단이 있는 학교 뒤뜰을 방문했다.

미나모와 함께 감자랑 가지 같은 가을 채소, 브로콜리니 무, 배추 등등 추운 시기에 맞는 채소를 돌봤다. 여기서도 화제는 역시 문화제였다.

"문화제, 기대돼요! 우리 학교 규모가 상당하대서, 외부에서도 손님이 잔뜩 온다니까요!"

"츠키노세에선 문화제라는 이름의 영화 상영회였으니까 말이지. 각종 가게에 무대 이벤트…… 아하하, 솔직히 어떤 건지 전혀 상상이 안 가."

"우리 중학교도 문화제라는 건 이름뿐이지, 대규모 학습 발표회에 스피치, 합창 콘테스트에 전시물. 뭐, 수수했으니까 말이지, 두근두근해!"

손을 움직이며 이야기로 꽃을 피웠다.

아무래도 도시에서도 중학교랑 고등학교는 규모가 다른지, 말투에도 열기가 실렸다.

"저는 작년에 이런저런 일이 있어서 문화제 자체에 참가를 못 했으니까, 더더욱 기대돼요!"

"그렇구나. 아, 그러고 보니 미나모, 우리 부는 뭔가 출품 안 해? 만연이나 연극부나 다도부 같은 문화 계열 말고도, 야구부나 농구부 같은 데서도 뭔가 출품한다던데."

"으─음, 딱히 아무 생각도 안 해봤어요. 예전에는 꽃으로 교문이나 광장을 장식하거나, 부활동으로 기른 하이비스커스나 라벤더, 카모마일 같은 걸로 허브티를 만들어서 대접했다고 그러지만……."

"우리가 기르는 건 채소뿐이네. 그보다도 전부터 신경 쓰였는데, 우리 말고 다른 부원이 있어?"

"최근 2년 정도 아무도 없었다고 하니까 우리뿐이에요. 그래서 4월에는 정말 큰일이었다고요. 쇠뜨기, 민트, 삼백 초……."

"아아……." "아, 아하하……."

번식력 왕성한 불구대천의 원수에게 원망스러운 목소리를 흘리는 미나모.

하야토도 광채를 잃은 눈동자로 미나모의 고생을 생각하고 절실하게 동의하는 목소리를 흘렸다.

하루키는 그런 두 사람을 보고 입가가 굳어졌다.

"어쨌든 인원도 부족하고 할 수 있는 일도 한정될 것 같으니까, 원예부에서는 기본적으로 아무것도 안 할 생각이에요. 내년에는 뭔가 하고 싶네요!"

"그런가. ……그건 그렇고, 잘도 폐부가 안 됐네?"

"음—, 우리 학교는 그런 쪽의 규정은 느슨한가 봐. 다만 활동비에 대해서는 엄격—— 어, 미나모?!"

"——아." "어?!"

하루키의 당황한 목소리가 울렸다.

작업이 일단락되어 몸을 일으키려던 미나모가 휘청, 머리부터 땅으로 쓰러졌다.

순간적으로 움직인 하루키가 팔을 붙잡고, 미나모도 한 손을 바닥에 짚어 별일 없이 그쳤다.

"후우, 다행이야."

"나이스, 하루키! 괜찮아, 미나모 씨? 현기증?"

"고, 고마워요……."

부끄러운 듯 수줍은 미소를 짓는 미나모.

정말로 괜찮은가 싶어서 찬찬히 바라보다가 안색이 조금 나쁘다는 것을 깨달았다.

미간을 찡그렸다. 하루키도 그 사실을 깨달았는지 시선이 마주치자 함께 고개를 끄덕였다.

"미나모, 혹시 빈혈? 저기, 저, 그런 느낌의 날?"

"음, 어—…… 초콜릿, 은 없는데. 사탕이라면 있지만…… 자판기에서 코코아라도 사올까?"

"후에?! 아, 아뇨, 그런 게 아니고요! 괜찮아요, 살짝 수면부족일 뿐이라…… 그게, 할아버지 퇴원이나 보험 수속 같이 처음 겪는 일이라 조사하고 헤매다 보니……."

"아, 그렇구나. 우리 집은 그런 쪽으로 아버지가 전부 해

주니까 말이지."

"하야토네 어머니도 이제 곧 퇴원하시던가?"

"그래."

"아주머니도 빨리 집으로 돌아오신다면 좋겠네요."

싱긋 미소를 짓는 미나모.

그러는 사이에 흩어져버린 잡초도 모두 모으고 다른 작업도 완료했다.

미나모도 척척 도구를 모으고 이번에는 위태롭지 않게 일어서더니, "나머지는 제가 정리해둘게요"라면서 총총히 그 자리를 뒤로했다. 하지만 그녀의 뒷모습은 조금 휘청거리는 것처럼도 보였다.

역시 어딘가 몸이 안 좋은 것일지도 모른다. 얼굴에도 그늘이 드리워 있었다.

걱정이 되어서 뒤를 쫓아가려는데 갑자기 하루키가 손을 붙잡아서 말렸다.

"잠깐만."

"……하루키?"

예상 밖인 하루키의 행동을 의아하게 생각하며 항의하려다가, 그녀의 몹시 진지한 표정에 그만 입을 다물었다.

"……."

"……."

말없이 그 자리에 서 있기를 잠시.

하루키는 다른 한 손을 입가에 대고서 무언가 말을 생각하는 모양이었다.

그래서 하야토는 하루키를 가만히 바라보며 기다렸다.

이윽고 하루키는 흔들리는 눈빛으로, 주저하는 기색으로 입을 열었다.

"있지, 하야토. 미나모, 할아버지랑 사이가 좋지?"

"응? 응, 손녀 바보라고 할까? 할아버지가 미나모를 무척 귀여워하는 모양이니까."

"그럼……── 부모님은?"

"그건…….'

말문이 막혔다. 자세히 들은 적이 없었다.

다만 전날까지 할아버지가 없는 집에서, 실질적으로 혼자서 사는 상태였다는 사실은 알고 있었다. 무언가 말하기 어려운 사정이 있는 것은 명백했다.

미나모는 이따금 쓸쓸한 표정을 보일 때가 있었다. 지독히 기시감이 느껴지는 얼굴. 그래서 어딘가 남처럼 여겨지지 않고 내버려 둘 수 없는 것이었다.

하지만 쉽사리 파고들 수 없는 답답함이 있었다. 그것은 하루키도 같을 것이다.

하루키는 하야토의 팔을 붙잡은 손에 꼬옥 힘을 싣고, 그러지 않았으면 한다는 마음을 드러내어 중얼거렸다.

"아까 미나모 얼굴, 닮았거든."

"……닮았어?"

"나랑. 정확하게는 어머니나 할아버지, 할머니한테 거절

당했을 때의, 나랑."

"읏! 그건……."

그리고 하루키는 "기우라면 좋겠는데"라며 자조 섞인 웃음을 흘렸다.

하야토의 얼굴이 확 일그러졌다.

미나모에게 어떠한 사정이 있는지는 모른다.

다만 팔을 붙잡고 있는 하루키가, 마치 미아가 어른에게 매달려 있는 것처럼 보여서—— 그래서 하야토는 그 손을 꽉 붙잡고 속마음을 털어놓았다.

"무슨 일이 있다면 가장 먼저 달려가자. 미나모 씨는—— 우리 친구니까."

"하야토…… 응, 그러네!"

하야토가 꼭 그러자며 강한 의지가 담긴 미소를 짓자 하루키도 눈을 끔벅거린 뒤, 힘차게 끄덕였다.

미나모를 위해서 무언가 한다—— 두 사람에게 주저는 없었다.

하야토에게, 그리고 하루키에게도 친구는 특별하니까.

하야토와 하루키는 결의를 표명하듯 주먹을 툭, 맞부딪쳤다.

제3화   예상치 못한 소식

키리사마가가 있는 아파트, 저녁식사 중.

식탁에는 잔뜩 툴툴대는 히메코의 모습이 있었다.

"정말—, 들어봐, 하루! 우리 중학교 문화제도 참, 취주악부 연주랑 변론대회, 그리고 각 반의 전시 정도라서, 가게나 카페 같은 게 없다고?! 크레이프, 타코야키, 빙수~!"

사키는 그런 친구를 보고 곤란하다는 미소를 지었다.

히메코는 중학교 문화제에서 음식을 다루지 않는다는 것이 무척 불만인 듯했다. 오늘 아침 학교에서 문화제 설명을 들은 이후 계속 이런 분위기였다. 불평을 하며 덥석덥석 닭튀김을 먹고, "무 폰즈도 상쾌하고 좋지만, 이제 덥지 않으니까 달달한 소스도 괜찮은데"라며 또다시 입술을 삐죽였다.

하야토도 하루키도 그런 히메코에게 익숙했기에 흐응, 하고 흘려넘기며 뾰로통한 눈빛으로 대답했다.

"히메코, 설령 가게를 낸다고 해도 먹는 것만이 아니라 만들기도 해야 돼. 그리고 타코야키나 야키소바를 만들 땐 주워 먹으면 안 된다고."

"그래그래, 물론 파르페나 크레이프를 만들 때도 생크림이랑 과일을 주워 먹으면 안 되고."

"으윽……."

"……푸흡!"

하야토와 하루키의 호흡 맞춘 딴죽에 그만 웃음을 터뜨리자, 히메코는 "사키까지?!"라며 얼굴을 붉히고 눈물을 글썽였다. 쓴웃음 짓고는 "히메, 미안미안" 하고 달래며 닭튀김을 하나 나눠주자 금세 얼굴이 환해졌다. 여전히 히메코는 간단했다. 친구지만 장래가 걱정이 될 정도로.

그리고 사키는 아하하 쓴웃음 지으며, 어이없다는 듯 한숨을 내쉬는 하야토와 하루키를 돌아봤다.

"그러고 보니, 오빠랑 하루키 씨네 고등학교 문화제는 무척 크게 열린다고 들었어요. 우리 반에서도 다들 이야기했어요."

"그런 모양이야. 외부에도 개방되니까 손님도 잔뜩 오고, 미스콘 같은 것도 학생이 아니더라도 참가가 가능하니까 무대 이벤트는 무척 성황이라나."

"가게 같은 것도 인기투표가 있어서 다들 이래저래 궁리하는 모양이야. 특히 부활동 같은 건 인기 여하에 따라서 활동비에 보너스가 있다니까 필사적이라더라."

호오, 하고 감탄을 흘리는 사키. 물론 구체적으로 어느 정도인지 상상할 수는 없지만, 그렇게 상상할 수 없는 일도, 도시로 온 이후로는 즐거운 일이라 생각했다.

그리고 그때, 하야토와 하루키의 이야기를 듣던 히메코가 "아!"라며 무언가 깨달은 듯 목소리를 높였다.

"외부에 개방되어 있다는 건, 우리도 오빠랑 하루네 문화제에 갈 수 있다는 거지?!"

"물론이야, 히메. 지망교로 삼고 있는 중학생이 견학 겸 온다든지, 드물지도 않고."

"와, 갈래, 꼭 갈래! 그러고 보니 하루랑 오빠는, 문화제에서 뭘 할 거야?"

"아직 전혀, 아무것도 안 정해졌어. 논의 중이야."

"카이도네 반은 여장 캬바쿠라 같은 이상한 걸 한다는 모양이지만."

"어, 그게 뭐야?!"

카즈키 반의 가게에 호기심이 동해서 반짝반짝 눈을 빛내는 히메코. "애초에 카즈키 씨, MOMO의 동생이니까." "어깨 폭은 숄 같은 걸로 감출 수 있고." "큰 키는 오히려 스타일이 좋으니까 플러스가 되는 거잖아?!"라며 진지한 표정으로 중얼중얼 고찰하기 시작했다.

이윽고 히메코는 하야토의 얼굴을 빤히 바라보고 몹시 진지한 목소리로 한마디.

"저기, 오빠. 잠깐만──."

"난 안 해!"

심상치 않은 히메코의 분위기를 느끼고 얼른 거절하는 하야토.

"아직 아무 말도 안 했는데! 오빠 치사해!"

"절대 안 어울린다는 거, 알고 있으니까!"

"해보지 않으면 모르잖아!"

"안 해봐도 아니까, 하고 싶지 않다는 거야!"

그런 식으로 서로 아웅다웅하는 키리시마 남매. 사키와 하루키는 얼굴을 마주 보고 흐뭇하다고도 할 수 있는 이 대화에 웃음을 흘렸다.

그러나 사키는 문득 생각했다.

히메코는 늘씬한, 도시에서도 시선을 끌 법한 귀여운 여자아이다.

그리고 하야토는 그런 히메코와 피가 이어진 친오빠인 만큼, 얼굴이나 분위기가 어딘가 닮았다. 실제로 도시에 온 뒤로 헤어나 옷매무새를 가다듬은 외출 스타일을 몇 번인가 본 적이 있다. 갑자기 그것들을 떠올리고는 두근거린 적도.

그러니까 하야토가 여자 복장을 했을 때의 모습을 상상해 보고── 몹시 가슴이 두근두근하는 것을 깨달았다. 혹시 여자가 된 하야토가 불쑥 다가오기라도 한다면…… 그런 상상을 하자 단숨에 몸이 확 뜨거워져서, 양손을 빨개진 뺨에 대고서 도리도리 애절하게 몸을 꼬았다.

'나, 난, 나쁜 아이가 되어버려……!'

사키가 도착적인 망상에 빠져 있는데, 갑자기 눈앞의 하루키가 깨달음을 얻은 듯한 목소리로 툭하니 중얼거렸다.

"……하야토가 해도, 의외로 괜찮을지도."

그 말을 들은 사키는 번쩍 눈을 뜨고, 몸을 앞으로 내밀고 하루키의 손을 붙잡으며 진심에서 우러나오는 찬성을 표했다.

"그렇죠!"

"하루키만이 아니라 사키 씨까지?!"

키리시마가의 식탁에서 하야토의 비통한 외침이 울려 퍼졌다.

총총히 저무는 태양을 뒤쫓듯이 밤의 장막이 드리우고, 주위는 완전히 어두워졌다.

가로등에 비친 색이 든 나뭇잎들은, 이따금 사키의 마음을 거울에 비춘 것처럼 버석버석 즐겁게 노래했다.

키리시마 가에서 돌아가는 길, 사키는 가벼운 발걸음으로 하루키와 함께 걸었다.

그녀의 가슴속에 자리 잡은 것은 물론 하야토와 하루키네 고등학교의 문화제.

히메코 정도는 아니지만, 중학교 문화제의 내용을 들었을 때의 가장 첫인상은 의외로 수수하다, 였다. 살짝 맥이 빠졌다는 것이 솔직한 심정이었다. 이사를 온 이후, 만화나 드라마 안의 시끌벅적하고 자극적인 광경을 자주 보았기에, 더더욱.

그러나 하야토와 하루키가 저녁 자리에서 이야기해준 고등학교의 문화제는 달랐다. 이제까지 동경하며 꿈꾸었던 이야기 그 자체의 세계가 그곳에 존재했다.

혹시 그곳을 방문한다면, 그렇게 상상하니 가슴이 두근거리는 것도 무리는 아니었다.

"문화제인가, 기대되네요."

"읏! 어, 응. 그러, 게."

그 마음을 나누고자 옆의 하루키에게 말을 건넸지만, 하루키는 건성이라고 할까 맥 빠진 목소리로 대답했다. 무언가 생각에 잠긴 모양이었다.

"하루키 씨?"

키리시마가를 나서기 직전까지 그 이야기로 신이 났던 만큼 무슨 일일까 싶어서 고개를 갸웃거리자, 하루키는 "으—응" 하고 신음하며 미간을 찌푸리고는 조심스럽게 입을 열었다.

"역시 히메는 있지, 남자한테 인기 있는…… 거지?"

"…………예?"

그리고 나온 말에 걸음을 멈추고 눈을 끔벅거렸다.

히메코가 남자한테 인기 있다. 그런 건, 생각해본 적도 없었다.

학교에서의 모습을 다시금 떠올려 봐도 그런 쪽의 이야기도 못 들었고, 호노카를 비롯한 여자들에게 놀림만 당할 뿐.

만화나 드라마 같은 작품의 연애 이야기는 좋아하지만, 히메코 본인은 그런 일에는 아직 흥미가 없었다. 평소의 언동을 봤다면 사키만이 아니라 하루키도 알고 있을 터.

갑작스러운 질문의 의도를 추측할 수가 없어서 그녀의 눈을 빤히 바라보고 있었더니, 이윽고 하루키는 고개를 앞으로 향하고서 걸음을 재개하고 더듬더듬 이야기를 시작했다.

"그게, 문화제는 다른 학교 사람이 만남을 찾아서 오는 일도 많거든. 히메는 귀엽고 밝고 그러면서도 살짝 빈틈이 있으니까, 그런 사람들한테 표적이 될 거라 생각하니 걱정이 돼서."

"아—…… 이야길 좀 해서 친해진 사람이 오코노미야키나 초코바나나로 꼬시면, 훌쩍 따라가 버릴 것 같아……."

"그렇지?"

"후훗, 그러네요."

그 모습을 쉽게 상상할 수 있어서 서로 곤란하다는 듯, 어이없다는 듯 얼굴을 마주 보고 함께 웃었다.

그렇구나, 하루키의 걱정도 지당했다.

하지만 그러는 한편, 사키에게는 확신하는 것이 있었다.

"그래도 히메라면 괜찮아요."

"……어?"

이번에는 하루키가 눈을 끔벅거렸다.

사키는 그녀의 얼굴을 보며 친구에 대해서 생각했다.

확실히 히메코는 첫 대면에는 낯을 가리고, 물건도 잘 잃어버리고, 실수도 많고, 흥미가 가는 일에는 훌쩍 낚이는 등등, 마이페이스인 구석이 있다.

"히메는 생각하는 것 이상으로 심지가 굳은 아이에요. 게다가 악의는 제대로 간파하고, 거기 굴하지도 않아요."

"……히메가?"

"예, 그래요. 들은 이야기지만 히메는 눈에 띄니까, 이제까지 스쳐 지나가면서 슬쩍 『까불고 있네』라며 나쁜 말을 듣거나, 시골뜨기일 때의 모습을 누가 흉내 내거나, 이상한 별명이 붙을 뻔한 적도 있었다고 그러지만, 그것들을 전부 제대로 받아쳤대요."

"그렇, 구나……."

히메코라는 소녀의 심지는 강하다. 싫은 일에는 제대로 싫다고 말할 줄 안다.

게다가 일찍이 어머니가 쓰러져서 실의의 구렁텅이에 빠졌을 때도, 결국에는 스스로 일어서지 않았나.

언제나 그렇게 자기 길을 가는 변함없는 친구의 모습을 보았기에, 사키는 도시로 갈 것을 결심했고 지금도 용기를 받을 때가 많았다.

그러니까 사키는 하루키에게 괜찮다는 그 마음을 담아서, 힘찬 미소를 지으며 끄덕였다.

하루키와 아파트 입구에서 헤어지고 자기 집으로 들어와 조명을 켰다. "다녀왔어"라는 중얼거림이 아무도 없는 방에 공허하게 울리자, 혼자라는 사실을 싫어도 인식하게 되었다.

이사 와서 한 달 이상 지났지만 아직도 이 순간은 익숙해질 것 같지 않았다. 가슴으로 외로움이 물씬 스며들었다.

"……아."

그러자 그때, 노린 것처럼 스마트폰이 울렸다.

반사적으로 화면을 들여다봤더니 아버지의 메시지였다.

『이렇게 자랐습니다.』

그런 메시지와 함께 첨부되어 있는 것은, 마음에 드는 골판지 상자 가득히 몸을 넣고, 배를 드러내고서 행복하게 자고 있는 고양이 츠쿠시의 사진. 그 옆에는 아직 작아서 여유가 있던 무렵의 사진도 함께 있었다.

무라오가로 찾아와서 2개월 남짓. 츠쿠시도 무척 자랐다.

그렇지만 아직 새끼고양이. 최근에는 이유식 비율도 늘어났다니까 앞으로 점점 더 자랄 것이다.

사키는 쿡쿡 입가에 미소를 머금고, 이 사진을 그룹 채팅방에 『오늘의 츠쿠시예요』라며 올리고, 교복을 갈아입는 겸 사겸사 샤워를 하러 갔다.

이사 온 뒤로 목욕 준비가 귀찮아서 샤워만으로 그칠 때가 많지만, 가을도 깊어진 지금은 욕조가 그리웠다. 평소보다 뜨거운 물로 샤워를 마치고, 재빨리 유카타로 갈아입고 책상 위에 둔 스마트폰을 봤더니 알림이 있었다.

"⋯⋯⋯⋯어?"

츠쿠시 사진에 대한 반응일까 싶어서 들어봤더니 의외의 상대가 보낸 메시지로, 히죽 풀어져 있던 얼굴이 싹 굳었다.

사토 아이리.

한창 인기 있는 모델이고, 정체를 모르고서 연락처를 교환한 예쁜 사람.

그녀와 만난 것은 정말로 우연이며 지인이라고 부르는 것도 걸맞지 않았다. 애당초 사는 세계가 다른 것이다.

그런데도, 대체 무슨 일로?

어째서 나한테?

사고가 빙글빙글 돌고, 동요 탓에 심장이 두근두근 아플 정도로 경종을 쳤다. 살짝 떨리는 손으로 쭈뼛쭈뼛 화면을 켰다.

『저기, 문화제 일로 물어보고 싶다고 할까, 상담하고 싶은 게 있어요. 시간 괜찮을까요?』

갑자기 오싹, 등줄기에 찬물을 끼얹은 것처럼 냉기를 느꼈다.

그리고 조금 전 하루키와의 대화를 다시 떠올렸다.

──만남을 찾아서 오는 사람도 많다.

그리고 좋아하는 사람이 있다는 그녀의 말이 뇌리를 스쳐서 가볍게 머리를 내저었다. 사토 아이리에게 그것은 들어맞지 않을, 터. 하지만 아이리가 공사 모두 친한 MOMO의 동생이 카즈키이고, 그녀는 하야토와도 아는 사이이기도 했다.

설마, 라고는 생각한다. 애당초 말투부터, 그녀의 마음은 무척 오래되었기에 필사적으로 부정했다.

화면을 계속 바라보며 무언가 대답을 하려 해도, 손끝이 이리저리 헤매기만 할 뿐.

엉망이 된 머릿속으로, 조금 전 하루키가 말한 『히메는 있지, 남자한테 인기 있는…… 거지?』라는 말이 메아리쳤다.

하야토는 인기 있을까?

……모르겠다. 그런 생각은 해본 적이 없었다.

하지만 도시에는 적극적으로 나서는 여자도 드물지는 않다고 한다.

다가오는 여자 앞에 선 하야토를 상상하니 점점 더 가슴 속의 안개가 부풀어 올랐다.

그래서 사키는 그 걱정을 떨쳐내고 싶다는 마음 하나로, 아이리의 전화번호를 터치했다.

『──아.』

"저기, 여보세요──."

제 4 화 되고 싶은 자신

　문화제의 발소리가 가까워진 교내는 어디든 조마조마, 차분하지 못한 비일상의 분위기로 뒤덮여 있었다. 교실 여기저기서 쉬는 시간마다 무엇을 하느냐, 하고 싶으냐는 열기를 띤 논의가 벌어졌다.

　카즈키의 교실에서는 다른 반과 비교해서 한발 먼저 주제가 정해지기도 해서, 일부 여자가 중심이 되어 큰 목소리를 높이며 세부적인 아이디어를 내고 있었다.

　"……."

　시끌벅적 떠들썩한 교실 안, 카즈키는 그들에게 방해가 되지 않도록 교실 구석에서 진지한 표정으로 스마트폰을 바라보고 있었다. 화면에 있는 것은 모바일판 10대 대상의 패션 잡지.

　다양한 타입의 모델이 화려하게 지면을 장식하고, 유행하는 옷이나 잡화, 교복 코디네이트나 초심자 대상의 화장 특집, 그 밖에도 연예계 정보나 여자들이 좋아하는 노래 등등, 기사 내용은 다채로웠다.

　그런 가운데 문득 누나의 모습을 발견하고 쓴웃음을 흘렸다. 이런 일을 한다는 것은 알고 있었지만, 이렇게 찬찬히 보는 것은 처음이었다. 조금 부끄럽다고 느꼈다.

카즈키에겐 집에서 축 늘어진 모습의 인상이 강하지만 기사는 상당한 수준이었다. 누나의 모습도 그렇고 신기한 내용의 기사이기도 해서, 죽죽 읽어나갔다.

이 세상의 또래 여자들도 이것들에 흥미를 가지고 있는 것일까—— 그렇게 생각했을 때, 문득 히메코의 얼굴이 뇌리를 스쳤다.

유행을 좇는 그녀도 이런 책을 읽고 있을까? 그렇게 생각하니 관심도 높아진다. 틀림없이 학교에서 친구들과 기사 내용을 신이 나서 이야기하거나 할 것이다.

히메코는 쾌활하다. 흥미를 끄는 특집의 화제 따위를 적극적으로 이야기하고는, 어딘가 엇나간 발언 탓에 놀림을 당하는 등등 그룹의 중심에 있을 것은 틀림없다. 그런 모습을 상상하고 입가가 느슨해지는 것과 함께, 가슴이 욱신 술렁거렸다.

그녀를 놀리는 반 아이들 중에 남자는 있을까? 마음을 보내거나 접근하는 그런 상대는?

히메코는 모델인 누나를 가진 카즈키의 눈으로 봐도 애교 있고 호감이 가는 여자아이다. 인기가 있어도 이상하지는 않다. 반에서 히메코는 대체 어떤 느낌일까?

……최근에는 그런 것만이 마음에 걸렸다.

자신의 가슴속에 맺혀 있던 감정을 자각한 이후, 이런 사소한 일이라도 그녀와 연관 지어서 생각하고는 자신이 모르는 장소에서 벌어질 일을 상상하고 마음이 흐트러진다.

확인하고 싶어도, 한 살의 차이가 커다란 벽이 되어 가로 막고 있었다.

하야토와의 대화에서도 히메코의 이름이 튀어나오면 그만 반응해버리고, 스마트폰이 울릴 때마다 설마 싶으면서도 기대감에 가슴이 두근거린다. 아무리 평상심을 유지하려고 스스로를 다스려 봐도 전혀 제대로 되지를 않는다. 언젠가 폭발해 버리지는 않을까 걱정이 될 정도다. 하지만 그런 자신도 나쁘지 않다는 생각마저 들어서, 제대로 빠져 있다며 쓴웃음을 흘렸다.

"카이도?"

그때, 같은 반의 어느 여학생이 흥미진진하게 카즈키의 얼굴을 들여다봤다.

"읏! 키리노 씨……?"

"아니, 아까부터 스마트폰을 보면서 표정이 이리저리 바뀌니까 있지, 대체 무슨 일인가 싶어서."

"어어……."

그러면서 키리노는 사람 좋아 보이는 미소를 지었다. 폭신폭신한 보브컷 헤어스타일이 잘 어울리는 명랑한 느낌의 그녀는 카즈키도 자주 대화를 나누는 반의 중심인물 중 하나이자, 오타쿠 취미에도 조예가 깊어서 문화제 여장 캬바쿠라의 발안자 중 하나이기도 했다.

카즈키는 조금 전의 생각이 얼굴에 드러났나 해서 조금 부끄러운 듯 미간을 찡그렸지만, 스마트폰으로 보던 것은 감출 법한 내용도 아니었다. 조금 망설이다가 화면을 그녀 쪽으로 향했다.

"아, 이건 이번 달에 나온."

"문화제에서 어떤 복장으로 하면 좋을지 조사하느라. 그 래서 이것저것 상상해봤는데, 나는 그게, 키도 크고 어깨 폭 도 있으니까 별로 안 어울릴까 해서."

"아하하, 그렇구나―."

카즈키가 곤란하다는 듯 말을 흘리자 키리노는 깔깔 웃고 한 손을 흔들며 동의를 표했다. 그리고 한바탕 웃은 뒤, 턱 에 검지를 대고서 "흐응" 하며 교실을 둘러보고는 다시 카 즈키의 얼굴을 빤히 바라봤다.

"그보다 카이도는 웃기는 게 아니고 진심으로 하려는 거 구나?"

"기왕 하는 거니까."

키리노는 조금 의외라는 듯 말했다.

애당초 얼굴이나 체격적으로, 여장이 어울리는 남자는 거 의 없다.

확실히 여자들이 열렬하게 다가가는 사람도 있지만, 지극 히 일부.

남은 대부분의 남자 캐스팅은 웃음을 얻는 방향으로 움직 이고 있었다.

특히 탄탄한 체격의 운동부원은 그런 경향이 현저했기에 키리노가 놀라는 것은 당연하다고 할 수 있었다.

"안 어울리는, 걸까?"

역시 자신에게는 무리인가? 카즈키가 약한 마음을 드러내고 그것이 얼굴과 말로 나와 버리자, 키리노는 아니라는 듯 황급히 눈앞으로 양손을 내저었다.

"아니, 그렇지 않다고 생각해! 카이도는 몸매도 딱 잡혔고, 어깨 폭이라든지 울대 같은 건 옷이나 가발로 어떻게든 될 테고, 게다가 여자라도 남자 느낌의 얼굴은 화장발이 잘 받아서 다부진 미인의 요소가 되니까 말이야!"

"어, 그런 거야?"

"응응, 연예인도 남자 느낌의 얼굴인데 미인이 있거든―. 예를 들면…… MOMO라든지."

"읏! 호, 호오……."

갑자기 누나가 예시로 나왔기에 깜짝 놀라면서도, 키리노의 설명에 관심을 드러냈다.

역시 모모카에게 이것저것 배우는 것도 방법일까 싶어서 머릿속으로 누나한테 어떻게 이야기를 꺼낼지 계산하는데, 키리노는 다시 카즈키의 얼굴을 들여다보고 조금 놀란 목소리로 중얼거렸다.

"그건 그렇고, 의외네―."

"어, 뭐가?"

"카이도가."

"내가?"

"응, 이렇게 말하는 건 그렇지만, 여장 캬바쿠라라니 이상하잖아?"

"아하하, 그렇지. 하지만 그러니까 더욱 진심으로 해보는 것도 괜찮지 않나 싶어서."

"호오. 그래도 있지, 카이도가 진지하게 미인이 된다면 다른 사람들의 의식이 바뀔지도."

"어떨까? 하지만 그렇게 되면 재미있어질 것 같잖아?"

"그래그래…… 바로 그러니까, 의외라는 거야."

"……어?"

키리노가 무슨 뜻으로 말하는지 알 수가 없었다.

카즈키가 고개를 갸웃거리자 키리노는 무언가를 탐색하듯이 눈을 바라보고, 고개를 끄덕인 뒤 확인하듯 물었다.

"으—음, 여름 전까지의 카이도라면 있지, 틀림없이 이런 행사는 능청스럽게 **흘려 넘겼을** 거라고 생각하거든—."

"그건……."

키리노의 눈동자는 확신으로 가득해서, 마치 카즈키의 마음속을 들여다보는 것만 같아서.

가슴이 크게 뛰었다. 정곡이었다.

"틈이 생겼다고 할까, 주위에 만들어져 있던 벽이 더는 느껴지지 않아서, 말을 걸기 편해졌어. 문화제 행사를 정할 때도, 카이도가 재미있겠다고 말해줬으니까 이런 이상한 기획으로 정해졌고."

"…………읏."

키리노는 동요한 탓에 시선을 헤매고 만 카즈키를 보고

싱긋 웃었다.

"나는 예전의 카이도보다 지금의 카이도가 더 좋다고 생각해."

키리노는 카즈키의 어깨를 툭 두드리고, 빙글 몸을 돌려서 조금 전까지 이야기하던 그룹으로 돌아갔다.

멍하니 있기를 잠시. 이윽고 놀림을 당했다는 사실을 깨달은 카즈키는, 이것도 나쁘지 않다고 생각하며 쓴웃음을 흘렸다.

다른 사람 눈엔 자신이 그렇게나 변한 걸까?

모르겠다.

하지만 이제까지의 자신이었다면 이렇게 반 친구가 마음 편하게 놀리는 일도 없었을 것이다. 그렇게 의도해서 움직였으니까.

혹시 어느샌가 변했다면, 그것은 틀림없이 새로 생긴 친구들이나, 그 친구의 동생 덕분이다.

문득 이럴 때, 히메코라면 어떻게 할지를 생각해버렸다.

그녀라면 분명히…… 카즈키는 뇌리에 떠오른 히메코에게 싱긋 미소를 짓고, 열심히 누구누구한테는 어떤 복장이 어울리는지 이야기 중인 여자 그룹을 향해 말을 건넸다.

"저기, 화장에 대해서 좀 이야길 할 수 있을까? 기초부터 이것저것 가르쳐줬으면 좋겠어."

""""……어?!""""

카즈키가 말을 건네자 그녀들은 한순간 놀라서 대화를 멈췄버렸다.

그리고 그 말의 의미를 이해함과 동시에 얼굴을 마주 보고 흥분한 기색으로 이야기를 시작했다.

"어…… 카이도 군?" "그건 진심으로 하겠다는 거야?!" "응, 알았어! 완전완전 알았어!" "얼마든지, 사실 나는 딱히 잘 모르지만!" "좀 잘 아는 아이한테 이야기해볼게!"

그녀들에게 살짝 압도당하면서도 문화제 분위기를 끌어올리기 위해, 카즈키는 원 안으로 뛰어들었다.

점심시간.

종소리가 울린 순간, 하야토네 반도 단숨에 시끌벅적해졌다.

그와 동시에 하야토와 하루키의 책상으로 반 아이들이 재빨리 다가와서 놓치지 않겠다는 듯 둘러쌌다. 최근에는 연일 보이는 광경이었다.

의제는 당연히 이 반에서 문화제에 무엇을 하느냐에 대한 내용이지만, 도시락을 펼치며 각자 제멋대로 이야기를 시작했다.

"3반, 여장 캬바쿠라한대! 너무 센 거 아냐?!"

"게다가 저기, 카이도 군이 진심으로 나선다고 같은 부 선배가 흥분해서 있지!"

"선배 하니까, 올해야말로 서큐버스 카페를 한다면서 제대로 벼르던 사람이 있었는데, 여자들한테 막혔다고 불평했어."

"그리고 보니 2학년 어떤 반에서는 운동장에 수혈식 움집을 만들어서 조몬 시대의 음식을 재현한다더라."

"어, 뭐야, 완전 신경 쓰이는데?!"

"어디든 임팩트 강한 것만 생각하는구나…… 그런 것들에 대항하려면 역시 우리의 비밀 병기, 니카이도 씨를 어떻게 쓰는지가 중요하겠구나—."

"가능하다면 의상 같은 것도 제대로 준비하고 싶으니까, 지금은 모리 군의 할로윈 카페가 유력 후보지만…… 조금 더 특이한 콘셉트는 없을까."

"기왕이면 노래도 가능한 한 내보내고 싶어."

이야기를 듣기에, 다른 반에서도 슬슬 기획이 결정되고 있는 듯했다. 그런 정보들을 바탕으로 논의는 날이 갈수록 뜨거워졌다.

역시 하루키를 향한 모두의 기대는 컸다.

당연하다. 1학년 중에서도 눈에 띄는 존재니 간판으로 내세울 수밖에 없다.

옆의 하루키와 슬쩍 눈이 마주치자 미간을 찡그리고서 애써 미소를 지었다. 하루키는 그다지 앞에 나설 생각이 없다고 했지만 이제는 거절할 수 있을 법한 상황이 아니었다.

주변이 시끌벅적한 가운데, 살짝 귓속말이 날아왔다.

"혹시 내가 실행 위원 쪽이 바쁘다고 하면⋯⋯."

"아무리 짧은 시간이라도 최대한 활용하려고 반 쪽에서 조정하겠지."

"그렇겠지―⋯⋯."

하루키는 "하아" 하고 크게 한숨을 내쉬었다.

문화제는 외부에서도 많은 손님이 찾아올 것이다. 결국 어떤 기획으로 하더라도 하루키가 주목을 모으는 것은 피할 수 없고, 최악의 경우에는 전날의 동영상 같은 일이 벌어질지도 모른다. 그것은 피하고 싶은 참이었다.

뜨겁게 대화를 나누는 반 아이들을 바라봤다. 틀림없이 그들이 납득할 이유를 제대로 설명한다면 이쪽의 부탁을 들어줄 것이다.

하지만 하야토도 하루키도, 하루키네 어머니에 대한 이야기를 피해서 설명할 말이 없었다.

'⋯⋯⋯흠.'

그렇다면 차라리 이쪽에서 그런 쪽을 컨트롤할 수 있도록 주도권을 쥐는 편이 낫지는 않을까? 그렇게 생각한 하야토는 시험 삼아서 하루키에게 이야기를 돌려봤다.

"저기, 하루키. 노래와 관련 있는 콘셉트 카페 같은 걸 한다 치고, 그러면 어떤 걸 하고 싶어? 입어보고 싶은 의상 같은 것 말고도 마법 학교라든지, 판타지에서 자주 나오는 모험가 길드를 따라 한다든지, 그런 세계관 같은 것도 괜찮은데."

"으―응, 그러고 보니 생각해본 적도 없었네. 그러게⋯⋯."

하루키는 팔짱을 끼며 한 손을 턱에 대고, "으―응" 하고 신음하며 미간을 찌푸리고 진지하게 생각했다. 바로 답변이 나오지는 않는 모양이었다.

"뭐―, 좋아하는 게임 캐릭터 같은 것도 좋고."

무언가 실마리가 될 수 있다면 말이야. 그렇게 말을 잇고 하야토가 도시락 오믈렛에 도시락용 미니 케첩을 뿌리는 것을 본 하루키가, 갑자기 눈을 크게 떴다.

"흡혈 공주 브리깃 땅을 칭송하고 싶어."

"어? 흡혈, 뭐……?"

"그래, 지금 내가 하고 있는 게임에서 가장 미는 캐릭터인데! 주변에서는 냉철하고 가차 없는 절대자인 진조 중 하나라며 두려움을 사고 있지만, 사실은 싸움을 싫어하고 인형을 모아서 꾸미는 게 취미. 하지만 모국을 지키기 위해 억지로 스스로를 속이며 앞장서서 싸우는 공주님이야!"

"모바일 게임 광고에서 본 것 같기도 한데. 빨간 드레스에 금발인 애였던가?"

"그래, 그거! 진짜 게임 연출도 공을 들여서 있지, 평소엔 『먼지도 남기지 않고 이 세계에서 소멸시켜 주겠어』라고 차가운 목소리로 팍팍 공격하다가도, 동료가 당했을 때에만 『싫어!』라든지 『날 위해 쓰러지지 마!』라고 애원하는 것 같은 목소리가 정말 스트라이크!"

"호, 호오."

"그뿐만이 아니야! 오래된 노래 주문으로 버프를 걸어주는데, 실제로 그 부분을 성우분이 노래하거든! 가사도 넌지시 동료를 향한 신뢰라든지 호의를 품고 있다든지, 기특하고 필사적인 모습을 잘 알 수 있어서 분위기가 확 끓어올라! 그런 세세한 부분에서 가신도 브리 땅의 다정함 같은 걸 알아차려서, 지탱해주고 싶다는 기분이 드는 거야! 노래 주문 싱글이 나왔을 때는 다섯 장 받들었으니까 다음에 하나 가져올게!"

"아, 알았어, 응. 브리지……."

"브리깃 땅!"

"응, 그 브리깃 땅이 매력적인 캐릭터라는 건 잘 알았으니까, 좀 진정하자. 응?"

"난 충분히 진정했어!"

일단 뭔지 모를 스위치가 켜져 버린 하루키는 빠른 말투로 최애를 설명하는 오타쿠 그 자체였다. 딱히 드문 일도 아니라서 집이나 비밀기지라면 항상 적당히 흘려버릴 참이지만, 이곳은 교실이었다.

대체 무슨 일이냐며 주변의 시선이 모이는 것을 느낀 하야토는 달래려고 했지만, 한번 불이 붙어버린 하루키는 멈추지 않았다.

"그래, 브리 땅은 천애고아라는 설정이나 갭이 있는 성격 등등 빠질 만한 포인트가 잔뜩 있지만, 무엇보다 강하게 밀고 싶은 부분은 브리 땅 스토리의 최후에 드러나는—— 사실은 남자아이였다, 라는 부분……! 충격이라 머리가 폭발해버렸지! 더는 원래대로 돌아갈 수가 없게 되어버렸어!"

"이해해……! 나도 그걸 알았을 때는 완전 쇼크였지만, 이상하게 가슴이 계속 두근두근해서 있지!"

"나도! 사실은 여자아이 모습을 하는 걸 별로 좋아하지 않는다, 라면서도 귀여운 드레스를 받고 진심으로 기뻐하는 장면에서 남동생이 기겁할 정도로 콧구멍이 커졌어!"

"본인, 동성애자는 아니오만 브리깃 꿈이라면 여유롭게 가능하고, 오히려 안기고 싶소이다……!"

"얇은 책, 얇은 책은 아직인가―!"

하루키의 열기를 맞닥뜨린 다른 반 아이들도 일제히 일어서서, 나야말로 좋아한다며 포효를 터뜨렸다. 그리고 "맞이하는 데 20시간의 알바비가 날아갔다" "동생한테 엎드려 빌며 돈을 빌렸다" "과금이 아니라 시주" "하인으로서의 의무" 같은 불온한 대화가 오갔다. 솔직히 살짝 기겁했다.

하지만 그만큼 인기 있는 캐릭터라는 것도 잘 알 수 있었다. 하야토만이 아니라 게임을 하지 않는 다른 반 아이들도 굳은 미소를 지으며, 얼굴을 마주 보고 끄덕였다.

그리고 그들을 대표해서 에마가 확인하듯 물었다.

"그, 그럼 그 흡혈 공주 카페라는 걸로 괜찮을까? 그게, 하루키가 흡혈귀 공주님이 되고, 손님은 국민으로서 칭송한다는 느낌으로."

"맡겨줘! 마음에 거시기를 달고 최고의 브리 땅을 연기해 볼 테니까!『잘 왔다, 권속이여………… 그게, 고마워. 따,

딱히 기뻐하는 건 아니니까 말이야!』

"""""우오오오오오오오오오!!!"""""

그리고 하루키의 목소리와 함께 권속──일부 반 아이들이 환희의 포효를 높였다.

하야토는 대체 이게 뭐냐는듯 아픈 관자놀이를 눌렀다.

"먀아아아아아~~!"

방과 후, 시끌벅적한 복도에 하루키의 울음소리가 울렸다. 옆을 걷는 하야토는 안타까운 생물을 보는 시선을 보내고는 어이없다는 듯 한숨을 흘렸다.

"……하루키 덕분에 무사히 우리 반 테마가 정해져서, 잘 됐네?"

"그렇기는 한데, 그렇기는 한데~~~~."

"뭐, 역시나 마지막 대사는 그랬지만."

"으윽……."

하루키는 말문이 막혀서는 눈물을 글썽였다.

점심시간, 이상한 스위치가 들어간 하루키가 그만 도를 넘어선 덕분에, 신속하게 문화제 테마가 정해졌다. 하루키 본인은 평소 주변에 보여주지 않는 그런 모습을 보이고 만 것을 다시금 떠올리고는, 울음소리를 높이며 몸부림치기를 반복했다. 완전히 자업자득이었다.

최근에 에마나 미나모 앞에서도 보여주었고 교실에서도 가끔씩 편린을 드러내기는 했지만, 그래도 같은 반 사람들에게는 놀라운 일이었을 것이다.

참으로 기이한 시선을 받았지만, 호의적으로 받아들여졌다고 생각했다.

'……나 참.'

미간을 찌푸리고 머리를 긁적였다. 본래 모습의 하루키가 받아들여진 것은 무척 좋은 일인데도 어째선지 가슴이 답답해지고 말았다. 어린애 같은 독점욕이 바탕이라는 자각도 있어서, 그것을 얼버무리기 위해 억지로 다른 화제를 던졌다.

"자, 문화제 실행 위원회한테 부탁받은 일, 얼른 끝내버리자고. 비품 체크였던가?"

"응. 텐트랑 조명, 발전기같이 당일 교외에서 쓰는 물건들 숫자나 상태가 문제없는지 확인이야. 장소는…… 어디, 구교사 비밀기지 근처."

"아, 거기. ……제대로 용건이 있어서 가는 거, 뭔가 신선하네."

"후훗, 그러네."

하루키는 돌변해서는 신이 난 미소를 짓고, 마음을 다잡고 목적지로 향했다.

문화제가 다가온 방과 후는 어딘가 들떠서 들썩들썩하는 열기로 뒤덮여 있었다.

교내 여기저기서 준비로 바삐 움직이는 사람들과 엇갈려 지나갔다. 복도에는 벌써 무언가를 만드는 사람들도.

지금쯤 두 사람의 교실에서도 흡혈 공주 카페에 대한 논의가 진행되고 있을 것이다. 어디까지 게임을 베이스로 하면서 문화제에 걸맞은 독자적인 테마로 완성하는가, 라든지. 일부 남자랑 여자들이 기세가 대단했다.

　이윽고 구교사가 가까워졌다.

　평소라면 인기척이 없는 곳이지만, 이곳에 보관되어 있는 자재를 가지러 온 학생들의 모습이 드문드문 보였다. 그중 한 그룹에서 아는 얼굴을 발견했다. 카즈키였다.

　"아, 카즈──."

　손을 들고서 말을 건네려고 했지만, 도중에 손을 멈추고 말을 삼켰다.

　카즈키 외에는 남자가 하나, 여자가 셋. 반 아이들과 담소를 나누며 걷는 것은 흔한 광경이리라. 그 안에서 카즈키는 무척 자연스러워 보였다. 주위에 마음을 열고 적극적으로 엮이려 하는 증거일 것이다.

　아, 카즈키는 완전히 과거를 떨쳐낸 것이다. 그 사실을 실감했다.

　그렇게 생각하자 기쁜 마음과 동시에 조금 쓸쓸한 기분도 샘솟고, 어쩐지 그것이 우스워서 얼버무리듯 올리려던 손으로 머리를 긁적였다.

　그러자 그때 카즈키가 두 사람을 알아차렸다. 카즈키는 "여어" 하고 손을 가볍게 들며, 반 아이들에게 한마디 건네고 이쪽으로 다가왔다.

"하야토 군이랑 니카이도 씨, 이런 곳에서 우연이네."

"응, 하루키 실행 위원 일을 도우러 왔어. 비품 체크."

하야토 옆에서 하루키가 조금 무뚝뚝한 표정으로 끄덕였다.

"수고가 많네. 우리는 내부 장식에 쓸 만한 게 없을까 싶어서. 아, 다들 기다리니까 이만 갈게."

"어."

그러더니 카즈키는 몸을 돌렸다. 그러자 하루키는 반사적으로 "카이도"라고 그의 등을 향해 말을 건넸다.

"응? 왜 그래, 니카이도 씨?"

"카이도는……."

"어, 내가 뭐……?"

"……아무것도 아냐."

"그런가."

카즈키는 쓴웃음 지으며 돌아갔다.

"……우리도 갈까."

"……그래."

하루키의 표정으로는, 무슨 말을 하려고 했는지 잘 알 수가 없었다.

그리고 시간은 흘러 주말 아침.

문화제가 가깝다고는 해도 휴일은 평소와 그리 다르지 않았다.

마지막 빨래를 모두 넌 하야토는 문득 불어든 바람에 몸을 떨었다. 무척 깊어진 가을이 느껴지는, 싸늘한 바람이었다. 밖으로 시선을 옮기자 시야 아래에 드문드문 보이는 나무들은 이파리가 가을의 색깔로 완전히 바뀌어 있었다.

"진짜 요전까지는 더웠는데 말이지."

최근에는 설거지를 하면 손이 차서 감각이 사라질 때가 있었다.

멍하니 있으면 금세 겨울이 올 것 같았다. 그런 생각을 하며 거실로 돌아오자 히메코가 있었다. 게다가 잠옷이 아니라 어딘가로 외출하는 복장이었다.

오늘 어디 간다는 얘기는 못 들었다. 무슨 일일까, 고개를 갸웃거렸다.

"히메코, 어디 나가?"

"응. 아까 사키한테 연락이 왔는데 놀자고 그래서."

"점심은?"

"응, 필요 없어. 적당히 때울게."

"그래."

그러더니 히메코는 타박타박 집을 나갔다.

아무래도 사키도 도시에 무척 익숙해진 모양이었다.

홀로 남은 하야토는 소파에 앉아서 텔레비전을 켜고 적당히 채널을 몇 번 돌렸다. 그러자 요리 코너가 진행 중이었기에 거기서 멈췄다.

"허, 큰 접시에 돼지고기랑 가지를 겹쳐서 레인지에 넣는

것만으로 시간 단축 요리인가…… 참기름 뿌리면 풍미가 좋
겠네. 파나 참깨를 뿌려도 괜찮겠고. 응, 다음에 바쁠 때라
도 해볼까."

굳이 혼잣말을 흘리고 맛을 상상하며 무엇을 곁들이면 어
울릴지 생각하는 사이, 이윽고 요리 코너도 끝났다. 그리고
백화점 화장품 특집이 시작되어 그다지 흥미가 없기에 전원
을 끄고, 푹 내던지듯이 몸을 소파에 파묻었다.

눈만 움직여서 방을 봤다. 세탁기를 돌리는 동안에 청소
를 마쳤기에 방은 반짝반짝했다. 쓰레기 분리수거도 마쳤
고 달리 해야 할 집안일도 떠오르지 않았다. 숙제도 어젯밤
에 마쳤다. 완전히 따분해져 버렸다.

"……한가하네."

무심코 그런 말과 함께 하아, 한숨을 흘렸다.

하루키도 오늘은 같은 반 여자들과 문화제 의상을 상의한
다며 나간다고 했다. 어제 저녁 때, 어떻게 브리깃 땅의 모
에 포인트를 재현할지 열변을 토하던 모습을 떠올렸다.

팔걸이를 베개 삼아서 드러눕는 것과 동시에, 스마트폰
그룹 채팅방의 알림이 울렸다. 이오리가 보낸 메시지였다.

『심심해!』

이오리다운 짧은 말에 무심코 쿡쿡 웃고 대답을 입력했다.

『그러고 보니 이사미 씨도 문화제 의상 논의였던가?』

『그래그래. 다들 이런 걸 만드는 건 처음인 사람들뿐이래.
우선 코스프레 의상 가게에서 실물을 봐서 완성품 이미지를

굳히고, 수공예 전문점에서 천 가격 같은 걸 확인해서 예산이랑 맞춰봐야 한다던데. 그래서 아침부터 나갔어.』

『와, 엄청 현실적이네. 성실하구나, 이사미 씨.』

『에마 녀석, 그런 총괄 담당 좋아하니까.』

『호오.』

그런 대화를 나누는 한편으로 하야토는 최애에 대한 마음만 이야기하던 소꿉친구를 다시 떠올리고, 오늘은 여자들이 고생하겠다며 쓴웃음을 흘렸다.

『그래서 심심하거든. 오늘은 알바도 없고.』

『나도 집안일 전부 끝내서 따분하네.』

『어? 그럼 어디 나가자. 가고 싶은 데 없냐?』

『으―음, 그러게…….』

그 말에 이것저것 생각해봤다. 도시로 온 이후, 많은 일을 경험했다.

노래방, 영화관, 쇼핑, 수영장에 무한리필 고깃집. 모두 시골에서는 경험할 수 없는 것들뿐이었다. 하지만 그래도 아직 지극히 일부일 것이다. 그만큼 도시는 넓다.

이것저것 생각해봐도 딱히 와 닿는 것이 없어서 미간에 주름을 지었다.

그러다가 문득 자란 앞머리가 시야에 들어왔다. 덥석, 한 움큼 쥐어봤다.

『미용실.』

반사적으로 입력했지만 이건 아니다 싶어 떨떠름한 표정

을 지었다. 흥미도 있고 슬슬 머리카락을 자르러 가야 한다는 생각은 있었지만, 아무리 그래도 굳이 친구를 불러서 갈 곳은 아니었다. 『미안, 역시』까지 입력한 참에, 카즈키가 메시지를 보내왔다.

『오, 괜찮네. 오늘은 하야토 군을 변신시키는 날로 할까.』

『호호—?』

"허?"

무심코 거실에 맥 빠진 목소리가 울렸다.

『저번에 미용실 소개해 주겠다고 그랬잖아.』

『어, 확실히 그러기는 했는데.』

『저기, 혹시 거긴 카즈키네 누나도 단골이라는 가게?』

『그래. 나도 자주 이용해.』

『그건 흥미가 있는데, 나도 받아보고 싶어.』

『그런데 갑자기 가도 괜찮을까? 예약 같은 게 있잖아?』

『잠깐만, 물어볼게.』

카즈키가 연락하는 동안, 이오리가 『어떤 느낌의 가게일까?』『에마, 놀랄까?』라며 두근두근하는 한편, 하야토는 생각하지 못한 이야기의 흐름에 조마조마했다.

이윽고 진정하자며 차를 탔을 무렵, 카즈키의 대답이 왔다.

『일단 예약 잡았어. 근데 갑자기 잡은 거라 지금 바로 가야 할 것 같은데?』

『어? 그럼 만날 장소는.』

『으음, 주소 올릴게.』

『오케이, 바로 준비해서 나갈게.』

이리하여 어찌 된 영문인지 친구들과 미용실에 가게 되었다.

그룹 채팅방에서 집합 장소로 지정된 역은, 평소에 자주 이용하는 도심부의 역과는 다른 곳이었다. 하야토조차 들어본 적이 있는, 화려하고 고급스러운 이미지가 강한 동네였다.

어느 개찰구로 나가야 하는지 헤매면서도 어떻게든 카즈키랑 이오리와 합류했다.

"좀 서두르자."

"그래."

"응."

종종걸음으로 대로를 걸어갔다.

벽돌 건물이 특징적인 어딘가 이국적인 정취가 넘치는 거리에는 패션이나 고급 액세서리를 취급하는 가게가 다수 모여 있고, 근처 카페에서는 커피콩을 볶는 향기로운 냄새가 감돌았다. 거리를 오가는 사람들의 복장도 세련되었고 연령층도 다수 높게 느껴졌다.

오늘의 자신과는 어울리지 않는다는 느낌이 가시지를 않았다. 아직 조금 이른 시간이기도 해서 남들의 시선이 적다는 것이 다행일까.

이윽고 대로에서 모퉁이 하나를 돌아서 화려한 빌딩 사이로 들어갔다. 목적지인 미용실은 어느 건물 3층에 있었다. 멋지고 비싸 보이는 카페 같은 가게 모습은, 미용실이라는 사실을 미리 알지 못했다면 알아차리지 못했을지도 모른다.

혹시 이런 곳은 뜨내기손님 거절일지도? 그런 생각을 한 순간에 하야토는 살짝 기가 죽어서 허둥대고, 무심코 지갑 안이 신경 쓰여서 수상쩍게 행동하고 말았다. 한편 이오리 는 흥미진진한 모습으로 가게 안을 두리번두리번 살피는 데, 그런 대담함이 조금 부러웠다.

카즈키는 익숙한 태도로 가볍게 손을 들며 가게 안으로 들 어가서는 거리낌 없는 느낌으로 스태프에게 말을 건넸다.

"이것 참, 미안해요 유스케 씨. 갑자기 억지스럽게 부탁 해서."

"하핫, 전혀전혀. 카즈키 군이 친구를 소개해주는 건 처 음이니까 말이야. 나도 재촉하는 모양새가 되어서 미안해."

"그래그래, 대체 어떤 아이를 데려올지 신경 쓰여서 나도 점장한테 연락받고 당장 날아왔으니까!"

"마코토 씨까지 그러시기예요?"

아직 개점 전으로 여겨지는 가게 안에는 미용사 두 사람 이 있었다.

유스케라 불린 남성은 아버지와 동년배로 여겨지는데도 무척 화려해서 성인 남자의 색기라고 할 수 있을 무언가를 풍겼다.

마코토라고 불린 여성은 우리보다 10살 조금 넘게 많아

보였다. 화사하면서 품위가 있고, 그러면서도 친근해 보이는 애교가 넘쳤다.

둘 다 손님에게 그들처럼 되고 싶다는 생각이 들 만큼의 매력이 있었다.

"바로 시작할까. 시간에 여유가 있는 건 아니니까. 어디……."

"유스케 씨는 하야토 군을. 이오리 군은 여자친구도 있으니까 마코토 씨한테."

"호호오?"

여자친구라는 말에 마코토의 눈이 사냥감을 포착했다는 듯 빛나고, 이오리가 살살해달라며 몸을 움츠렸다.

그리고 하야토와 이오리는 시키는 대로, 시크하고 차분한 분위기의 스타일링 체어에 앉았다. 평소에 가는 저렴하고 빠른 것이 포인트인 가게의 기능성뿐인 의자와는 디자인만이 아니라 앉은 느낌도 전혀 달라서, 무심코 긴장한 탓에 몸이 굳고 말았다.

그때 유스케가 사람 좋은 미소를 지으며 거울 너머로 말을 건넸다.

"그럼 오늘은 어떤 느낌으로 할까?"

"어어……."

그 질문에 말문이 막혔다. 이제까지 헤어스타일에는 둔감했기에 구체적으로 어떻다는 비전이 떠오르지가 않았다. 갑작스러운 방문이었기에 더더욱.

필사적으로 머리를 굴렸다. 흘끗 옆을 봤더니 이오리가 새빨간 얼굴로 여자친구인 에마 이야기를 하며, 카탈로그를 한 손에 들고서 마코토와 상담 중이었다.

"이, 일단 짧게."

""……품.""

하지만 애써 짜낸 말엔 두서조차 없었다.

카즈키와 유스케는 그만 웃음을 터뜨리고, 하야토는 겸연쩍은 표정을 지었다.

유스케는 금세 미안하다는 목소리로 말했다.

"어, 미안해. 널 비웃은 게 아니라, 카즈키 군이 예상한 그대로의 주문이라서 그만."

"카즈키가?"

"하야토 군이니까 우선은 길어진 머리카락을 어떻게 하고 싶다는 이야기가 먼저 나올 거라고 생각해서."

"뭐, 그렇기는 한데."

정말로 간파당했다는 느낌이라 의아하다는 표정으로 시선을 옮기자 카즈키는 어깨를 으쓱이고 쓴웃음.

"자, 그럼 너는 어떤 느낌으로 변하고 싶어? 응, 지금이라면 어떤 식으로든 요리할 수 있어. 매운맛? 단맛? 아니면 적당히 맞춘 중간맛?"

"난 순하고 처음에는 단맛이 있지만, 나중에 제대로 매운맛이 찾아오는 버터치킨 카레가 좋겠는데. 유스케 씨는?"

"최근에 보슬보슬하고 풍미가 독특한 그린카레에 빠져 있어. 근처에 타이 식당이 생겨서 말이지. 너는?"

"난 집에서 만드는 제철 채소를 사용한…… 아니, 웬 카 레야?!"

하야토의 딴죽에 아하하 웃음이 터졌다. "……정말이지" 하고 중얼거리다가 어느새 긴장이 풀렸다는 걸 깨달았다. 아무래도 배려를 해준 듯했다.

그런 하야토의 분위기를 확인한 유스케는 장난기 가득하 게 윙크를 하고, 거울 너머로 하야토에게 미소를 건넸다.

"아하하, 가볍게 말해봐. 그러네…… 너는 어떤 자신이 되 고 싶어?"

"어떤 자신, 인가……."

그러면서 스스로에게 묻고, 가장 먼저 가슴속에서 나타난 것은 하루키. 그리고, 사키.

둘 다 많은 사람들의 주목을 모으고 빛나는, 매력적인 여 자아이. 하야토의, 소꿉친구들.

그런 그녀들을 생각하면──.

"──의지할 수 있는 오빠, 일까."

무의식적으로 그런 말이 흘러나왔다.

그렇게 되고 싶으냐며 스스로도 놀랐다. 분명 사키는 한 살 연하고 생일이 빠른 하루키도 마찬가지지만, 참으로 부 끄러운 말이었다.

실언이라 깨달았을 때에는, 거울 안에서 점점 빨개지는 스스로를 바라보는 꼴이 되어 있었다.

"그래, 역시 하야토 군은 좋은 오빠구나."

"카즈키……?"

하지만 그 말을 어떻게 받아들였는지, 카즈키는 놀리는 기색도 없이 그저 눈부시다는 듯 눈매를 가늘게 떴다. 그리고 유스케도 응응, 납득한 듯 끄덕였다.

"그렇구나. 그럼 조금 어른스러운 느낌을 의식할까. 좋아, 맡겨줘!"

"아, 예."

말하기가 무섭게 유스케는 하야토의 머리카락에 가위를 댔다.

그 움직임에 망설임 같은 것은 없고, 잘린 머리카락이 팔랑팔랑 춤췄다. 초보의 눈에도 확실한 기술이 느껴졌다. 그만 말도 없이 빠져들고 말았다.

하야토가 잘리는 머리카락을 흥미진진하게 바라보는데, 갑자기 옆자리에서 "꺄―?!" 하고 새된 목소리가 터졌다. 유스케도 무심코 손을 멈추고서 그쪽으로 시선을 향했다.

"어, 진짜? 카즈키 군이 여장?! 벌써 벅찰 정도로 끓어오르는데! 언제?! 문화제?! 갈게, 갈 테니까. 점장님, 그날 쉴 테니까요! 카즈키 군 말고도 귀여운 남자애 있어? 그걸 봐야 섭취할 수 있는 영양소가 있고, 구할 수 있는 목숨이 있거든요! 아, 친구도 데려가도 돼?!"

"하하, 우리 학교는 당일엔 그런 쪽으로 자유롭다니까요. 아, 카즈키도 반 여자애들이랑 누나한테 화장을 배울 정도로 진심인가 봐요."

"그러니까 마코토 씨한테도, 저한테 어울리는 헤어스타일 같은 거 물어보고 싶어서."

"후오오오오오오! 가발! 살 거지! 따라가고 싶어! 점장님──."

"마코토, 일하자."

"넵─."

마코토가 어깨를 풀썩 떨어뜨리자 모두 웃음을 터뜨렸다.

하지만 마코토의 손이 멈추지 않는 것은 역시나 프로라고 해야 할까. 그 후로도 카즈키의 여장에 대해서 이오리와 함께 대화로 꽃을 피웠다.

그리고 유스케는 갑자기 온화한 눈빛으로, 감개무량한 목소리로 중얼거렸다.

"카즈키 군, 변했네."

"……나한테는 만났을 때부터 이랬는데."

"너희라는 친구가 생겨서 그렇겠지. 잘 웃게 되었고, 최근에는 특히 무언가를 떨쳐냈다고 해야 하나…… 으음, 뭐라고 하는 게 좋을까?"

"그건……."

유스케의 말에 겸연쩍은 감정을 느끼며, 사람을 잘 보는구나 생각했다.

"혹시 좋아하는 아이가 생겼다든지?"

"……예?"

그러나 이어지는 예상 밖의 말에 무심코 뒤집어진 목소리를 높이고 말았다.

사고가 빙글빙글 헛돌았다.

카즈키가? 누구를?

옆에서 이오리, 마코토와 담소를 나누는 카즈키를 봤지만 평소 그대로 상쾌하고 시원스러운 미소를 짓고 있었다. 표정이나 언동에서 딱히 차이는 느껴지지 않았다. 미간을 찌푸렸다.

"상대는 어떤 아이일까…… 알고 있어?"

"……글쎄요. 착각 아닐까요?"

"그럴지도. 하지만 이 일을 하다 보면, 사랑이 사람을 변하게 만드는 걸 몇 번이고 보게 되니까."

"허어……."

유스케의 목소리에는 실감이 담겨 있었다. 그만큼 이제까지 변한 사람을 많이 보았을 것이다.

하지만 하야토에겐 영 알 수가 없는 이야기였다.

이런저런 생각을 하는 사이에 이윽고 커트가 끝났다.

"자, 어때?"

"……어?"

유스케의 목소리에 정신을 차린 하야토는 살짝 맥 빠진 목소리를 흘렸다.

머리카락은 짧게 다듬어졌지만 어딘가 자연스러운 흐름이 있어서, 예전과 차이가 없는 것 같은데도 상쾌하고 살짝 어른스러운 인상이 느껴졌다.

자신이 마치 자신이 아닌 것 같았다. 부끄럽게 느껴졌지만, 조금 전에 머릿속에 떠오른 두 사람의 얼굴을 다시금 떠올리고 가슴을 폈다.

"감사합니다."

"천만에요. 아, 또 와야 된다?"

미용실에서 나온 하야토는 지갑 안을 들여다보며 떨떠름한 표정을 짓고 있었다.

"……알바 늘릴까."

"우리는 대환영이야. 그건 그렇고 헤어스타일 하나로 이렇게까지 인상이 변하는구나."

"진짜 그러네."

그러면서 이오리는 살짝 거드름피우는 포즈를 취했다. 평소와 마찬가지로 까부는 태도였지만, 세련되게 변한 덕분인지 평소와 달리 묘하게 그럴듯해 보였다.

앞으로 계속 다니자고 결의했을 만큼 그들의 기술은 뛰어났다. 어쩐지 주위의 시선이 모이는 것을 느꼈다.

그러자 그 순간에 자신이 입고 있는 옷이 신경 쓰였다. 오늘은 평소와 마찬가지, 적당히 잡히는 옷으로 입고 왔다.

파카를 붙잡고서 미간을 찌푸리는데 카즈키가 짝 손뼉을 쳤다.

"기왕 왔으니까, 옷도 보러 갈래?"

"괜찮을까?"

"오, 좋네! 유카타 고르러 갔을 때도 괜찮았으니까!"

그렇게 이야기의 흐름이 정해졌을 때, 꼬르륵 큰 소리가 둘 울렸다.

겸연쩍은 표정을 짓는 하야토와 이오리.

이오리가 부끄러운 듯 말을 흘렸다.

"갑자기 나오느라 아침을 걸러서 말이지."

"하하, 쇼핑 전에 조금 이르지만 점심을 먹을까."

"어—……, 저렴하고 양 많은 곳으로 부탁할게."

그런 하야토의 말에 두 사람은 소리 높여 웃었다.

의외의 기다리는 사람

사키에게 불려 나온 히메코는 도심의 어느 카페에 와 있었다. 숲속 오두막을 이미지로 해서 귀엽고 화사한, 한 번은 오고 싶던 팬케이크로 유명한 가게였다.

이른 시간에 왔음에도 불구하고 휴일이라 가게 앞에 긴 줄이 생겨 있었다. 주문이 들어온 다음에 머랭을 쳐서 반죽을 만든다는데, 자리에 앉은 뒤에도 상당한 대기 시간이 발생했다.

하지만 그것은 히메코의 기대감을 더 끌어올리는 양념에 불과했다.

게다가 사키와 함께 있으니 순식간에 시간은 지나갔다.

학교 이야기, 도시 이야기, 지금 와 있는 카페 이야기. 화제는 차례차례 계속 나왔다.

이윽고 점심을 먹기에는 조금 이른가 싶은 시간이 되었을 무렵, 주문한 팬케이크가 나왔다. 히메코와 사키는 와아, 환호성을 높이고 눈을 반짝반짝 빛냈다.

"와, 와, 엄청 폭신폭신해! 메이플 시럽이 든 병도 엄청 화려하고!"

"히메히메, 먹기 전에 사진 찍어야지!"

"벌써 찍었어! 잘 먹겠습니—— 으응?! 입안에서 녹아, 이런 거 처음이야!"

"후아아, 너무 부드러워서 스푼으로 떠버렸어~."

맛도 결코 가볍지 않고, 치즈의 진한 맛이 메이플 시럽과 어우러져서 복잡하고 농후한 단맛을 연출했다. 한 입 먹을 때마다 이제까지 먹은 팬케이크의 개념과 함께 스르륵 무너져 내렸다.

무척 부피가 크구나 싶었지만, 어느샌가 순식간에 접시는 비어 있었다.

"아, 벌써 없어졌어……."

"그렇게나 줄을 섰는데, 먹는 건 순식간이네~."

히메코가 조금 슬퍼하는 목소리를 흘리자 사키도 쓸쓸함이 섞인 말로 답했다.

그러자 마침 그때, 옆자리에 음식이 나왔다. 메뉴가 달라서 무심코 접시 위를 흘끗 살폈다.

"……그러고 보니 여기, 프렌치토스트도 유명하구나."

"팬케이크가 이만큼 맛있으니까, 그쪽도 신경 쓰이네~."

"그러네─. 으으음……."

실제로 옆에서 실물을 봤더니 금세 그쪽도 신경이 쓰였다. 메뉴를 펼쳐서 찾아봤더니, 『겉은 바삭바삭, 속은 폭신폭신』이라는 글자가 히메코를 유혹했다.

배에 손을 대고서 자문자답. 다행히도 다소 여유는 있는 듯했지만, 주머니 사정은 다른 이야기다.

게다가 역시 칼로리도 신경 쓰이는 참. 여름방학 전에 다

이어트로 잔뜩 고생했던 것을 다시 떠올렸다.

하지만 기껏 오래 줄을 서서 들어온 건데.

무척 고민스러운 문제에 이리저리 표정이 변하는 히메코.

그리고 스마트폰으로 연신 무언가를 확인하던 사키가 타이르듯 말했다.

"히메, 지금부터 주문하면 시간이 걸릴 거야. 기다리는 사이에 배가 부를지도 모르고. 그쪽은 다음에 또 시키는 건 어때?"

"어— 응, 그러네. 좋아, 다음에는 하루도 부르자!"

기왕이면 제대로 된 컨디션으로 맛보자. 사키의 말에 생각을 고쳤다.

"그런데 히메, 이제부터 가고 싶은 곳이 있는데, 괜찮을까?"

"음, 어디어디?"

사키는 잠시 스마트폰을 들고서 무언가 생각하더니, 화면을 히메코에게 향했다.

"여기. 스탠다드 A14호실에서 한 시 반인데."

"와, 셀러리 노래방이잖아!"

"히메, 알아?"

"응, 전에도 말했는데, 오빠랑 하루네랑 갔어. 장소도 기억하고 있어."

"다행이다. 나 아직 막 여기 온 참이니까, 지리 감각이 없어서~."

안심해서 한숨 돌리는 사키.

그리고 히메코는 머릿속에서 무슨 노래를 할지 생각하다가, 문득 어떤 사실을 깨달았다.

"한 시 반이라니…… 혹시 사키, 예약했어?"

"어…… 뭐, 그러려나?"

사키는 깜짝 놀라며 쓴웃음을 지었다.

그것을 본 히메코는 흐응, 하고 무언가를 생각했다.

방과 후, 호노카를 비롯해서 같은 반 아이들과 함께 노래방에 간 적이 있었다. 얼마 전에도 오빠랑 오빠 친구들과 갔다. 하지만 이제까지 제대로 노래방에 간 적이 없었던 사키는 물론, 그리고 히메코도 그다지 잘 부른다고 말하기는 힘들었다. 연습이 필요할 것이다.

그렇구나, 오늘 호출의 진짜 목적은 이쪽이었을 것이다. 굳이 예약까지 하다니 의욕이 대단하다. 둘이라면 노래할 시간도 잔뜩 얻을 수 있다. 게다가 전에 화제로 나오기도 했으니까 틀림없이 실제로 가보고 싶었을 것이다. 히메코는 의기양양한 표정으로 너그럽게 고개를 끄덕였다.

"지금부터라면 천천히 가도 시간에 여유 있겠네. 다른 곳도 구경하면서 갈까."

"으, 응. 그래."

도중에 가끔씩 윈도쇼핑을 하며 셀러리 노래방으로.

히메코가 이곳을 찾아온 것은 이전에 영화를 보러 갔을 때 이후로 두 번째다.

보통은 역 앞에서 이용하는 저렴한 곳도 나쁘지 않지만, 이런 리조트풍의 호화로운 내부 장식을 보면 기분이 자연스럽게 들뜬다. 어쩌면 평소보다 잘 부를 수 있을 것 같은 기분마저 들었다.

옆의 사키는 어떨까 싶어서 시선을 향했더니 누군가와 스마트폰으로 대화 중이었다.

그럼 먼저 접수를 마치자는 생각에 "프리타임이면 되지?"라면서 걸음을 옮겼다. 그러자 퍼뜩 고개를 든 사키가 손을 붙잡았다.

"아, 히메 괜찮아!"

"어? 하지만 접수……."

"괘, 괜찮다니까~."

히메코가 고개를 갸웃거리는 사이, 사키가 카운터에 한마디 했다. 점원은 딱히 무언가 말을 하지도 않고 어떤 방으로 안내했다.

그 앞에 멈춰 선 사키는 호흡을 한 번, 몹시 진지한 표정으로 히메코를 돌아봤다.

"히메, 있잖아, 그게, 나도 아직 못 믿겠지만, 저기, 놀라면 안 돼?"

"어?"

종잡을 수 없는 설명을 한 뒤, 사키는 똑똑 노크했다.

"기다리셨죠, 사토 씨. 무라오예요."

"아, 예, 들어오세요."

"어?!"

사키가 대답과 함께 문을 열자, 히메코는 그곳에서 기다리던 상대를 보고 놀라서 숨을 삼켰다.

"오늘은 억지를 부려서 미안해요. 그게, 다시—— 사토 아이리, 에요."

사토 아이리.

요즘 유명한 인기 모델이, 어찌 된 영문인지 그곳에서 기다리고 있었다.

예상 밖의 일에 머릿속이 새하얘지고 말았다.

잡지나 인터넷에서 봤을 때와 똑같이 화사한 여자——아이리가 살짝 주눅이 든 모습으로, 사키와 서로 머리를 숙이고 있었다. 아무래도 사키와 아이리가 사전에 연락을 해서 여기로 히메코를 데려온 모양이었다. 그것은 알 수 있었다.

하지만 언제 두 사람이 아는 사이가 됐지? 나에겐 무슨 용건이지?

이런저런 생각이 머릿속을 빙글빙글 맴돌았다. 도무지 이 상황을 받아들일 수가 없었다. 갑작스러운 전개에 히메코는 그저 멍하니 문 앞에 서 있었다.

"저기, 밖에서 보이니까……."

"히메, 여기로."

"아, 예."

사키는 우두커니 서 있는 히메코를 방 안으로 불러들여서 사키 옆, 아이리 맞은편에 앉혔다.

"……."

"……."

"……."

서로 고개를 숙이고 안색을 살폈다. 대화는 없이, 긴장의 실만이 점점 팽팽해졌다.

인기 모델인 아이리와 이렇게 마주하고 있는 상황은 이례적이었다.

하지만 정말로 이례적일까? 무언가가 걸렸다.

가까운 사람들과 아이리의 관계에 대해서 생각해봤다.

아이리와 사이가 좋은 MOMO는 카즈키── 오빠 친구의 누나다.

그리고 유카타를 사러 갔을 때에 아이리와 MOMO, 두 사람의 프로듀서가 하루키에게 무언가 접근을 시도한 것을 다시 떠올렸다.

"니카이도 하루키 씨, 였나요……."

아이리의 입에서 툭하니 나온 말로 여러 가지가 이어졌다. 그리고 뇌리에 떠오르는 이름이 있었다.

──타쿠라 마오.

하루키의 사정은 잘 모른다. 하지만 하루키에 대한 이야기라는 것을 쉽게 상상할 수 있었다. 만약 하루키가 어머니와 잘 지내고 있다면 그만큼 키리시마가에 머무르지는 않을 것이다.

히메코에게 하루키는 특별한 존재다.

그리고 재회한 이후로 그녀의 굉장한 연기를, 빛을 눈앞에서 보았다.

언젠가는 누군가가 찾아낼 것이다. 하지만 존중해야 하는 것은 하루키의 의지.

그렇기에 히메코는 우선 그 사실을 명확하게 해야 한다며 사명감에 불탔다.

"저, 저기, 가장 먼저 말해두고 싶은 게 있어!"

"!" "히, 히메……?"

뜻을 다지고 살짝 심박 수가 올라간 가슴을 꽉 누르며, 얼굴을 들고 목소리를 높였다.

사키와 아이리의 시선이 박혀들어 그만 허둥댈 뻔했지만, 목을 꿀꺽 움직여서 약한 마음과 함께 많은 것을 집어삼켰다.

"나, 하루 편이니까!"

"아! 그, 그런가요……."

히메코의 말에 아이리는 명백하게 동요하더니 시선이 헤매고 얼굴이 잔뜩 일그러졌다.

히메코도 죄책감을 느꼈지만, 하지만 이것은 양보할 수 없는 일선.

눈에 힘을 가득 싣고 아이리를 바라보자, 아이리는 머뭇머뭇하는 기색으로 물었다.

"그렇다는 건 역시…… 하지만 니카이도 씨, 전에 카즈키 군을 찼죠?"

"허?"

"⋯⋯⋯⋯예?"

그리고 히메코는 의외인 아이리의 대답에 맥 빠진 목소리를 높이고 말았다.

아이리도 그런 히메코의 반응에 눈을 끔벅거렸다.

사키는 불안하게 두 사람의 얼굴을 볼 뿐. 무언가가 맞물리지 않았다.

"잠깐만! 저기⋯⋯ 하루가 카즈키 씨를⋯⋯? 처음, 들었는데⋯⋯."

"다른 사람을 통해서 들었지만, 그런 일이 있었다고⋯⋯."

"아니, 언제쯤?"

"여름방학 전 정도에⋯⋯."

하루키와 카즈키가 함께했던 때를 다시금 떠올렸다.

수영장, 쇼핑, 가을 축제.

처음 만난 영화관 때부터 카즈키가 놀리고 하루키가 싫어하는—— 그런, 허물없는 친구 사이의 장난 같은 관계가 떠올랐다.

사이는 좋을 것이다. 하지만 그런 카즈키에게서 연애의 기색은 찾아볼 수 없었다. 물론 하루키는 말할 필요도 없고.

"으——음, 그런 기색 같은 건 전혀 없었다고 생각하는데⋯⋯."

팔짱을 끼고서 "으으음" 하고 신음했다. 하지만 때지 않은 굴뚝에서 연기는 나지 않는다.

히메코가 모르는 곳에서 무언가가 있었을지도 모른다.

그렇게 생각하자 이상하게 가슴이 답답해졌다.

"좋아, 그럼 본인한테 물어보자!"

"어?!" "히메?!"

말하기가 무섭게 히메코는 스마트폰에서 하루키 번호를 누르고 스피커 모드로.

무척 요상한 표정인 사키랑 아이리가 지켜보는 가운데, 전화가 연결되었다.

『어라, 히메? 무슨 일이야?』

"하루? 저기, 지금 밖이야? 좀 물어보고 싶은 게 있는데."

『음, 잠깐만 기다려. 에마──.』

스마트폰 너머로 거리의 소란이 들렸다. 타이밍이 나빴던 걸까? 그러고 보니 어젯밤, 문화제 의상에 대해서 이러쿵저러쿵 하던 것을 떠올리고 미안하다는 표정을 지었다.

그렇다면 질문을 간결하게 해야겠다고 생각을 바꿨다.

『기다렸지! 그래서, 물어보고 싶다는 건 뭐야?』

"하루는 있지, 카즈키 씨를 좋아해?"

『허?』 ""웃?!""

히메코의 직설적인 표현에 동요 섞인 놀란 목소리가 터졌다. 사키와 아이리는 목소리가 크게 나오지 않도록 각자 입을 막았다.

반론은 금세 돌아왔다.

『아니, 전혀, 요만큼도! 그보다도 히메가 왜 그런 걸 묻는지 의아할 정도인데?!』

"카즈키 씨가 있지, 하루한테 고백했다는 이야길 들어서. 그래서 어떤가 싶어서."

『아, 그거…… 서로 이상한 상대가 들러붙지 않도록 하자는 느낌이었어. 그러니까 나는 카이도 따원 절대로, 전혀, 털끝만큼도 생각하지 않아! 그것만큼은 기억해둬!』

"으, 응, 알았어."

빠른 말투로, 그리고 몹시 박력이 있는 진지한 말에 히메코는 응응 끄덕였다. 사키와 아이리도 마찬가지였다.

어쨌든 사정을 알고 상쾌해졌다. 문화제 준비로 바쁜 가운데 대답해준 것에 한마디 감사하고 전화를 끊으려 했을 때, 너무나도 의외의 말이 하루키에게서 튀어나왔다.

『히메, 혹시 있지. 카이도를 좋아한다든지 그래……?』

"허?"

무심코 뒤집어진 목소리가 새어나왔다.

자신이 카즈키를? 어째서?

너무나도 엉뚱한 물음에 사고가 빙글빙글 공회전하고, 한 바퀴 돌아서 뭔가 우스워지고 말았다.

"아하하하하핫!"

『히, 히메?』""?!""

갑자기 웃음을 터뜨린 히메코에게 놀란 목소리가 들렸다. 사키와 아이리도 눈을 끔벅거리고 있었다. 그런 가운데, 히메코는 눈꼬리를 훔치며 말했다.

"나랑 카즈키 씨가? 아냐아냐! 재미있고 좋은 사람이라고는 생각하지만. 애당초── 카즈키 씨, 그런 건 당분간 사양이라고 그랬으니까."

마지막 부분은 숙연한 말투가 되어버렸다.

히메코는 예전에 수영장에서, 그만큼 인기가 있는데도 왜 여자친구를 만들지 않느냐고 물어봤을 때를 떠올렸다. 그리고 가을 축제의 소동 당시, 그 이유를 깨달았다. 무척 상처를 받았다는 것도. 어딘가 공감하기도 했었다.

『그런가. 응, 갑자기 이상한 걸 물어봐서 미안해, 히메.』

"아니, 나야말로, 하루."

『그럼 나는 이만 끊을게. 의상을 협의해야 하니까.』

"응, 나중에 봐."

전화를 끊고 후우, 의문이 풀려서 상쾌한 한숨을 내쉬었다.

그리고 정면을 다시 봤더니 아이리가 몹시 곤란하다는 듯한, 자칫하면 울 것 같은 표정으로 물었다.

"그런가…… 카즈키 군, 지금은 연애 같은 거 흥미가 없다고 그랬구나."

"응. 그게, 이런저런 일이 있었던 모양이라, 그런 건 한동안은 됐대. ……나도 그 마음, 알 것 같기도 해."

"그렇, 군요……."

상쾌해진 히메코와는 대조적으로 아이리의 얼굴이 점점 어두워졌다. 분위기도 무거워졌다.

히메코가 곤란하다는 듯이 "으음" 하며 중얼거린 뒤 도움을 청하듯이 옆의 사키를 보니, 사키가 아이리를 흘끗 본 뒤에 쭈뼛쭈뼛 입을 열었다.

"그게, 히메. 오늘 여기에 부른 이유 말인데, 사실은 오빠랑 하루키 씨, 카이도 씨가 다니는 고등학교 문화제에 대해서 이야기하려던 거야."

"어, 아, 응. 으음, 그거랑 아이리, 씨가 무슨 관계……?"

"그, 그건 제가 설명할게요!"

갑자기 아이리가 목소리를 높였다. 긴장이 느껴지는 굳은 목소리였다.

그녀의 눈빛은 히메코가 이제까지 본 적이 없을 만큼 진지해서 자연스럽게 등줄기를 폈다.

"사실은 저―― 카즈키 군을 좋아해요……!"

"……………어――――?!"

그리고 이어지는 말에 히메코는 목소리를 높였다.

눈을 크게 뜨고 아이리를 빤히 바라봤다. 히메코의 시선을 받은 아이리는 이 이상 없을 만큼 얼굴을 새빨갛게 물들이고, 쭈뼛쭈뼛 검지로 머리카락을 만지작거리며 시선을 피했다.

그 모습은 인기 모델이라기보다 그야말로 사랑하는 한 사람의 소녀. 게다가 사랑의 상대는 히메코도 잘 아는 카즈키라고 한다.

금세 가슴이 꽉 죄어드는 것과 함께 환희, 경악, 말로는 잘 표현할 수 없는 흥분이 몸을 감쌌다. 정신이 들자 몸을 내밀어 아이리의 양손을 붙잡고 있었다.

"나, 응원할게요!"

"읏?! 어, 고, 고마워……."

"그런데 어째서 카즈키 씨를? MOMO의 동생이니까 접점이 있다는 건 알겠지만, 뭔가 계기가 있나요?"

"저, 저도 그거, 신경 쓰여요!"

"어, 어어―……."

그리고 사키도 몸을 불쑥 내밀었다.

아이리는 연애에 대한 호기심으로 번쩍번쩍 빛나는 두 사람의 눈동자를 마주하고는 허둥대면서도, 귀에 걸린 머리카락을 쓸어 올리고 조금 부끄러운 듯 입을 열었다.

"사실은 카즈키 군과는 원래 같은 중학교 반 친구였어서, 당시의 저는―."

"말도 안 돼, 이게 정말로 아이리?! 완전 다른데, MOMO 장난 아니잖아?! 그래서―."

"카이도 씨한테 그런 일이…… 아니, 실제로 사귀었다고?! 하지만―."

아이리는 카즈키와 있었던 일들을 이야기했다.

체육제 릴레이를 계기로 카즈키가 말을 건네었던 것.

서로 이성의 고백을 피하기 위해 계약상 사귀었던 것.

그리고 중학교 졸업식 날, 더 이상 그럴 필요는 없다며 이별 이야기가 나왔을 때 처음으로 연심을 자각한 것.

히메코는 그런 드라마 같은 이야기에 이따금 "꺄아―" 하고 목소리를 높이고 맞장구치면서 몸을 비틀었다. 그리고 애절한 그 마음에 공감해서 그녀를 위해 어떻게든 해주고 싶다고 생각했다.

그리고 모든 이야기를 마치고 아이리는 곤란하다는 듯 말했다.

"하지만 카즈키 군, 지금은 연애를 할 생각 자체가 없다고 할까, 기피하는 모양이라……."

""…….""

아이리의 당혹감이 히메코와 사키에게도 전파되어 조금 무거운 분위기가 흘렀다. 그것은 히메코 자신도 직접 보았고, 실제로 조금 전에 스스로 입에 담은 참이었다.

연애 자체를 할 생각이 없는 카즈키와, 계약상의 전 여자 친구인 아이리.

이것은 어려운 문제다. 게다가 아이리의 입장도 있으니 쉽사리 누군가에게 상담할 수가 없다. 아이리가 무척 곤란하다는 것을 쉽게 상상할 수 있었다.

그렇기에 작은 인연에 의지해서 사키에게 연락하고, 히메코가 지금 이곳에 있는 것이리라. 이렇게 적은 말을 나누었을 뿐이지만, 아이리가 한결같이 카즈키를 좋아한다는 것이 전해졌다.

부디 그 마음이 성취되기를 바라고, 자주 신세를 지는 오빠 친구도 행복해졌으면 한다.

그리고 아이리는 머뭇머뭇 본론을 꺼냈다.

"나, 카즈키 군 학교의 문화제, 어떻게 하면 좋을까……?"

아이리의 말을 들은 히메코는 사키와 얼굴을 마주 보고 함께 끄덕였다.

그리고 사키가 곧바로 목소리를 높였다.

"가야 해요."

"나도 그렇게 생각해요."

"무라오 씨. 키리시마, 씨……."

망설임 없이 말하는 사키와 히메코를 보고 아이리는 살짝 당황했다.

사키는 그런 아이리에게 싱긋 미소 짓고, 가슴에 손을 대고 입을 열었다.

"지금은 학교가 달라서 좀처럼 만날 기회도 없는 거죠?"

"으, 응……."

"접점은 많으면 많을수록 좋아요. 만날 수 없는 거리에 있는 것도 아닌데…… 손을 뻗지 않으면, 잡을 수 있는 것도 못 잡는다고요?"

"……아."

그렇게 말하고 사키는 꼬옥, 히메코의 손을 잡고서 미소 지었다.

아이리의 표정이 불안한 기색에서 결의로 점차 덧칠되었다.

히메코는 아이리와 사키에게 미소로 답하고, 그리고 문득 깨달은 사실을 말했다.

"아, 하지만 아이리가 문화제에 나타나면 소동이 벌어지겠지?"

전날 유카타 쇼핑 때를 떠올렸다. 그때도 굉장한 소동이
벌어졌다. 어떻게든 일을 수습할 수 있었던 것은 예의 프로
듀서가 있었기 때문이리라.

아이리도 히메코의 말을 듣고 역시 그렇겠다는 표정을 지
었다.

"간다면 변장은 필수겠네요……."

"음~, 정식으로 문화제 이벤트에 게스트로 오는 건? 하루
는 문화제 실행 위원일 테니까 어떻게든 넣을 수 있을지도?"

"하지만 히메, 그럼 소란스러워져서 카이도 씨랑 접촉하
는 것도 어려울 거야."

"아, 그런가. 그래도 기껏 문화제에 만나러 가는데 수수
한 옷차림으로 숨기는 것도 별론데—……."

"그렇지~……."

다 같이 으으음, 신음하기를 잠시. 문득 아이리가 "아!"
하고 목소리를 높였다.

"……차라리 과감하게, 그날은 이미지 체인지를 해본다
든지?"

"“아?!”"

히메코와 사키는 무심코 숨을 삼키고 손뼉을 짝 쳤다. 좋
은 생각이었다.

"좋아, 그거 엄청 좋아! 응응, 아이리의 이미지 체인지! 어
떤 게 좋을까?! 헤어스타일이나 머리색 같은 것도 과감하게

바꿔버리는 거야!"

"와, 와, 옷 같은 것도 이제까지와 다른 이미지로…… 아, 사토 씨 엄청 스타일도 좋아! 모델분이었지! 으~, 뭐든 어울릴 것 같아서 고민돼~."

"아, 아하하…… 지금 내 이미지는 잡지 같은 데 나오는 쪽으로 굳었으니까, 이제까지와 다른 방향으로 이미지 체인지를 하면 안 들킬까 싶어서."

"응응, 괜찮겠어! 그래서, 실제로 어떤 식으로 갈래? 귀여운 느낌을 강조해서——."

"으~음, 지금과는 반대로 차분한 언니라든지——."

"나 사실은 화려한 건 그다지——."

그리고 갑자기 시작된 아이리 이미지 체인지 회의. 무척 뜨거웠다.

다양한 의견이 오갔지만 전혀 정해지지 않았다. 히메코랑 사키가 이것저것 상상해 봐도 전부 아이리에게 어울리니까. 역시 인기 모델이라며 탄식했다.

그 사실을 이야기하고 그녀를 칭찬하니 일일이 부끄러워서 빨개지는 모습도 귀여웠다.

이윽고 논의하여 다다른 해답을, 사키가 대표하듯 중얼거렸다.

"역시 카이도 씨 취향에 맞추는 게 좋겠네……."

"그러네—. 하지만 나, 카즈키 씨가 어떤 느낌을 좋아하는지 전혀 몰라서."

"나도 지금 이건, 언니랑 같은 계통이라면 적어도 싫어하지는 않을 거라는 타산으로 고른 거니까……."

히메코는 팔짱을 끼고 으음, 신음하며 미간에 주름을 새겼다. 이제까지의 카즈키를 생각해봤지만, 어떤 것이 어울릴지는 알 수 있어도 이성의 취향은 전혀 짐작이 가지 않았다.

이대로 계속해봐야 끝이 없겠다고 생각한 히메코는 알겠다며 스마트폰을 꺼냈다.

"모르겠다면, 본인한테 물어보자!"

"어?!" "히, 히메?!"

히메코는 놀라는 아이리와 사키를 제쳐놓고, 얼마 전에 막 등록한 전화번호를 열었다.

그러고 보니 첫 메시지라고 생각하며 문자를 입력했다.

『키즈키 씨의 취향인 여자아이는, 어떤 타입인가요?』

◇ ◇ ◇

어느샌가 해가 무척 기울어 있었다.

서쪽 하늘은 물들기 시작하고, 하야토의 발밑에서 화려한 거리의 바닥 위로 뻗은 그림자도 길어졌다.

"뭔가 좀, 이상한 느낌……."

"하하, 그러네. 하지만 나쁘진 않아."

그러면서 하야토와 이오리는 서로의 모습을 보고 조금 수

115

줍은 듯 함께 웃었다.

하야토가 입고 있는 것은 타이트하고 차분한 색상의 니트에 스키니 팬츠. 정통파 스타일이지만 군살이 없는 하야토를 늘씬하게 만들어서 조금 어른스럽게 보이도록 했다.

이오리가 입고 있는 것은 파카에 청바지의 흔한 스타일. 하지만 헤어스타일과 어우러져서 이제까지 어딘가 껄렁하던 이미지가 씻겨나간 그를 와일드한 인상으로 만들었다. 그런 이오리는 에마의 반응을 신경 쓰며 매우 기대하는 기분이었다.

어쨌든 하야토도 이오리도 아침과는 전혀 다른 사람처럼 보일 것이다. 그 대가로 지갑 사정은 조금 섭섭해지고 말았지만 어쩔 수 없다.

둘 다 새로운 헤어 스타일과 카즈키의 판단에 따라 입은 옷 덕분이었다.

"고마워, 카즈키. 쇼핑에 엄청 어울리게 만들어버렸네."

"그래, 덕분에 살았다고 카즈키!"

"어?! 어, 아, 그게, 저기……?"

"아니, 옷 같은 거 골라줘서 고맙다고."

"어, 으응. 그, 그 정도야 별일 아니야."

"" …… ""

그런 카즈키는 어쩐지 조금 전부터 아무래도 분위기가 이상했다.

하야토와 이오리는 곤란하다는 듯 얼굴을 마주 봤다.

좀처럼 차분하지를 못하고 건성이다. 얼굴도 빨개졌나 싶으면 창백해지고, 표정이 계속 바뀌었다. 게다가 연신 스마트폰을 신경 쓰니 무슨 일이 있다는 것은 명백하지만, 그저 아무것도 아니라고만 반복했다.

이렇게나 카즈키가 동요를 태도로 드러낸 적은 이제까지 없었다.

하야토와 이오리가 몹시 곤란하다는 표정을 지었더니, 카즈키도 자기 태도가 이상하다는 자각이 있는지 어흠 헛기침을 하며 미간에 주름을 짓고 말했다.

"그게, 조금 개인적인 사고가 발생한 느낌이라서. 하야토 군이랑 이오리 군한테 폐를 끼칠 일은 없겠지만, 나도 어쩌면 좋을지 모르겠다고 할까."

"음─, 뭔가 고민이 있다면 들어줄 수 있는데?"

"그래, 나도 할 수 있는 일이라면 도와줄게."

"어─ 아니 고민이라기보단 음, 어렵긴 하지만 지금은 그게…… 정말로 손쓸 도리가 없어지면 도움을 받도록 할게."

"괜히 사양 안 해도 된다?"

"……아하하."

하야토는 석연치 않은 기분 그대로, 두 사람과 헤어졌다.

가장 가까운 역에 도착했을 무렵에는 그럭저럭 늦은 시간이 되어 있었다.

슈퍼에 들러서 저녁식사는 빨리 만들 수 있는 것으로 해야겠다고 생각하다가 30% 할인 스티커가 붙어 있는 삼겹살을 보고, 곧바로 오늘 아침 텔레비전에서 방송한 가지와 돼지고기를 레인지에 던져 넣기만 하면 되는 요리로 정했다. 곁들일 채소로는 시금치 참깨 무침과 어제 먹고 남은 조림, 그리고 된장국. 이 정도면 구색은 갖추어질 것이다.

그럼 어떤 순서로 조리할지 머릿속으로 계산하며 걷고 있는데, 아파트 근처에서 익숙한 두 뒷모습을 발견하고 말을 건넸다.

"안녕, 지금 왔어? 히메코랑 사키."

"아, 오빠⋯⋯⋯⋯아아아아앗?!"

"⋯⋯후엣?!"

돌아본 히메코가 뒤집어진 목소리를 높이고, 사키도 눈을 크게 뜨고서 끔벅거렸다.

그 반응에 오늘 아침과는 다른 사람처럼 하고 있었다는 사실을 깨달았다. 여중생 두 사람의 찬찬히 검사하는 듯한 시선을 받고 부끄러운 심정에 몸을 비틀었다.

"오, 오빠가 의외로 멋있는데?! 그렇지, 사키!"

"⋯⋯어, 으, 응응응!"

"의외는 사족이야!"

"진짜, 파가 삐죽 머리를 내민 에코백이 없었다면 오빠란 거 몰랐을 거야!"

"하, 하지만 그렇게 생활감이 느껴지는 부분이 오빠라는 느낌이라고 할까."

"야……."

"깜짝 놀랐네, 오빠도 꽤 하잖아!"

"예, 그게, 전보다 멋있어졌어요!"

"그, 그런가……."

히메코와 사키가 이러니저러니 해도 칭찬을 건네니 부끄럽지만 만족스럽기도 했다.

그리고 다음 흥미는 하야토를 변모시킨 미용실과 가게로 넘어갔다. 어느 거리의 어느 가게인지 자세히 이야기하며 아파트 입구로 들어가서 엘리베이터를 탔다.

그리고 하야토에게 한바탕 이야기를 들은 히메코는 납득한 듯 끄덕였다.

"그렇구나―. 역시 카즈키 씨가 봐준 건가―."

"뭐, 그렇지. 이런 건 전혀 모르니까, 나도 이오리도 꽤나 신세를 졌어."

"카즈키 씨, 오빠네랑 계속 같이 있었네. 그래서였구나."

"응?"

"딱히―?" "히, 히메!"

무언가 의미심장한 말투였다. 하야토가 무슨 이야기일까 고개를 갸웃거려도 묘하게 히죽히죽하는 표정이 돌아올 뿐. 사키는 그런 히메코를 조마조마하다는 태도로 나무랐다.

"뭐, 여자만의 비밀이라는 녀석이 있어요."

"……그래. 응?"

동생의 그런 말에 어이없어하면서도 집 앞까지 도착한 하야토는 문이 열려 있는 것을 깨달았다. 하루키가 먼저 돌아왔나 싶어서 집 안으로 들어가자, 그와 동시에 거실에서 "미얏~?!" 하는 울음소리가 들렸다.

대체 뭘 하는가 싶어서 히메코랑 사키와 얼굴을 마주 보고 미간에 주름을 새겼다.

"다녀왔어. 아니 하루키, 지금 뭘…… 하는……."

조금 어이없어하며 문을 열자―― 그곳에 펼쳐진 예상 밖의 광경에 굳어버렸다.

"아, 아직 더 있냐고~…… 아, 하야토! 히메랑 사키도!"

"어머어머어머, 다들 어서 오렴!"

""""어?!""""

거실에는 무척 팔랑팔랑한 옷을 입고서 도움을 청하는 표정인 하루키.

그리고 하야토와 히메코의 어머니, 무척 피부가 반들반들한 키리시마 마유미가 어찌 된 영문인지 그곳에 있었다.

대체 어째서? 왜 어머니가 집에? 병원은?

빙글빙글 사고가 헛돌고, 그저 우두커니 서 있었다.

한편 마유미는 하야토의 모습을 보고서 눈을 끔벅거렸다.

"하야토도 참, 그 모습은 뭐야?!"

"어?! 어어 그게, 좀 생각하던 게 있어서……."

"이것 참, 깜짝 놀랐어! 이렇게 제대로 꾸미니까, 내 아들이라지만 꽤 나쁘지 않네. 그래, 하루키도 그렇게 생각하지 않니?"

"아! 응, 나도 놀랐어. 전부터 제대로 꾸민다면, 하는 생각은 있었는데…… 꽤 하잖아."

"어, 어어."

하루키는 조금 빨개진 얼굴로 짓궂은 미소를 짓고, 검지로 하야토의 코를 톡 찔렀다. 하야토는 하루키의 그런 올곧은 말에 가슴이 두근거려 시선을 피했다.

그러자 거실 소파 위에 옷이 펼쳐져 있는 것을 깨달았다. 레이스나 프릴을 무척 잔뜩 사용한, 마치 동화에서 튀어나온 것 같이 하늘하늘 팔랑팔랑한 소녀 취향. 그러나 얼핏 봐도 공이 들어간 데다 하루키가 입고 있는 것과 같은 계통임을 알 수 있었다.

"……이건?"

"내가 만들었어. 그게, 입원 중에 한가해서 레이스 짜기에 집중하는 바람에. 기왕 시작했으니까 옷도 만들었거든. 어때, 귀여워?"

아무래도 하루키는 어머니가 만든 옷들을 입는 마네킹 신세가 된 듯했다.

어머니의 재촉에, 다시금 부끄러워하는 하루키를 봤다.

"귀엽다고는 생각하지만…… 으—음, 뭐라고 할까—."

실제로 귀엽고, 기교가 들어가서 화사하다고는 생각했다.

다만 서양 인형 느낌이라, 길고 검고 윤기 있는 머리카락을 가진 전통적 미인인 하루키와는 조금 방향성에 위화감을 느꼈다.

그렇다, 이것들은 굳이 따지자면——.

"——사키한테는 더 어울릴 것 같아."

"후에?!"

"'읏!'"

하야토의 말에 놀라서 목소리를 높이는 사키에게, 하루키와 마유미의 시선이 날아와서 박혔다.

그리고 두 사람은 함께 끄덕였다.

"사키의 머리카락 색깔이랑 하얀 피부…… 응, 하야토 말대로 나보다 사키가 더 맞겠어!"

"정말이야! 어떠니 사키, 좀 입어보지 않을래?"

"저, 저기 그게, 저는…….'

손을 쥐락펴락하며 다가오는 하루키와 마유미.

곤혹스러워하면서도 꺼리는 기색은 아닌 사키가 어쩌면 좋을지 시선을 보냈다.

하야토는 한순간 소녀소녀한 모습의 사키를 상상하고, 그건 그것대로 나쁘지 않겠다고 생각하며 물었다.

"그래서, 왜 어머니가 여기 있는 거야?"

"그야 퇴원했으니까. 그래도 가끔씩 검사니 뭐니 병원에 다녀야 하지만."

"퇴원? 아무 이야기도 못 들었어. 아버지도 그런 말은 전혀 안 했고."

"그야 말을 안 했으니까. 서프라이즈 성공이네!"

"뭐어?!"

그러면서 마유미는 아하하 웃었다. 갑작스러운 소식이었다.

장난이 성공했다는 듯한 어머니의 웃음에 어안이 벙벙했다.

"그게, 그 사람은 걱정이 많아서 좀처럼 받아들이질 않으니까, 의사 선생님한테 직접 이야기해서 기습적으로 퇴원했거든!"

"그래도! 아버지는 그게, 이 일은……?"

"아까 말했어, 하루키 사진이랑 같이. 집에 올 때 축하 케이크랑 술 부탁한다고 했지. 오랜만에 당황한 그 사람 목소리를 들었어!"

"……나 참."

입에 손을 대고서 웃는 마유미. 하야토는 그런 어머니를 바라보며 놀라서 허둥대는 아버지의 모습을 상상하고, 미간에 주름을 지으며 이마에 손을 댔다.

그러자 마유미는 슥 눈매를 가늘게 만들고는 하야토를 바라보며 말했다.

"나도 있지, 이렇게 빨리 너희와 만나고 싶었어."

"……아."

그 말은 치사하다고 생각했다. 갑작스러운 퇴원에 대해서라든지, 몰래 중요한 일을 결정했다든지, 그런 불평도 할 수가 없게 되어버렸다.

　하루키나 사키도 흐뭇하게 바라봤다. 모자지간에 이런 모습을 보이니 부끄러웠다.

　하야토는 머리를 벅벅 긁적이고 어흠, 헛기침을 한 번 했다. 그리고 어머니를 돌아보고 자신의 마음을 이야기했다.

　"어서 와, 어머니."

　"그래, 다녀왔어!"

　그것은 있어야 할 장소로 돌아왔다는 것을 확인하는 의식.

　어머니가 돌아온 것을 실감하는 것과 함께, 가슴에 무언가가 치밀어올랐다.

　하야토는 그것들을 들키지 않고자 억지로 화제를 바꾸었다.

　"그게, 돌아온다는 걸 알았다면 저녁도 그런 쪽으로 준비했을 텐데…… 차라리 배달시킬까?"

　"배달? 배달이라면 초밥이나 소바나 피자를 집까지 가져다주는, 그 배달?!"

　"그래. 요전에 처음으로 배달 피자 먹었는데, 꽤 맛있었어. 뭐, 그건 역 앞의 가게에서 사 온 거지만."

　"배달 피자인데 가게에서 샀어?!"

　"가게에서 사면 반값이니까."

　"그거 정말 가게에서 사 오는 거야?!"

　"피자 말고도 중식에 일식, 덮밥 등등 많이 있어. 자, 이거. 우편함에 그런 전단지가 들어 있으니까."

"어머나! ……카레에 파스타, 똠양꿍, 어, 요리사가 집에 와서 뭔가 만들어주는 것도 있어?!"

전단지를 손에 들고서 신이 난 마유미. 그 모습을 보고 하루키가 절절하게 중얼거렸다.

"……아주머니, 히메랑 똑같아."

"" ……풉.""

무심코 웃음을 터뜨리는 하야토와 사키.

이윽고 전단지와 눈싸움을 하던 마유미는 고개를 들고, 하야토가 손에 든 에코백을 보고 입을 열었다.

"응, 하지만 오늘은 역시 하야토가 만든 게 좋겠어. 이미 오늘은 뭘 먹을지 정하고 장도 다 본 거지?"

"뭐, 간단하게 빨리 만들 수 있는 거지만."

"그런 우리 집의 맛이 좋아."

"……그런가."

그렇게 말하니 거절할 수는 없었다.

마유미는 알통을 만들고, 그것을 때리며 말했다.

"나도 도울게."

"됐어. 그보다도 거실에 어질러놓은 걸 정리해줘. 하루키도 옷 갈아입도록 하고."

"어어어~."

"아, 그러면 난 하야토 방을 빌릴게!"

"그, 그럼 제가 오빠를 도와줄게요!"

"응. 부탁할게, 사키."

아쉽다는 듯 토라진 목소리를 높이는 어머니를 보고 어이없어하며, 마침 잘 됐다며 하야토의 방으로 도망치는 하루키에게 쓴웃음을 지었다. 비슷한 표정을 짓고 있는 사키와 얼굴을 마주 보고 어깨를 으쓱였다.

그리고 저녁식사를 준비하고자 부엌으로 가려던 참에, 어머니가 문득 신경 쓰였다는 듯 질문을 던졌다.

"그런데 하야토, 좋아하는 애라도 생겼어?"

"허?"

"웃?!" "아얏?!"

하야토가 맥 빠진 목소리를 높이고, 사키는 손에 들고 있던 가방을 떨어뜨리고, 하루키는 열려고 하던 문에 머리를 부딪쳐서 눈물을 글썽였다.

하지만 마유미는 호기심에 눈을 번쩍번쩍 빛내며 거듭 물었다.

"그래서, 어떠니 하야토?"

싱글싱글 웃는 어머니에게, 하야토는 어이없다는 눈빛과 함께 대답했다.

"왜 그렇게 되는 건데."

"이제까지 외모에 둔감했는데 갑자기 그렇게 화려하게 꾸미면, 뭔가 계기가 있다고 보는 게 맞지 않을까?"

"그런 거 아냐. 그게, 하루키나 사키 곁에 있어도 부끄럽지는 않도록 하고 싶어서."

"헤에, 호오, 흐응~."

"······뭐야."

하야토는 몹시 싱글싱글하는 어머니의 시선을 조금 성가시게 느끼면서도, 에코백에서 식재료를 꺼냈다.

하루키는 총총히 하야토의 방으로 옷을 갈아입으러 가고, 조금 안절부절못하는 사키가 앞치마를 들고서 다가왔다.

"으, 으음 그게, 뭘 어떻게 할까요?"

"그러네, 가지를 자르고······ 아니, 어라?"

"? 왜 그래요?"

"아니, 히메코가 안 보여서."

"그러고 보니 그러네요······."

"뭐, 밥 다 되면 배고프다면서 나오려나."

"아, 아하하······."

그러면서 요리를 시작했다.

하지만 이날은 드물게도 히메코가 저녁이 다 되어도 방에서 나오지 않았다. 아무래도 피곤했는지 일찌감치 잠들어 버린 모양이었다.

제6화 문화제를 향하여

다음 월요일.

통학로를 오가는 많은 사람들은, 새로운 한 주의 시작에 어딘가 우울한 분위기를 두르고 있었다.

그러나 하야토는 그들과는 대조적으로 몹시 기분이 좋았다.

화제는 갑작스럽게 퇴원한 어머니에 대해서.

"──그래서 어머니도 참, 어젯밤에는 아버지가 돌아오는 소리가 들리자마자 냉장고에서 술을 꺼내고, 시치미를 뚝 떼는 얼굴이더라고. 결국 컵에 찰랑찰랑 따른 추하이를 본 아버지가 적당히 하라며 잔소리를 했지."

"아하하, 아주머니답네. 그런데 그렇게나 술을 좋아하셨어?"

"츠키노세의 모임에서는 그렇게 마신다는 이미지는 없었는데요."

"뭐, 입원 생활이 길었으니까 그 반동도 있겠지. 나도 지나치게 마시지만 않으면 뭐라고 할 생각은 없으니까."

하야토의 목소리가 신이 났다.

놀랍기도 하고 당혹스럽기도 하지만, 가족이 원래 형태로 돌아온 것에 대한 기쁨은 감출 수가 없었다.

그것은 하루키나 사키에게도 마찬가지라, 하야토에게 이끌려서 표정이 풀어졌다.

하지만 그중에서 히메코만이 홀로 어쩐지 음울한 분위기를 두르고 있었다.

"……그럼 난 이쪽으로 갈게."

"아, 히메 기다려~!"

""…….""

이윽고 갈림길에 접어들어, 히메코가 툭하니 말하고는 중학교 쪽으로 떠났다. 사키가 황급히 쫓아갔다.

하야토는 쌀쌀맞은 히메코를 상대로도 열심히 말을 건네는 사키의 뒷모습을 보며 머리를 벅벅 긁적이고 조금 곤란하다는 듯 중얼거렸다.

"어쩌면 좋을까."

"으―음……."

히메코는 어젯밤, 어머니가 집으로 돌아온 뒤로 계속 저런 상태였다. 어머니를 어떻게 대하면 좋을지 알 수가 없는 듯했다.

그 마음도 모를 일은 아니었다. 두 번이나 눈앞에서 어머니가 쓰러지는 모습을 보았다. 심경이 복잡할 것이다.

하야토도 그런 동생을 어떻게 대할지 알 수가 없었다.

그러자 하루키가 복잡한 표정으로 신음하는 하야토의 등을 기세 좋게 찰싹찰싹 때렸다.

"자 하야토, 그렇게 답답한 표정 짓지 말고!"

"아얏, 갑자기 뭐 하는 거야."

"괜찮아, 히메는 그냥 계기를 잡지 못했을 뿐이라니까. 아주 사소한 일로도 다시 이제까지처럼 어머니한테 어리광 부리게 될 거야. 그러니까 하야토는 그때까지 오빠로서 제대로 어울려주면 돼."

"하루키……."

그러면서 하루키는 씨익 이를 드러내어 웃었다.

그러자 신기하게도 하야토도 그럴 것 같다는 생각이 들었다.

"뭣하면 나도 그런 계기를 만들 수 있도록 화제를 던질 테니까."

"그런가."

하야토도 그에 이끌려서 미소로 답했다.

학교에 도착한 하야토와 하루키는 화단으로 향했다.

도중에 같은 장소로 가는 미나모의 뒷모습을 발견하고, 한 손을 들며 "안녕" 하고 말을 건넸다.

그러자 두 사람을 알아차린 미나모가 돌아보더니 하야토를 보고 눈을 끔벅거렸다.

"아, 안녕하세요! 하야토 씨, 분위기가 많이 바뀌었네요? 깜짝 놀랐어요!"

"어 그게, 어제, 과감하게 한 번, 해봤어……."

"후후, 멋져서 좋다고 생각해요."

"아주머니한테는 이성에 눈을 떴다고 여겨진 모양이지만."

"아핫, 아주머니답네요!"

"야, 하루키! ……나 참."

그렇게 하루키는 하야토를 놀리며 미나모와 얼굴을 마주 보고 함께 웃었다.

하야토는 조금 토라진 표정으로 "흙 북돋기 해주고 올게"라며 이랑으로 향했다.

문화제가 가까운 교내는 수업 시작 전임에도 불구하고 준비하는 모습이 가득했다.

교사나 운동장 여기저기서 노점을 만들거나, 자재를 옮기거나, 포스터나 간판을 만들거나 하는 광경이 펼쳐지고 있었다.

세 사람은 그런 평소와는 다르게 시끌벅적한 소리를 들으며 평소처럼 채소를 돌봤다.

"그러고 보니 하루키, 어제는 의상도 이것저것 보면서 회의했지? 어떻게 됐어?"

"음―, 메인인 흡혈 공주 옷은 정했어, 몇 가지 바리에이션도 포함해서. 지금은 실제로 접객하는 사람의 의상 디자인을 정하는 느낌. 실용성 같은 걸 중시해서."

"그렇구나, 움직이기 불편하면 문제가 될 테니까."

"그런 거야. 그러고 보니 미나모네 반은 뭘 할지 결정했어?"

"우리 반은 자작 플라네타리움으로 정했어요."

""플라네타리움?!""

의외의 단어에 하야토와 하루키는 그만 작업하는 손길을 멈추고 놀란 목소리를 겹쳤다.

"호오, 진귀한데. 플라네타리움이란 게 만들 수 있는 건가?"

"투영하는 장치만이 아니라 깔끔하게 비출 수 있는 돔 같은 것도 만드는 거야?"

"예, 인터넷에 제작 방법 동영상 같은 것도 있고, JAXA(일본의 우주항공 연구개발 기구) 홈페이지에도 골판지 상자로 만드는 돔 제작서 같은 게 있으니까요."

""정말?!""

또다시 놀란 목소리가 겹치는 하야토와 하루키.

하루키는 곧바로 스마트폰으로 검색을 시도하고, "와, 정말이네?!"라며 신이 난 목소리를 높였다. 그리고 화면을 본 하야토도 함께 들여다보며 "굉장해!"라고 감탄한 목소리를 높이고서 빠져들어 버렸다. 미나모는 그런 두 사람의 솔직한 반응이 우스웠는지 쿡쿡 웃었다.

그 웃음소리에 정신을 차린 하야토와 하루키.

"이런, 안 되지. 보고 있으면 시간이 녹아버릴 거야."

"응. 그래도 플라네타리움이라니 좋은 발상이라고 생각해. 진귀하기도 해서 다른 테마랑 경합하지도 않을 테고."

"후훗, 저도 그렇게 생각해요. 사실은 벌써부터 완성되는 게 기대되기도 하고요."

"나도 당일에는 꼭 보러 갈게!"

"응, 나도!"

"예, 기다리고 있을게요!"

그러는 사이에 작업도 끝났다. 평소처럼 미나모가 얼른 도구를 한데 정리하자 하야토는 그것을 옆에서 훌쩍 들어 올렸다.

"어, 그거 내가 가져다놓을게."

"어, 그냥 제가──."

"어라어라~? 하야토도 참, 폼 잡기는. 뭐, 혹시 헤어스타일 바꾼 김에 캐릭터도 이미지 체인지한다든지~?"

"무슨?! 아니야!"

"쿡쿡, 그런 일이라면 어쩔 수 없네요."

"미나모 씨까지?!"

"자, 여긴 우리가 해둘 테니까."

"그럼 감사히 부탁하도록 하고, 전 이만 갈게요."

미나모는 쿡쿡 웃고 교사로 떠났다.

"······나 참."

"아, 미안하다니까─."

그녀의 뒷모습을 배웅한 하야토가 조금 뾰로통한 표정으로 부실동 근처의 용구 창고로 걸음을 향하자 하루키도 따라왔다.

그리고 "화내지 말고" "딱히 화 안 났어─"라며 말다툼을 벌이기를 잠시.

하야토는 문득 걸음을 멈추고 진지한 목소리로 중얼거렸다.

"······미나모 씨, 안색이 별로 안 좋았지."

"······응, 아무래도 잠을 못 잤다는 느낌도 들었어."

하루키도 절절하게 느껴지는 말로 대답했다.

조금 전 화단에서의 미나모의 모습을 다시 떠올렸다. 하루키는 기우일지도 모르겠다고 했지만, 지난주와 비교해서 얼굴의 혈색도 좋지 않고 뺨도 살짝 들어가서 명백하게 야윈 모습이었다. 수면부족인 데다 뭔가 고민이 있을 것이다. 하지만 그것이 무엇인지는 알 수 없었다.

"······우리가 뭘 할 수 있을까."

"하야토?"

"아니, 미나모 씨한테는 이래저래 신세를 졌잖아? 뭔가 해주고 싶은데 어떤 고민인지도 알 수가 없으니, 어쩌면 좋을까 싶어서."

"그런가. 그렇, 구나······."

그러면서 하야토가 미간을 찌푸리자 하루키도 그에 이끌려서 쓴웃음. 그리고 검지를 손에 대고는 으──음, 하고 신음했다.

"좋아, 여기서 이러쿵저러쿵 생각해봐야 아무것도 안 될 테고, 다음에 만났을 때라도 내가 직접 사정을 물어볼게!"

"미안해, 부탁할 수 있을까? 물론 내가 할 수 있는 일이라면 뭐든 할 테니까."

"맡겨줘!"

그러면서 하루키는 씨익 미소를 짓고 자신의 가슴을 턱 두드렸다. 하야토도 표정이 풀어졌다. 그러자 하루키는 몸

을 돌려서, 하야토에게는 들리지 않는 작은 목소리로 중얼
거렸다.

"항상 생각하지만, 여기서 아무렇지도 않게 『우리』라고
할 수 있는 게 하야토구나."

"뭐라고?"

"아니, 딱히―."

하루키에게서 돌아온 것은 무척 기분 좋은 목소리였다.

교실로 온 하야토와 하루키는 그곳에 펼쳐진 광경에 무심
코 얼굴을 마주 봤다.

"모리 군, 그거 어느 미용실 간 거야?!"

"누구 지명 같은 거 했어?! 유명한 사람?!"

"에마, 네 남친한테 무슨 일이 있었던 거야?!"

"제대로 설명은 못 하겠지만, 명백하게 분위기가 달라. 미
용사가 대단한가 봐!"

"그, 그게 거긴 카즈키가 데려다줬을 뿐이라서, 자세히
는……."

웬일로 이오리가 여자들에게 질문 세례를 받고서 허둥대
고 있었다. 조금 떨어진 곳에서는 에마도 여자들에게 둘러
싸여서, 이따금 하나가 되어 이오리 쪽을 보고는 """꺄
악―!""" 하고 새된 목소리를 높였다.

아무래도 꾸미는 것에 민감한 반 여자들은 이미지 체인지
를 한 이오리의 변모에 흥미진진한 듯했다.

그리고 그녀들의 관심이 같은 가게에서 머리카락을 자른 하야토를 향하는 것도, 상상하기 어렵지 않았다.

　　소동은 사양이라며 교실을 벗어나려던 순간, 눈치 빠르게 이쪽을 알아차린 이오리가 놓치지 않겠다는 듯 크게 손을 흔들며 목소리를 높였다.

　　"야, 하야토!"

　　"어, 어어, 이오리."

　　"그래그래, 하야토도 어제 나랑 같은 곳에서 머리 잘랐어."

　　"어, 야!"

　　"""어?!"""

　　그리고 이오리는 주위에 설명하듯 말했다.

　　그러자 한순간 그녀들의 시선이 이오리에게서 하야토로 이동하는 것과 함께, 재빨리 포위당했다.

　　"와, 키리시마 군도 이미지 전혀 달라!"

　　"그냥 시원해진 게 아니라, 분위기가 이제까지랑 다른 느낌!"

　　"그래그래, 이제까지랑 방향성이 비슷한 듯 달라!"

　　"어떤 식으로 잘라달라고 주문한 거야?!"

　　"저, 저기 그게, 의지할 수 있는 오빠 느낌으로 해달라고……."

　　"""!"""

　　그녀들은 한순간 말을 멈추고 함께 고개를 끄덕였다.

　　그 반응에 무척 그런 말이었는가 싶어서, 하야토는 부끄러운 탓에 얼굴을 붉혔다.

하지만 그녀들의 반응은 상상하던 것과는 조금 달랐다.

"응응, 들어보니 그러네."

"그렇구나, 확실히 엄마에서 오빠가 된 느낌이야."

"그보다 미용사 실력 정말 굉장하지 않아? 비쌌어?"

"으음, 신작 게임 소프트 하나 살 수 있을 정도의——."

그리고 그 밖에도 그녀들은 이런저런 질문을 던졌다.

횡설수설하면서도 가게의 이름이나 장소, 내부 분위기, 사전에 카즈키가 예약을 해준 것 등등, 가게에 대한 질문에 대답했다.

그러자 다음은 어찌 된 영문인지 평소 휴일을 보내는 방법이나 알바에 대해서, 평소 집에서 어떻게 지내는지 같은 사적인 질문으로 엇나갔다. 그런 질문을 해서 뭐가 즐거울까 싶으면서도, 신이 난 그녀들을 보면 화제를 돌리는 것도 어려울 듯했다.

몹시 난처해서 도움을 청하듯 옆으로 흘끗 시선을 보내자, 하루키는 그저 멍하니 그녀들을 바라보고 있었다. 하야토의 시선을 깨달은 하루키는 참으로 곤란하다는 표정을 짓고 무언가를 얼버무리듯 애매하게 웃었다.

점심시간이 되었다.

문화제도 눈앞으로 다가오기도 해서, 오후부터는 수업이 없고 모두 준비로 주어졌다. 식사도 대충 넘기고 얼른 준비에 착수하는 사람도 많아서 교내는 순식간에 평소와 다른 종류의 소란으로 뒤덮였다.

그런 소리를 들으며 으윽―, 하고 기지개를 켠 하야토는 옆의 하루키에게 말을 건넸다.

"그러고 보니 하루키, 결국 교실의 무대에서 노래도 한다고?"

"응, 기왕이면 밴드를 짜서 연주를 하자는 이야기가 됐어."

"그럼 그쪽 연습도 해야 되는 건가?"

"그렇기는 한데, 나는 당분간 집에서 자율 연습. 조만간 음정도 맞춰보고 리허설도 할 것 같긴 하지만."

"그런가. 완전히 우리 반의 주역이네."

"뭐, 그러네. 그래도 반 쪽에 틀어박히면 미스콘이라든지 다른 무대 기획을 거절할 이유가 될 테니까, 긍정적으로 생각하기로 했어."

"그렇구나, 그런 식으로 생각할 수도―― 어?"

그런 대화를 나누는데, 갑자기 여학생 하나가 옷자락을 잡아당겼다. 에마와도 자주 함께 있는 여자 농구부원, 츠루미였다.

"키리시마 군은 요리 같은 거 잘하지?!"

"어? 으―음, 뭐 그런데……."

"메뉴 어떻게 할지 고민이거든! 이쪽으로 와, 이쪽."

"어, 어어."

그런 말과 함께 억지스럽게 모퉁이로 끌려갔다. 하루키는 당황한 기색으로 주위를 두리번두리번 둘러본 뒤, 하야토를 뒤따랐다.

도중에 이오리, 에마와 눈이 마주쳤다. 이오리는 무대나 내부 장식에 대해서, 에마는 접객이나 밴드 의상에 대해서 이야기를 나누는 모양이라 도우러 나서기는 힘들어 보였다. 두 사람이 그쪽은 맡기겠다는 듯 눈짓을 했기에, 하야토도 알았다는 듯 쓴웃음과 함께 끄덕였다.

그리고 자리에 모인 것은 츠루미 외 다섯 남녀. 의지를 가지고 모인, 당일에 실제로 조리를 담당하는 사람들이었다.

하야토와 하루키가 자리에 앉자마자, 츠루미를 중심으로 척척 의견이 튀어나왔다.

"이른바 콘셉트 카페를 하는 거니까, 메뉴도 분위기를 중시하고 싶어."

"판타지스러운 귀족의 다도회라는 느낌?"

"그렇다면 케이크랑 과자가 메인인가?"

"그런 쪽은 영국의 애프터눈 티 같은 걸 참고로 하면 되지 않을까?"

"과자 계열만이 아니라 가벼운 음식이라도 제대로 식사를 내고 싶기는 해."

"그러고 보니 애프터눈 티는 샌드위치도 있었던가?"

"가능한 한 많은 종류를 내고 싶네."

"하지만 종류가 많으면 재료를 갖추거나 조리를 배우는 게 힘들지 않을까?"

"그건 그렇다 치고, 그 흡혈 공주가 좋아하는 음식 같은 건 없나?"

"니카이도 씨, 뭔가 아는 거 없어?"

"분명히 공식에서 달걀 요리를 좋아하고, 매운 게 힘들다는 설정이 있었을 텐데."

"매운 거…… 초매운 챌린지 메뉴 같은 게 있어도 괜찮지 않겠어?"

"하지만 그런 건 콘셉트 이미지가 무너지진 않나?"

"음~, 미묘한 라인. 많이 먹기 같은 것보다는 그럴싸하긴 한데."

"하지만 그런 장난기도 있으면 좋단 말이지."

"응응, 화제를 만들 수도 있을 테고."

"으음, 확실히 그럴지도 모르겠네."

"그럼 있지──." "그러면──." "하지만 그건──."

노도와 같은 기세로 논의가 열기를 띠었다.

하야토는 연이어 의견이 오가고 어지럽게 바뀌는 상황에 쩔쩔맸다. 이런 식으로 또래와 하는 의견 교환은 처음이라, 철저하게 듣는 역할에 집중해서 현재 상황을 파악하는 것이 고작. 자연스럽게 대화의 원으로 들어가서 의견을 말하는 하루키와는 크게 달랐다.

그러다가 갑자기 츠루미가 이쪽으로 이야기를 돌렸다.

"저기, 키리시마 군은 어떻게 생각해?"

"그, 그게──……."

갑작스러운 일이라서 무엇에 대한 질문인지 알 수가 없었다.

하야토는 곤란하다는 표정으로 머리를 긁적이고, 조금 부끄럽다는 얼굴로 솔직히 가슴속의 말을 털어놓았다.

"미안해, 같은 나이 친구랑 이런 일을 하는 건 처음이라, 계속 들으면서 화제를 따라다는 것만으로도 버거워."

"""……푹.""""

모두는 하야토가 꺼낸 예상 밖의 말에 눈을 끔벅이고, 그리고 납득한 표정으로 웃음을 터뜨렸다.

"그랬지, 키리시마 군은 시골 사람이었던가."

"완전히 우리 반에 녹아들어서 그만 잊고 있었어."

"어, 그러니까 그런 아이디어라든지, 요구해봐야 따라가질 못하겠어."

그러면서 하야토가 익살을 떨듯이 어깨를 으쓱이자 모두에게서 아하하, 따스한 웃음이 퍼졌다.

분위기를 다잡은 츠루미가 또다시 하야토에게 물었다.

"키리시마 군한테 묻고 싶은 건, 요리하는 사람 시선의 의견이야. 재료라든지 수고라든지, 그런 걸 생각했을 때에 어떤 메뉴가 좋을까 해서. 그게, 에마링한테 카페에서 알바도 한다고 들었거든."

"그렇구나, 그런 거……."

흠, 턱에 손을 대고, 조금 전에 나온 의견과 함께 히메코가 아침이나 간식으로 조르는 것, 과자 시로의 빙수나 안미

츠, 와라비모치 같은 음식을 계속 떠올렸다.

조리에 별로 시간이 걸리지 않는 것, 혹은 사전에 준비해 둘 수 있는 것이면 괜찮으리라. 그러면서 이래저래 차이를 둘 수 있는 것이라면——.

"팬케이크랑 와플을 메인으로 하면 어떨까?"

"호오, 어째서?"

"둘 다 믹스로 쉽게 만들 수 있고, 게다가 반죽에 초콜릿이나 녹차를 넣으면 차이도 낼 수 있어. 그리고 토핑으로 다양한 종류를 만들 수 있지 않을까? 공식 설정의 달걀을 좋아한다는 것도, 커스터드를 스탠더드로 하면 그럴듯하지 않을까 싶어서."

"아! 그렇구나. 와플 메이커 같은 걸 쓰면 굽는 것도 어렵지 않겠네."

"토핑은 과일이나 벌꿀, 초콜릿 소스 같은 걸로 이것저것 조합해볼 수 있겠어."

"일본풍이라는 느낌으로 단팥이나 콩가루도 괜찮지 않나?"

"아, 와플 사이에 뭔가 넣어보는 것도 재미있을지도!"

"그러면 햄이랑 치즈, 베이컨 레터스 토마토 같은 식사류도 어때?"

"커스터드는 우리끼리도 만들 수 있을까?"

"그러면 잼도——." "팥도——." "초매운 챌린지 메뉴도——." "어느 정도 통일하지 않으면 종류가 늘어서 비용이——." "콘셉트에 맞춰서——."

하야토의 제안을 바탕으로 구체적인 방향성이 정해지고, 그것을 결정하고자 다양한 의견이 튀어나오고 논의가 이루어졌다. 그리고 아이디어를 좁히고자 어떻게 하면 보기에 좋을지, 콘셉트에 맞을지, 그런 이야기로 바뀌면 더 이상 하야토가 나설 차례는 없을 것이다. 이것으로 역할은 다했다는 듯 "후우" 하며 크게 한숨을 내쉬고 눈앞의 상황을 바라봤다.

그러자 츠루미가 미안하다는 듯 한 손을 들었다.

"진짜 살았어, 키리시마 군. 덕분에 뭘 어떻게 하면 좋을지 이젠 보여."

"이 정도로 괜찮은 거야? 지극히 평범한 소리밖에 안 했는데."

"아니아니, 그렇지 않아! 베이스가 되는 팬케이크와 와플이라는 의견도 원재료를 생각하면 납득했고, 반죽이나 토핑 어레인지는 생각도 못 했으니까!"

"그런가, 그럼 다행이야. 뭐, 단순히 알바 경험 덕분이지만."

"알바 같은 걸 안 하면 그런 발상은 안 나오거든. 으─음, 니카이도 씨나 모리 군도 그랬지만, 키리시마 군은 그런 부분으로 생활력이 있어서 의지가 된단 말이지."

"어차피 '엄마'인걸."

"아하하! 하지만 지금은 의지할 수 있는 오빠였던가?"

"윽! 그건 이제 그만⋯⋯."

오늘 아침의 일을 떠올리고 얼굴을 붉히는 하야토.

츠루미는 놀리듯이 니히히 웃은 뒤, 갑자기 눈동자에 호기심의 기색을 드리웠다.

그리고 하루키를 흘끗 살피고 짓궂은 말투로 물었다.

"그건 그렇고, 니카이도 씨랑 어때?"

"어떻다니…… 보다시피 딱히 아무것도 없는데."

하야토에게는 갑작스러운, 그리고 영문 모를 질문이었다. 고개를 갸웃거렸다.

하지만 다른 모두에게는 아니었다. 츠루미의 말에 귀를 바짝 세운 모두는, 메뉴 이야기를 제쳐놓고 그 화제에 합류했다.

"응~ 하지만 있지, 니카이도 씨는 키리시마 군이 전학 온 뒤로 이미지가 바뀌었지?"

"그래그래, 처음에는 어딘가 다른 사람이 접근할 수가 없는 분위기였으니까."

"게다가 저런 외모에, 운동도 공부도 완벽하잖아? 도저히 같은 인간으로 여겨지지가 않았어."

"그런데 설마 모바일 게임 캐릭터를 그렇게나 열렬하게 이야기하다니!"

"이런 문화제 테마에 참가할 줄은 생각도 안 했으니까."

"꽤나 분위기를 타서, 가끔은 인터넷 용어로 딴죽을 걸기도 한단 말이지."

"아, 전에 그 동영상에 나온 노래를 불러달라고 부탁했더니, 이러쿵저러쿵 하면서도 해줬어."

"……뭘 하는 거야, 하루키."

"아, 아하하. 그건, 그게……."

시끌벅적 하루키 화제로 다들 들떴다. 이야기 틈틈이 안타까운 느낌이 배어나오면 하루키가 허둥지둥 변명을 해서는 웃음을 불렀다. 하야토는 그렇게 점차 노출되는 본래의 하루키가 호의적으로 받아들여진다는 사실에 표정이 풀어졌다.

그러자 츠루미가 하야토의 얼굴을 묘한 눈빛으로 들여다봤다.

"수상해."

"수상하다니."

"아니, 뭐라고 할까? 지켜보는 게 오랜 남자친구가 뒤에서 팔짱을 낀 모습 같다고 할까."

"뭐, 뭐어 그럭저럭 오래된 친구니까 말이지."

"……허어?"

참으로 대답이 곤란한 하야토.

그러자 츠루미와 하야토의 대화에 집중하고 있던 여자 하나가 진지한 목소리로 중얼거렸다.

"키리시마 군이 남친인가…… 실제로 의지가 될 것 같으니, 괜찮을지도?"

그 말에 귀를 세우고 있던 다른 여자들도 모여서 편승했다.

"그러게. 좀 전의 메뉴 결정도 설득력 있었지."

"이제까지 엄마란 이미지가 강했는데, 이렇게 보니까 오빠라는 느낌이고."

"가끔씩 있지—, 다른 반 애가 키리시마 군에 대해서 물어
보거든."

"나도! 특히 문화제 준비 시작한 뒤로 많이—."

"그래그래, 슬며시 물건 옮기는 걸 도와준다든지, 셔츠 옷
자락이 찢어지거나 더러워지면 고쳐준다든지 한대."

"응응, 의지가 돼."

"허? 호오…… 하야토 군?"

그녀들의 말에 허를 찔린 모양새의 하루키가 굳은 입가
로, 무슨 일이냐며 따지고 들었다. 하야토는 그녀에게 어이
없다는 듯 대답했다.

"그야, 남자라도 무거워 보이는 짐을 들고서 휘청거리면
도와주겠지, 사람으로서."

"남자?"

"당연하잖아?"

확실히 그녀들이 말하는 일은 다 기억하고 있었다. 하지
만 그 상대는 모두 남자였다.

아무리 그래도 같은 반 이외에 모르는 여자한테 말을 건
넬 배짱은 없었다.

의도를 읽기 힘든 시선으로 빤히 쳐다보는 하루키에게 쓴
웃음으로 답했다.

그런 가운데, 츠루미는 팔짱을 끼고서 싱글싱글하며 하루
키를 보고 끄덕였다.

"하지만 그런 부분이 여자한테는 포인트가 높단 말이지."

"그래그래, 슬며시 자연스럽게 해버리는 모습이라든지 특히."

"그보다도 니카이도 씨. 키리시마 군, 이렇게 머리 제대로 정리하니까 외모도 꽤 괜찮네?"

"어?! 뭐, 그게, 무척 세련된 느낌이 되었다고는 생각하는데요."

"이러면 내버려 두지 못하는 여자도 나오지 않을까?"

"솔직히 숨겨진 우량품이지—."

"하지만 둘은 그냥 친구란 말이지—."

"그럼 있지, 내가 노려도 돼?"

"⋯⋯⋯⋯어?"

그게 농담이나 장난이라는 건 하야토도 알 수 있을 만큼 명백했다.

그러나 하루키는 맥 빠지는 소리를 흘리며 시선을 헤맸다. 그것을 본 그녀들도 싱글싱글 미소가 더욱 깊어졌다. 하야토도 관자놀이를 눌렀다.

하루키는 잠시 턱에 손을 대고서 무언가를 생각하는가 싶더니 눈을 슥 가늘게 뜨고 책망하는 시선을 보냈다.

"그, 그렇구나, 하야토 군은 이 기회에 다른 반 여자애랑 친해지자는 생각으로, 꾸미는 데 눈을 뜬 거구나."

"왜 그렇게 되는데."

"그야, 그럴 나이인걸요? 신경 쓰이는 여자애 한둘은 있어도 이상하지 않을 테고요?"

"윽! 따, 딱히 그런 건…….."

신경 쓰이는 여자애.

그 말에 한순간 사키를 떠올리고 말았다.

역시나 소꿉친구라고 해야 할까, 하야토의 그런 사소한 변화와 동요를 꿰뚫어 본 하루키.

그러자 점점 더 기분이 나빠져서는 그리고 고개를 휙 돌렸다.

"흐응?"

"어, 야 하루키!"

"딱히—? 하야토가 누구랑 사귀든 나한테는 관계없으니까—?"

"그러니까, 그런 게 아니라고!"

슥 일어서서 교실 밖으로 향하는 하루키. 황급히 뒤를 쫓으려 해도 이미 때는 늦었다.

놀리던 여자들이 "니카이도 씨의 『반말』도 잘 먹었습니다!"라고 재잘거렸다. "저렇게나 필사적이라니, 키리시마 군도 참, 바람피우다가 들킨 남편 같아"라는 말이 흐르자 쿡쿡 소리 죽인 웃음이 교실에 퍼졌다. 하야토는 "으윽" 하고 말문이 막혔다.

그리고 여자들이 "어머나, 남자는——." "이런저런 애들한테 눈이 가는 건——." "하지만 실제로 무척 레벨이 높아——." "노릴 만한 물건인 건 확실히——"라며 이러쿵저러쿵 속삭이니, 표정이 어지러이 변하는 하루키를 중심으로 분위기가 달아올랐다.

더는 가만히 있을 수가 없었던 하야토가 떨떠름한 표정으로 여자들의 집단을 바라보는데, 복도에서 "니카이도 씨 있어?!"라는 커다란 목소리가 울려 퍼졌다.

모두의 주목이 단숨에 교실 입구로 모였다.

그곳에 있던 것은 최근에 완전히 익숙해진 학생회 멤버, 시라이즈미 선배.

하루키의 모습을 발견한 시라이즈미 선배는 환하게 미소를 빛내며 달려왔다.

"있네있네! 있지, 니카이도 씨, 지금 좀 위기라서—! 미안하지만 위원 쪽, 도와주지 않을래?!"

"저, 저기, 하지만 그게. 반 준비가……."

놓치지 않겠노라 하루키의 손을 붙잡는 시라이즈미 선배. 하루키는 도움을 청하듯 주위를 둘러봤지만 반 아이들도 그저 곤란하다는 표정으로 답할 뿐.

잠시 무어라 말할 수 없는 분위기가 흘렀다.

그러자 하루키를 둘러싸고 있던 츠루미가 모두를 대표하듯 입을 열었다.

"이쪽은 지금 막 끝났으니까, 오늘은 이제 괜찮아요."

"와! 그러니까 니카이도 씨, 부탁할게!"

츠루미가 그렇게 대답하자 시라이즈미 선배의 얼굴이 환해졌다.

틀린 말은 아니다. 그러나 하루키는 무어라 말할 수 없이 굳은 표정을 지었다.

그런 하루키와 눈이 마주쳤다. 마음은 어찌어찌 모를 것도 아니지만, 이만큼 대대적으로 문화제를 준비하다보면 그만큼 사고도 많이 나겠지. 하야토도 곤란하다는 듯 어깨를 으쓱였다.

그러자 하루키는 "하아" 하고 명백하게 큰 한숨을 내쉬더니 시라이즈미 선배를 돌아봤다.

"알겠어요! 그래서, 뭘 하면——."

"다행이야! 바로 말하긴 그렇지만 이쪽으로 와줘! 서류 작업이 쌓여서, 어디에 뭐가 있는지도 알 수가 없어서, 정말 큰일이야!"

"미얏——?!"

대답하기가 무섭게 시라이즈미 선배는 하루키를 끌어당기듯 데려갔다.

남겨진 하야토는 고개를 저으며 쓴웃음을 흘리고, 주변의 분위기도 느슨해졌다.

그리고 그 타이밍을 노려서 이오리가 말을 건넸다.

"하야토, 지금 손 비었어?"

"아까 하루키가 말했다시피."

"그렇구나. 저기, 츠루미. 이제부터 장 보러 갈 건데, 하야토 빌려가도 될까?"

"어, 아, 응. 괜찮아."

"그렇다니까 가자고."

"어."

하야토는 같이 있던 아이들에게 가볍게 한 손을 들어 인사하고, 이오리 일행과 함께 교실을 뒤로했다.

평소라면 수업 중인 시간이지만 왁자지껄 소란스러운 비일상적인 광경의 복도를, 문화제에 대한 기대와 고양감에 들뜬 마음으로 걸어갔다.

그러다가 도중에 미나모네 반 앞을 지나갔다.

미나모네 반 앞에는 골판지 상자가 잔뜩 쌓여 있고, 복도에서는 도면과 눈싸움하며 커다란 자와 줄자를 들고서 선을 긋는 그 반 학생들이 시야에 들어왔다. 플라네타리움의 돔을 만드는 모양이었다.

걸어가며 흘끗 교실을 살폈다.

그 안에는 책상을 맞대고서 반 아이들과 논의를 나누는 미나모의 모습이 있었다.

도서실에서 빌려왔을 그리스 신화 책을 펼치고, 다 같이 진지한 표정으로 대로는 담소를 나누며 대화 중이었다. 아마도 투영기로 비출 별자리의 내레이션에 대해서 논의하는 것이리라. 그녀의 표정은 진지했고 그늘 지지도 않았다. 게다가 저런 분위기라면 만약 컨디션이 좋지 않더라도 반의 누군가가 대처해줄 것이다.

하야토는 살짝 안도의 한숨을 내쉬며 다시 앞을 봤다.

그랬더니 문득 복도 창문으로 보이는 운동장에서 학생들이 무언가 말다툼을 벌이고 있었다. 보아하니 아무래도 노점 위치로 다투는 모양이었다. 그들이 뿌리는 험악한 분위기에 다른 작업을 하는 사람들도 멀찍이서 지켜보고 있었다.

"……아."

그곳으로 시라이즈미 선배가 몇 명인가를 데리고 쏜살같이 나타났다. 그 안에는 조금 전에 데려간 하루키의 모습도.

시라이즈미 선배는 그들을 달랜 뒤 척척 데려온 사람들을 움직여 순식간에 사태를 수습했다.

멋진 수완이었다. 자초지종을 보고 무심코 감탄을 흘렸을 정도로.

그중에서도 하루키의 움직임은 지시의 의도를 적절하게 파악했는지 한층 더 기민했다. 혀를 내두를 정도였다. 하야토는 흉내 낼 수 없을 것이다. 기뻐하는 시라이즈미 선배가 하루키를 칭찬하듯 머리를 거칠게 쓰다듬자 하루키가 미간에 주름을 지었다.

"왜 그래, 하야토?"

"웃! 어, 미안해 이오리. 저걸 좀 보느라."

"응? ……아아."

의아하게 여긴 이오리가 말을 건넸다. 아무래도 운동장을 보는 사이에 무리에서 조금 뒤처진 듯했다. 시선을 창밖으로 움직여서 그 이유를 설명하자 이오리도 납득하고 쓴웃음을 흘렸다.

그때 교사에서 시라이즈미 선배 쪽으로 몇 명인가 달려왔다. 두세 마디 무언가 이야기를 나누자마자, 시라이즈미 선배는 다시 모두를 데리고 이동을 시작했다. 이번에는 다른 곳에서 또 무언가 사고가 벌어진 듯했다.

"힘들겠네, 니카이도 씨."

"어, 아까 인원이 부족하다고는 했는데."

"역시 학생회에 들어갈 생각일까? 지정교 추천이나 장학금 같은 데서 유리해진다는 이야기를 들었으니까. 하야토, 그런 쪽으로 들은 거 없어?"

"글쎄, 딱히 아무것도. 그보다 서두르자, 뒤처지겠어."

"이런, 그러네."

하야토는 가슴속에 소용돌이치는 답답한 감정을 떨쳐내듯이 작게 머리를 내젓고, 모두를 뒤쫓았다.

찾아온 곳은 학교에서 두 역 정도 떨어진 곳에 있는 대형 마트였다.

도시의 대형마트는 옆이 아니라 위로 뻗은 건물로, 세련된 외관이었다.

하야토가 잘 아는 몹시 광대하고, 대규모 주차장을 갖추고, 옥외에는 충실한 원예 코너가 설치되어 있는 곳과는 이미지가 크게 달라서, 무심코 올려다보며 입을 벌리고 말았다.

그때 이오리가 목소리를 높였다.

"일단 먼저 용건부터 끝내버리자."

"응. 그러고 보니 여기는 뭘 하러 온 거야?"

"간판용 목재랑 내부 장식용 천, 그리고 커다란 종이……
이건 어디서 팔지? 문방구랑은 다르겠지?"

"회화 코너 아닐까? 거기 없으면 가게 사람한테 물어보면
되겠지."

"그러네. 목재는 DIY, 천은 수공예품, 으음 가까운 건──."

이오리를 앞장세워 다 같이 대형마트로 들어섰다.

내부 장식도 시골의 무뚝뚝한 콘크리트 벽이나 배관이 훤
히 드러난 천장이 아니라 잡화, 수공예, 전문적인 공구 등
등 취급하는 상품 단위로 특색을 드러낸 화려한 장식이 되
어 있어서 눈도 즐겁고 두근두근했다.

그것은 하야토만이 아니라 이오리나 함께 온 반 아이들도
마찬가지인지, 두리번두리번 평소에는 볼 수 없는 것들을
흥미진진하게 둘러보고 있었다.

"우와, 저건 스테이플러?! 저렇게 커다란 건 본 적 없
어…… 제본용인가. 이건 침이 필요 없는 스테이플러?!"

"은 액세서리 자작 키트?! 뭐야, 신경 쓰이는데!"

"둥글둥글 할로윈 특집 코너, 뭔가 참고가 될지도 모르니
까 나중에 가보지 않을래?"

"업무용 압력솥에 에어프라이어…… 아, 저 식칼갈이 있
으면 편리하겠다!"

그리고 다른 반이나 선배로 여겨지는 학생들의 모습도 있

었다. 마찬가지로 장을 보러 왔을 것이다. 그들도 하야토 일행과 마찬가지로, 판매하는 물건을 신기한 듯 둘러보며 이야기로 꽃을 피우고 있었다. 슬쩍 살펴봤더니 남녀가 무척 들뜬 모습이 눈에 띄었다.

그렇구나, 이 상황은 마음속에 있는 상대와 거리를 좁힐 절호의 기회일지도 모른다. 평소에는 그다지 대화를 나누지 않는 사람들과, 평소에는 하지 않을 법한 대화를 나누다 보니 독특한 분위기가 생겨난다.

모두가 문화제 준비라는 비일상에 들떠 있었다.

그래서 반 아이들 중 하나는, 본래라면 하지 않을 법한 말을 입에 담았다.

"있잖아, 키리시마는 결국에 니카이도 씨랑 어떤 거야?"

하야토는 여기서도 이러냐며 쓴웃음 지었다. 이런 종류의 이야기는 모두에게 관심의 대상일 것이다.

하지만 그만큼 하루키와 특별한 사이라고 여겨지는 것은, 나쁜 기분은 아니었다.

"어떻기는, 그냥 친구야."

"그런가─. 그럼 사귀는 건 아니지?"

"응."

"그럼 나, 고백해볼까─."

"…………허?"

생각지도 못한 말에 그만 엉뚱한 목소리를 높이고 말았다.

그리고 하야토를 제쳐놓고 그 화제가 계속 이어졌다.

"와하하, 넌 안 되지! 카이도도 차였는데?"

"딱히 니카이도 씨랑 사이가 좋은 것도 아니잖아?"

"하지만 말도 안 하면 가능성은 아예 없잖아? 모처럼의 문화제니까 추억을 만들 수도 있을 테고."

"음─, 나라면 추억을 만든다든가 하면서, 그런 가벼운 마음으로 그러는 거 싫을지도─."

"그리고 평소에 옆에 있는 키리시마 군은 은근슬쩍 행동하는 미남이라고?"

"그거랑 비교해서 너는……."

"으윽."

그를 중심으로 웃음이 터졌다.

그는 떨떠름한 표정을 짓고 있었지만 살짝 진지한 기색으로 중얼거렸다.

"그래도 요새 니카이도 씨, 전보다 훨씬 귀여워지지 않았어?"

"그건……."

"……그런 것 같기도. 모바일 게임 같은 것도 뜨겁게 이야기하고 그랬잖아."

"미소가 있지, 뭔가 자연스럽다고 할까 부드러워졌으니까."

"최근에는 가끔씩 어린애같이 짓궂은 미소를 보여줄 때도 있지."

"아, 그거! 그건 진짜 확 온다니까!"

"몇 번 두근거린 적 있어!"

"혹시 날 향한 미소였다고 생각하면, 진짜 장난 아니지!"

"윽!"

무심코 숨을 삼키는 하야토.

하루키가 어릴 적부터 보여준 그 표정은 자신만이 아는 것이라고 생각했다. 어쩐지 소중한 무언가를 빼앗긴 듯한 착각에 빠져서, 가슴에 답답한 감정이 생겨났다.

그동안에도 그들은 하루키에 대한 화제를 점점 더 부풀렸다. 그들의 목소리는 진지한 기색을 띠고 있어서 농담처럼 여겨지지는 않았다. 미간에 주름이 깊어졌다.

그러자 하야토의 분위기를 알아차린 이오리가 진지한 목소리로 말했다.

"실제로 이 기회를 놓치지 않고 니카이도 씨한테 고백하겠다는 녀석 많을지도 몰라. 있잖아, 후야제 그거."

"그러고 보니 우리 부 선배가 후야제에서 소리친다나 그랬지."

"그게, 성공해서 얼굴이 빨개지면 빨개질수록 행복해질 수 있다는 그거?"

"그래, 그거그거."

"하지만 실패하면 남은 고교 생활에서 애인은 없다는 징크스도 있던가."

"어, 그거 진짜야? 처음 듣는데!"

"생각해 봐. 누구를 좋아하는지 주변에 들키는 거니까, 아무도 다가오질 않겠지."

"윽, 그건 그러네. 행복해질 수 있다는 건, 결국에 공인 커플이 되는 거니까 그런 거고."

"이렇게 들어보니 현실적인 이유네."

"그래도 작년에는 2학년 타카쿠라 선배의 그게 굉장했다던데."

"아, 연극부에 엄청 미인이라던!"

"뭔가 굉장한 소동이 벌어져서——."

"그건——."

"……"

그 대화를 멍하니 듣는 하야토.

하루키가 인기 있다는 것은 머리로는 알고 있었다. 그렇다고는 해도 구체적으로 눈앞에서 고백한다는 이야기를 들으니 어떻게 반응하면 좋을지 알 수 없었다. 표정이 험악해졌다.

그런 하야토의 얼굴을 들여다본 이오리가 놀리듯이 입을 열었다.

"이러면 가만히 있을 수가 없겠는데, 하야토."

"윽! 딱히, 나는, 그게……."

"누군가가 구애하는 게 마음에 안 든다, 라는 얼굴이라고?"

"뭐, 이제까지 그렇게 되지 않도록 주의하던 모양이니까 괜찮겠지."

"지금도 그럴까?"

"……이오리?"

그러자 돌변해서는 조금 곤란하다는 표정을 짓는 이오리. 하야토도 의아하다는 표정으로 답했다.

"이제까지의 니카이도 씨는 확실히 절벽 위의 꽃이라고 할까, 타인이 접근할 수가 없었어. 하지만 지금은 아냐. 최근에는 완전히 가까운 사람이 되어버렸지. 혹시나 하는 생각으로 불쑥 다가오는 녀석이 나오더라도 이상하지 않아."

"그건……."

"무슨 일이 있으면 귀찮아진다? 전날 에마랑 있었던 일도 그랬고, 음, 카즈키도 그 탓에 중학생 시절에 이래저래 다 퉜다니까."

"……."

지당한 의견이라 반론도 떠오르지 않았다. 에마랑 카즈키 이야기를 예시로 언급하니 더더욱. 이제까지 본래의 하루키가 점차 받아들여지는 것도 좋은 일이라고 생각했는데, 한번 떠오르자 가슴이 싫은 느낌으로 술렁거렸다.

이오리는 쓴웃음을 흘리고 하야토의 어깨를 두드렸다.

"뭐, 힘내."

그리고 타이르듯 말을 건넨 뒤 모두와 함께 매장으로 향했다.

하야토는 부루퉁한 표정으로 내심 뭘 말이야, 라며 투덜거리고 뒤를 쫓았다.

구입은 받은 메모에 따라서 빠르게 끝났다. 구입한 물건은 그다지 무겁지는 않지만 부피가 큰 것이 많아서 다 같이 나누어 들었다.

이제는 돌아가면 그만이지만, 모두의 흥미는 다른 매장으로 향하고 있었다.

분위기를 파악한 이오리가 쓴웃음 지으며 모두에게 말했다.

"이다음은 자유행동으로 할까. 다행히도 오늘 산 건 당장 필요하진 않은 모양이니까, 문이 닫히기 전에 돌아가면 되겠지."

그 순간 환호성이 터지고 각자 흥미가 끌리는 코너로 떠났다.

이오리 본인도 총총히 어딘가로 향했다.

하야토도 조금 전 신경 쓰였던 주방용품 코너로 걸음을 옮겼다.

그곳에는 냄비나 프라이팬 같은 정석적인 물건부터 대체 무슨 용도인지 겉모습으로는 예상도 가지 않는 신기한 물건까지 전시되어 있어서, 살펴보기만 해도 기분이 고양되는 것을 알 수 있었다.

"압력솥만 해도 다양한 종류가…… 오, 이 향신료 선반, 자잘한 걸 정리할 수 있어서 괜찮을지도. 하지만 만 엔 가까운 가격은 좀 망설여지네. 여기 마늘 슬라이서는 도마를 안 써도 되는 건 편리해 보이지만, 마늘에만 쓰려고 사는 건…… 음, 이 냉장고용 회전 받침대는 고민되는데! 안쪽에 넣어둔 걸 꺼내는 게 늘 고생이니까!"

흥미가 끌리는 것을 들고 사용하는 모습을 상상해봤다. 그런 일이 무척 즐거웠다.

몇 가지 신경 쓰이는 물건이 있었지만 나름대로 가격이 있고, 생활비용 지갑에서 지출하는 것도 망설여졌기에 일단 보류했다. 다음에 다 같이 와서 의견을 들어봐도 괜찮을 지도 모르겠다. 그런 생각을 하니 자연스럽게 표정도 풀어졌다.

한바탕 주방용품 코너를 즐긴 뒤, 그 밖에도 무언가 흥미가 가는 물건이 없는지 돌아봤다. 평일이지만 가게 안에는 수첩을 찾는 샐러리맨, 공작 도구를 고르는 장인 같은 남성, 수공예나 잡화를 보고 담소를 나누는 고령의 여성들 등등 그럭저럭 이용객이 있었다.

그런 가운데, 교복차림에 들뜬 발걸음으로 어슬렁거리는 학생의 모습이 드문드문 보였다. 가게 측에서도 이 시기에 방문하는 학생은 드물지 않을 것이다. 어쩐지 점원이 보내는 시선도 따뜻했다. 자신도 그중 하나라고 생각하니 쓴웃음이 새어 나왔다.

자, 그건 그렇고 시간에 아직 여유가 있다. 다음은 어디를 보러 갈까?

그런 생각으로 주위를 두리번두리번하자 아는 뒷모습이 보였다. 이오리였다.

이오리치고는 드물게도 진지한 태도로, 이따금 신음을 흘리며 무언가를 진지하게 검토하는 모습이었다. 그것이 몹시 신경 쓰인 하야토는 반사적으로 말을 걸었다.

"이오리, 뭐 해?"

"어?! 아, 하야토냐. 놀랐잖아. 으음, 이건……."

"……반지?"

생각도 하지 않은 물건이었다. 그런 것까지 파느냐는 놀라움도 있었지만 금방 납득이 됐다.

이오리는 조금 부끄러워하면서도 해답을 알려주듯이 그 이유를 이야기했다.

"뭐, 에마와도 꽤 오래 알았고, 문화제는 외부에서도 이런저런 녀석들이 찾아오잖아? 그러니까 그게, 헌팅 방지라고 할까, 좋은 기회라고 할까."

"그렇구나."

"가격도 다양하지만, 의외로 아예 손을 못 댈 건 아니니까 신경이 쓰여서."

"그런가."

이오리의 불안도 이해가 됐다. 하야토가 다정한 시선을 보내자 이오리는 긁적긁적 검지로 뺨을 긁고 시선을 피했다.

액세서리를 이성에게 선물한다는 것은 무척 큰 의미를 가진다. 그런 경험이 없는 하야토로서는 딱히 무어라 할 말은 없고, 여기에 있어봐야 이오리에게 방해가 될 뿐일 것이다.

하야토는 가볍게 손을 들고 "힘내"라며 그 자리를 떠나다가, "그래"라는 부끄러운 심정이 섞인 이오리의 목소리를 등 뒤로 받으며 주위를 둘러봤다.

반지 이외에도 귀금속을 쓴 다양한 디자인의 펜던트나 귀고리, 팔찌 같은 액세서리가 여럿 진열되어 있었다.

조명을 받아 현란하게 빛나는 모습은 마치 케이스 안에서 빛나는 별과도 같아서.

틀림없이 이것들은 착용한 사람을 그 빛으로 장식하여 더더욱 매력을 끌어내 줄 것이다.

그래서 문득 그런 장식을 착용한 가까운 소녀들을 상상하고 말았다.

많은 표정이나 모습을 보여주는 하루키라면 어떤 것을 끼든 자신과 액세서리의 장점을 틀림없이 충분히 이끌어낼 것이다. 마치 많은 얼굴을 보여주며 각각의 매력이 있는 달처럼.

어느 액세서리든 어울릴 것만 같아서 쓴웃음을 흘렸다.

얼핏 선이 가늘고 하얀 사키는, 하지만 어릴 적부터 본 무녀의 춤만이 아니라, 전학 이후로 던지게 된 올곧은 말에서도 느껴지듯 확고한 심지가 있고 선명한 빛을 발한다. 마치 태양처럼.

그렇다면 사키에게는 그녀 자신의 빛에 지지 않을 법한 것이나, 그 빛을 더욱 이끌어낸 법한 것이 좋으리라.

문득 탄생석 코너라는 곳이 시야에 들어왔다.

그것을 보고 하루키가 3월생임을 떠올리고 한편에 있는 아쿠아마린 액세서리 중 어느 것이 어울릴까 바라보며, 그럼 사키는──하고 생각한 참에, 생일을 모른다는 사실을 깨달았다.

그런 것도 모른다는 사실에 깜짝 놀랐다. 스스로 알려고 하지도 않았고, 최근까지 하루키의 생일도 몰랐다는 사실을 떠올렸다.

이미 지났을까? 아직일까?

자기 생일 축하만 받고 사키만 축하하지 않는 것은 말도 안 된다. 그리고 모른다면 솔직히 물어보면 그만이라는 생각에 이르렀다. 최근의 사키를, 따라서. 무심코 자조가 흘러나왔다. 아무래도 사키에게도 이래저래 감화되고 있나 보다.

그러자 이번에는 어떤 선물이 좋을지 신경이 쓰였다. 요전에 츠키노세에게 감기에 걸려 신세를 졌을 때의 답례로 잔뜩 고민했던 것도 기억이 새록새록 떠올랐다.

눈앞에 펼쳐진 액세서리 중에는 확실히 사키에게 어울리는 물건이 있을 것이다.

하지만 여자아이한테 이런 것을 선물하는 행위는 특별한 일이다.

가볍게 줄 수 있는 것이 아니다. 조금 전, 이오리가 에마에게 줄 반지를 고르는 모습을 보았기에, 더더욱.

하지만 주고 싶은지를 따진다면──.

"──후우."

생각하니 그만 최악의 상황에 빠질 뻔했던 하야토는, 무언가를 얼버무리듯이 벅벅 머리를 긁적이고 크게 숨을 내쉬었다.

그리고 그때, 자그마한 체구의 소녀가 눈앞을 타박타박 지나갔다. 미나모였다.

자그마한 미나모는 플라네타리움에 쓸 것 같은 검고 큰 종이에 시야가 가려진 상태로, 메모를 보며 휘청휘청 두리번두리번 주위를 둘러봤다.

무언가를 찾는 모양이었다. 전시용 물품을 사러 온 걸까?

하지만 주위에는 미나모 외에는 아무도 없었다. 고개를 갸웃거렸지만 조금 전의 상황을 보기에 억지로 떠맡았을 리는 없을 것이다.

하지만 묘한 기시감이 있었다. 잠시 가만히 바라보다가 미나모의 눈 아래에 있는 다크서클을 알아차렸다. 숨을 헉 삼켰다.

다시금 미나모를 보자 바쁘게 움직이는 모습이 서두르는 것이 아니라 마치 무언가로부터 도망치는 듯이 보이더니—— 어린 하야토와 겹쳐졌다. 고뇌가 담긴 한숨을 흘리고, 하야토는 얼굴을 잔뜩 일그러뜨렸다.

그리고 동시에 떠오르는 것은 5년 전, 어머니가 처음으로 쓰러졌을 때.

수면 부족과 초조함으로 물든 그 얼굴은, 틀림없이 무언가를 하지 않으면 불안이나 공포에 짓눌러버릴 것만 같기 때문일 것이다.

어느샌가 미나모 곁으로 달려가고 있었다. 그리고 그녀가 들고 있는 짐을 손에 홱 들었다.

"미나모 씨, 그거, 내가 들게."

"어, 하야토 씨……?"

갑자기 나타난 하야토에게 놀라서 눈을 끔벅거리는 미나모.

무언가 말하고 싶다는 듯이 입을 열었지만, 하야토는 어떤 말도 허락지 않겠노라 재빨리 말을 이었다.

"그것 말고도 살 게 있잖아? 이거 방해될 테니까, 그동안에 들게."

"어, 아, 예. 남은 건 컬러 셀로판지뿐이지만요."

"아, 빛에 색깔을 입히는 그거. ……어, 그거 어디서 팔지?"

"저도 평소에 크게 연이 없는 물건이라, 어디에 있는지 알수가 없어서 곤란해서요……."

"그럼 점원분한테 물어보자. 저기요──."

"아."

하야토는 곧바로 근처에서 상품을 진열하던 점원을 붙잡고 컬러 셀로판지를 어디서 파는지 물어봤다. 문방구 코너라는 의외의 답변에 놀라면서도 걸음을 옮기며 "가자"라고 말을 건네자, 어안이 벙벙한 모습이던 미나모도 황급히 따라왔다.

그리고 에스컬레이터로 한 층 내려가자 바로 문방구 코너가 있었다.

"난 여기서 기다릴 테니까 사와."

"예, 미안해요."

하야토가 그러면서 재촉하자 미나모는 타박타박 총총히 매장으로 달려갔다. 그녀의 뒷모습에서는 역시나 어딘가 여유가 없다는 것이 느껴졌다.

그러자 하야토 안에서 과거의 감정이 되살아나고 가슴을 휘저었다. 교복 가슴께를 꽉 붙잡고 후우, 숨을 내쉬었다.

"기다렸죠!"

마음을 가라앉히려고 하는 사이, 미나모가 돌아왔다.

하야토는 얼른 평소의 표정을 애써 꾸며내려고 했지만 심하게 굳어버린 얼굴은 원래대로 돌아가지 않았다. 미나모에게 보이지 않도록 빙글 등을 돌렸다.

"시간도 시간이니까, 얼른 학교로 돌아갈까."

"예. 아, 제 짐……."

"어차피 가는 길이니까 이대로 내가 옮길게."

"하지만."

"괜찮아."

"…………."

그러면서 하야토는 밖을 향해 종종걸음을 옮겼다. 목소리가 굳어 있다는 건 스스로도 알았다.

미나모는 그 이상 아무런 말도 없이 그저 뒤를 따라왔다.

가게를 나서자 서쪽으로 기운 태양이 일렁이는 것이 보였다.

갈 때에는 반 아이들과 떠들며 걸었던 길을, 돌아갈 때에는 미나모와 함께 말없이 걸었다.

대로의 아스팔트를 저벅저벅 박차는 규칙적인 소리. 그 바로 옆으로는 많은 자동차가 끊임없이 엔진 소리를 떠들고, 배기가스를 흩뿌리며 오갔다.

가슴속에는 떠오르고 만 초조함, 답답함, 무력함 같은 끈적이는 감정이 소용돌이쳤다. 지금의 미나모를 보고 있으면 아무래도 과거의 일이 떠오르고 만다.

그때는 아무것도 할 수 없었다.

쓰러진 어머니에게도.

마음을 닫아버린 동생에게도.

그럼에도 어떻게든 해주고 싶어서 이것저것 시도해봤지만 그저 헛돌기만 할 뿐.

생각해보면 도시로 온 뒤에도 그랬다.

하루키도.

카즈키도.

힘이 되어주고 싶은데, 결국에는 아무것도 하지 못했다.

그런 스스로가 한심해서, 그 생각을 떨쳐내려고 하니 자연스럽게 발걸음이 빨라졌다.

그러자 그때 등 뒤에서 "후우, 후우" 하고 작게 숨을 헐떡이는 소리가 들려서, 그제야 간신히 미나모와 함께 있다는 사실을 떠올렸다. 여자 중에서도 작은 체구인 미나모와 남자 중에서도 키가 큰 편이 하야토는 보폭도 무척 다를 것이다. 거북해져서 미나모를 보고—— 숨을 삼켰다.

"윽!"

숙인 얼굴에는 그림자가 드리워 있었다. 마치 자신이 무언가 잘못이라도 했나 싶어서, 스스로를 책망하는 듯.

그것은 일찍이 어머니가 쓰러졌을 때의 **히메코**나 막 만났을 무렵의 **하루키**와 어딘가 통해서, 그것이 더더욱 하야토의 가슴을 삐걱거리게 만들고—— 그런 표정을 짓게 만든 자신을 너무나도 용서할 수가 없어졌다. 하야토는 짐을 든 손으로 이마를 퍽 힘껏 때렸다.

"아아, 젠장—— 아야——……."

"하, 하야토 씨?!"

"미안해, 미나모 씨. 잠깐 안 좋은 옛날 일이 떠올라서…… 그래서 기분 나쁜 태도를 취해버렸어. 용서해줘."

"아뇨! 용서하다니 저는 딱히…… 그보다 안 좋은 일이라니……."

"그건……"

미나모가 걱정하는 표정으로 하야토를 바라봤다.

하야토는 어떻게 말해야 할지 몰라서 "아—"라고 모음을 입안에서 굴렸다.

적당히 얼버무릴까 싶기도 했다. 하지만 조금 전 자신의 틀림없이 무언가 있다는 태도를 되짚어보면 그런 짓을 할 수는 없다.

그리고 미나모는 어머니의 사정도 알고 있다.

게다가 분명——.

"내가 요리를 하게 된 건 있지, 5년 전에 어머니가 처음으로 쓰러졌을 때였어."

"……아. 그럼 상황에 몰려서……."

"아니——."

하야토는 거기서 말을 잠시 끊고, 자조와 함께 고개를 가로저었다.

"주변에 식사를 만들어 주겠다고 제안하는 사람은 여럿 있었어. 시골이니까 다들 아는 사이고, 걱정해줘서…… 하지만, 거절했어. 당시의 나는 그걸 받아들일 수가 없었어. 뭔가를 하고 있을 때만큼은 불안이나 쓸쓸함을 숨길 수 있었으니까. ……그런 제멋대로인 이유로, 내게 건넨 손길을 뿌리쳤어."

"하야토, 씨……."

"그것만이 아냐. 동생도 어머니 일로 충격을 받은 탓에 틀어박혀서, 어떻게든 하려고 했지만 잘 안 되고…… 하핫, 결국 그쪽은 사키라고, 동생 친구가 어떻게든 해줬어."

"…………."

한번 내뱉고 말았더니 끝내, 가슴속 깊이 있던 마음이 말이 되어 끊임없이 흘러나왔다. 자신의 비참함을 노래하는 불평이 되어서.

언제나 아무것도 할 수 없었던 스스로가 싫다.

미나모도 어떻게 대답하면 좋을지 알 수가 없어서 곤란하다는 표정이었다.

그때는 상담할 수 있는 또래 친구가 하나도 없이, 어찌할 수도 없이 혼자였다.

그러니까 생각한 것이 있다. 만약 **하루키**가 있었다면 어땠을까.

"만약──."

만약 여기서 하루키라면 어떻게 할까?

하루키는 특별한── 파트너니까. 언제나 하야토가 못 하는 일을 처리해준다.

게다가 하루키라면 미나모과 같은 여성이고, 묵고 가기도 하는 사이다. 하루키니까 계기만 만들어서 미나모와 함께 있다면 고민을 물어보고, 그대로 어떻게든 해줄지도 모른다. 그런 생각을 하니 표정이 부드러워졌다.

하야토는 자연스럽게 흘러나온 미소를 미나모에게 향했다.

"혹시 괜찮다면, 다음에 미나모네 집에 하루키라도 불러서 놀러 가도 될까?"

"……예? 저희 집이요……?"

"응, 오랜만에 할아버지한테 혼나고 싶어져 버려서."

"아! 하지만 누군가 찾아오면 할아버지도 기뻐할 거예요!"

갑작스러운 하야토의 제안에 미나모는 눈을 끔벅거린 뒤, 얼굴이 환해졌다.

하야토는 애써 장난스러운 태도로 미나모에게 이야기했다.

"그런데 요전에 크림 스튜 만들었는데, 우유랑 착각해서 요거트를 넣어버렸어."

"아핫, 포장은 비슷하니까요. 그래서, 어떻게 됐나요?"

"얼른 카레로 변경해서 얼버무렸어. 뭐, 왜 재료가 브로콜리랑 연어냐고 의심을 받았지만."

"후훗, 그건――."

"뭐, 자주 있는――."

그리고 하야토는 적어도 지금 이때만이라도, 그런 생각에 밝은 화제로 미소를 꽃피웠다.

제 7 화

그녀의 마음이 향하는 곳

　문화제 실행 위원의 방으로는 부실동에서도 한층 큰 학생 회실이 주어졌다. 관례적으로 학생회 부회장이 문화제 실 행 위원장을 겸하기 때문이었다. 학생회 업무로 사용하는 구역을 파티션으로 나누어 구석으로 몰아넣고, 확보된 공 간에는 긴 책상이 죽 놓였다.

　그런 학생회실에서는 지금 긴박한 분위기가 흐르고 있 었다.

　실행 위원 몇 명이 조마조마하게 입구 근처에서 지켜보는 중이었다.

　"죄, 죄송해요, 저희의 발주 미스라…… 바로 각처에 말 해서 조정을 진행할 테니까, 그!"

　"어, 그래, 이해했으면 됐어. 그러니까 저기, 머리 좀 들 어줘!"

　하루키는 당장에라도 울 것 같을 만큼 눈꼬리에 커다란 눈물을 글썽이고, 어깨를 떨며 치맛자락을 꽉 붙잡았다. 직 무에 충실하고자 다부지게 행동하는 그 모습은 그야말로 갸 륵하다. 외모도 청순가련한 하루키가 그런 식으로 말하니 더더욱 그렇게 느끼는 것이리라.

　처음에는 잔뜩 화가 나서 온몸으로 분노하던 체격 좋은

남학생도 마치 자신이 하루키를 괴롭히는 것 같은 착각을 느끼고, 쭈뼛쭈뼛 필사적으로 하루키를 달래려 했다.

"인원이, ……그건 변명이겠네요. 가능한 한 빨리 대처할 테니까, 조금만 시간을 주세요!"

"어, 응. 따, 딱히 지금 당장 필요한 건 아니니까, 그래. 천천히 해도 돼."

"아니에요! 저희 실수인데요!"

"괘, 괜찮아! 그럼 난 간다!"

그러면서 남학생은 총총히 떠났다.

그를 지켜보고 하루키가 "후우" 하고 크게 한숨을 내쉬며 학생회실의 문을 닫는 것과, 짝짝 박수가 날아든 것은 동시였다.

그리고 무척 기분 좋아 보이는 시라이즈미 선배가 하루키를 꼭 끌어안고서 뺨을 비볐다.

"이것 참―, 덕분에 살았어 니카이도 씨! 저 녀석, 작년에도 사소한 일로 화가 나서는 쳐들어와서 있지―, 몇 번이나 말다툼이 벌어졌단 말이야―."

"그런 성가신 사람, 저한테 떠넘기지 마세요……."

"앗핫핫, 내가 나서면 싸움이 벌어질 뿐이니까! 그보다 파이프 의자가 부족하면 자기 반 의자로 어떻게든 하라고―! 그렇게 생각하지 않니?"

"그건 뭐, 그렇네요."

간단히 그 광경을 상상하고 무심코 쓴웃음 지었다.

그러자 시라이즈미 선배는 절절한 감정을 담아서 말했다.

"그건 그렇고 니카이도 씨는 클레임 처리도 능숙하네. 아니, 다재다능해. 낮에 운동장 경계로 싸웠을 때는 바로 숫자를 꺼내서 쿨한 느낌으로 논리정연하게 설명해줬고, 체육관 연습 시간 충돌은 일갈로 수습했고. 방금은 눈물 작전? 이었고."

"상대를 보고, 각각 가장 효과적인 방법을 골랐을 뿐이에요."

"아니―, 보통은 그런 거 못 해! 덕분에 다들 무척 도움을 받았어!"

시라이즈미 선배가 "그렇지―?"라며 다른 실행 위원들에게 동의를 구하자, "나 대신에 제대로 설명해줘서 살았어!" "내가 울 지경이었을 때 얼른 와준 거 멋있었어!" "후배지만 의지가 된다고 할까, 나도 져선 안 되겠다는 생각이 들었어!"라는 찬사의 목소리가 올라왔다.

하루키는 평소 그대로 상대에 맞추었을 뿐. 그런데도 이렇게 칭찬을 받으니 조금 부끄럽지만 나쁜 기분은 아니었다.

그리고 시라이즈미 선배는 양손을 꼬옥 붙잡고 반짝반짝 기대로 빛나는 얼굴을 가져다 댔다.

"니카이도 씨, 역시 문화제 실행 위원, 아니, 정식으로 학생회에 들어와! 적임자라니까!"

"저기, 그건……."

"그래, 다른 멤버들하고도 이러니저러니 해도 안면을 익혔고, 가끔은 언제 들어와 줄까 하는 이야기가 나온다니까—."

"감사한 이야기지만, 이번에는 반 테마에 메인으로 나가게 되어서 당일에는 얼굴을 내밀 수 없으니까, 일단 지금만 도와드리는 걸로……."

"어어~?!"

하루키가 살며시 에둘러서 거절하자 시라이즈미 선배는 어린애 같이 토라진 표정으로 입술을 삐죽였다.

주위에서도 "니카이도 씨는 학생회 소속이 아니었구나…….""체육제 때도 운영진으로 뛰어다니는 걸 봤으니까, 틀림없이 학생회라고 생각했는데.""회장 선거에 나오면 투표할게—!""음, 내 라이벌이 되겠네!"라는 목소리를 높였다.

그 모습을 본 하루키는 미안하다는 듯 표정이 일그러졌다.

생각해보면 시라이즈미 선배와도 오래 알고 지냈다. 하야토와 재회하기 전, 5월에 체육제 실행 위원이 되었을 때부터였다.

목적은 물론 학생회 입성.

착한 아이가 되기 위해.

또한 지정교 추천 등등 내신 점수 벌이라는 타산으로.

당시에는 그 길을 걷는 것에 아무런 의문도 품지 않았고, 그렇게 하는 것이 최선이라 믿어 의심치 않았다. 사실 다른 사람들의 눈에도 그림으로 그린 것 같은 이상적인 우등생으로 눈부시게 비쳤을 것이다. 지금 이 학생회실에서 마주하고 있는 시선처럼.

문득 조금 전 학생회실로 돌아올 때, 복도에서 보인 하야토의 모습을 떠올렸다. 같은 반의 남녀 몇 명과 화기애애하게 대화를 나누며 물건을 사러 교문을 나섰다.

그것은 어디에나 있을 법한, 지극히 평범한 고등학생 그룹의 모습.

그런데도 어째서 저 원 안에 자신이 없는 것일까?

……이유는, 빤히 알고 있다.

이것은 자신이 뿌린 씨앗. 스스로 학생회에 들어가고자 계획을 꾸몄으면서, 이제 와서 뻔뻔하게 빠져나가려고 하는 것이 너무나도 나쁘게 여겨졌다.

하지만 문득 학생회에 들어갔을 때의 모습을 상상해봤다.

항상 어수선하고, 하지만 즐거워하는 시라이즈미 선배를 보기에, 그 일은 확실히 보람이 있을 것이다. 틀림없이 청춘의 한 페이지가 된다.

하지만 그 옆에는 하야토가 없다.

틀림없이 하루키가 학생회나 각종 학교 행사 운영으로 분주한 가운데, 하야토는 친구들과 함께 웃고 있을 것이다. 이윽고 찾아올 수험 공부도, 하루키가 추천을 정해서 유유자적한 상황에 하야토는 다른 아이들과 공부 모임을 가질지도 모른다.

——오늘처럼.

생각하는 것만으로 쓸쓸하다는 감정을 품고 말았다.

그렇다면 학생회에 대한 태도도 확실하게 해야만 한다.

그런데도 그렇게 생각할 때마다 어머니의 얼굴이 어른거려서 그만 망설이고.

그런 스스로가 한심했다. 하루키는 자조한 뒤, 시라이즈미 선배에게서 훌쩍 거리를 벌렸다. 그리고 애써 밝은 미소를 지었다.

"그러고 보니 팸플릿 원고 제출을 아직 안 한 곳이 있었죠? 저, 회수해 올게요!"

"앗!"

하루키는 대답을 기다리지 않고 책상 위에 놓여 있던 서류를 움켜쥐고서 방을 뛰쳐나왔다.

등 뒤로 "도망쳤어!"라고 외치는 시라이즈미 선배의 목소리를 들으며, 문득 고개를 든 앞에 있던 부실동의 복도 창문을 보았다. 거기에 비친 자신의 미소는 마치 가면을 들러붙인 것처럼 박정한, 하지만 익숙한 것이었다.

하루키는 미제출 리스트를 들고서 해당 장소를 돌았다.

"미안—! 우리 담당이 깜박 잊어버렸나봐!"

"아뇨, 덕분에 바로 회수할 수 있었으니까요."

"정말이지! 잊어버린 녀석한테는 내가 제대로 말해둘 테니까!"

"아하하."

하루키에게 그런 말을 하던 2학년 여학생은 눈썹을 추켜올리며, 몰래 도망가려던 남학생 쪽으로 성큼성큼 다가갔다.

곧바로 붙잡혀서 난처한 표정으로 변명을 하는 남학생.

잔뜩 입술을 삐죽이고, 허리에 손을 대고서 잔소리를 퍼붓는 여학생.

그런 두 사람을 흐뭇하게 지켜보는 2학년 D반 학생들.

하루키도 그들의 모습에 푸근한 미소를 지으며 교실을 뒤로했다.

복도를 걸으며 조금 전에 받은 원고를 클리어 파일에 끼우는데, 교내 도처에서 피어나는 시끌벅적한 목소리가 귓가를 때렸다.

주위로 스윽 시선을 향했다.

잔뜩 의욕이 넘치는 남학생.

적극적으로 뛰어다니는 여학생.

친근하게 떠드는 남녀 모임에, 문화제에서의 만남을 기대하는 남자들, 혹은 여자들의 그룹.

"후우."

하루키는 무어라 말할 수 없는 얼굴로 한숨을 흘렸다.

모두 한데 모여 무언가 목표를 향해 행동하는 상황은 일체감을 준다. 틀림없이 인간관계도 크게 변화시키는 계기가 될 것이다. 이제까지 그다지 접점이 없었던 상대에게 접근하거나, 자신을 어필할 절호의 기회이기도 하다.

조금 전 2학년 D반에서 있었던 일을 떠올렸다. 아아, 틀림없이 그것도 저런 일이겠지.

하루키네 반에서도 몇 명인가 신경 쓰이는 상대에게 접근하려는 사람이 있다는 것도 깨닫고 있었다. 그중에는 하루키를 상대로 호의를 품은 사람이 있다는 것도.

솔직히 사귀고 싶다든지 그런 기분은 아직 잘 모르겠다.

가장 친한 이성——하야토를 떠올리면, 더더욱. 게다가 변화는 불편했다.

하지만 그때 문득 사키의 얼굴이 뇌리를 스쳤다.

이대로 있을 수는 없다며 츠키노세에서 홀로 도시로 쫓아온, 무척 눈부신 여자아이. 그 행동력의 원천은 틀림없이 가슴속에 품은 마음일 것이다.

그녀의 변화는 하루키에게도 마음에 드는 것이었다. 그럴, 터였다.

그리고 또 하나, 최근에 변하고 있는 사람이 있다.

카이도 카즈키.

자신과 마찬가지로 주변에 맞추는 것을 잘하는, 같은 부류라고 생각했던 하야토의 친구.

그가 가을 축제에서 문득 깨닫고 만 마음을 흘렸을 때의 얼굴이 뇌리를 스치자, 금세 그때 느낀 열기가 다시 타오르고 가슴을 태웠다. 하루키는 순간 그 열기를 떨쳐내듯이 머리를 내젓고 황급히 사고를 전환했다.

그리고 리스트로 시선을 떨어뜨리고 얼굴을 찡그렸다.

"……연극부."

하루키가 본 것은 그곳에 소속된 타카쿠라 유즈다. 카즈키를 향한 호의를 당당히 이야기한, 작년 문화제에서 주목을 받은 인재.

가슴속이 복잡했다.

자기 마음을 올곧게 말하는 그녀는 조금 거북했다. 히메코를 향한 카즈키의 마음을 듣고 말았기에 더욱.

그렇지만 지금은 문화제 실행 위원으로서 업무 중이다.

뒤로 돌리자는 생각도 잠깐 들었지만, 제출하지 않은 곳은 그다지 많지 않았다. 게다가 반드시 그녀와 마주치는 것도 아니리라.

하아, 크게 탄식을 한 번.

마음을 다잡고, 연극부 부실이 있는 제2피복실로 걸음을 옮겼다.

제2피복실 앞에는 연극부원으로 여겨지는 학생들 몇몇이 커다란 판자에 붙인 모조지에 배경 밑그림을 그리고 있었다. 이른바 무대 배경 작업이었다. 문화제에서 사용하는 것이리라.

하루키는 그들 가운데 타카쿠라 유즈가 없는지 확인하고, 가장 앞쪽에 있던 여학생에게 말을 건넸다.

"저기, 죄송해요."

"응? 너는……?"

"문화제 실행 위원인데, 팸플릿 원고가 아직 안 와서요."

"아―, 우리, 상연 목록 결정이 늦어져서 그래! 잠깐만 기다려, 물어보고 올게."

"부탁드려요."

그리고 그녀는 "있지ㅡ, 팸플릿 원고 가지고 있는 거 누구였더라ㅡ?"라면서 제2피복실로 들어갔다. 안에서 그들의 대화가 들렸다.

"어라, 부장 아냐?"

"난 몰라, 먀코한테 부탁해서 넘겼거든?"

"그다음에 일러스트를 넣고 싶다는 얘기가 나와서, 만연에 아는 애한테 부탁하지 않았던가?"

"그리고 보니 어제 큰 책상 위에 놓여 있는 걸 봤어."

"……큰 책상 위, 지금 의상 제작 재료로 완전 엉망인데요."

"으악ㅡ!"

"차, 찾아라 찾아!"

어수선한 대화를 들은 하루키도 쓴웃음을 지었다. 복도에서 배경을 만드는 나머지 멤버와 곤란한 듯 얼굴을 마주 봤다.

그리고 잠시 후, 요란스럽던 제2피복실에서 "있다!"라는 환호성이 들렸다. 하루키도 무사히 찾았다는 사실에 안도했다.

하지만 드르륵 열린 문에서 나타난 인물을 보고 하루키는 뺨이 굳었다.

"기다리게 했네…… 어라?"

"윽?!"

타카쿠라 유즈였다. 틀림없이 조금 전에 말을 건넨 여학생이 나올 것이라고만 생각했기에, 동요한 탓에 시선을 헤매고 말았다.

발굴된 팸플릿 원고를 들고서 나타난 그녀는 그런 하루키를 보고 눈을 몇 번인가 깜박인 뒤, 눈매를 스윽 가늘게 했다. 그리고 유즈는 하루키에게 원고를 건네고 싱긋 미소 지었다.

"이거면 괜찮을까?"

"아, 예. 문제없다, 고 생각해요."

"그래, 잘됐네."

슥 훑어봤더니 딱히 부족한 부분은 없었다.

이것으로 목적은 달성했다.

이제 이곳에 용건은 없다. 얼른 이 자리를 떠나자. 그런 생각으로 하루키는 몸을 돌렸다.

"그럼 이만——."

"기다려."

유즈가 놓치지 않겠다는 듯 손을 붙잡았다.

하루키는 곤혹스러워하면서도 애써 의연하게, 눈빛에 살짝 항의하는 기색을 드리우고서 마주 봤다.

"저기, 무슨 일인가요?"

"나도 따라가도 될까?"

"예? 아니, 하지만 준비 중인 게……."

"내 쪽은 괜찮아. 그보다도 너랑 대화를 나누고 싶어."

"대화……?"

나쁜 예감이 들어 미간에 주름을 새겼다.

애당초 타카쿠라 유즈와 하루키의 접점 따위는 하나밖에 없다.

그 해답을 맞추어보듯, 그녀는 노래하듯 말했다.

"물론, **최근의** 카즈키에 대해서야."

"윽!"

"보아하니 이래저래 흥미로운 이야길 들을 수 있겠네."

"⋯⋯."

무슨 말이 나올지 알고 있었으면서도 감정이 흔들려 표정으로 드러나 버렸다.

타카쿠라 유즈는 먹잇감을 발견한 육식 짐승처럼 사나운 미소를 지었다.

긴장감 속에서, 하루키는 유즈와 함께 굳이 인기척이 없는 구교사 쪽으로 걸음을 옮기고 있었다. 당연히 자재 창고가 되어 있는 그런 곳에서 미제출 원고를 회수할 일은 없었다. 상대도 그 사실은 알고 있을 것이다.

대화도 없이, 그저 계속 걸었다.

이따금 유즈에게서 무언가 떠보는 듯한 시선이 날아드니 아무래도 숨이 막힐 뻔했다.

무언가 이야기할 계기가 없을지 주위를 둘러봤다. 그리고 수중에 있는 연극부에서 받은 팸플릿 원고로 시선을 떨어뜨리자, 문득 의문의 목소리가 흘러나왔다.

"⋯⋯전국 백설 공주?"

백설 공주는 안다. 누구라도 아는 동화다.

그러나 전국(戰國)이라는 두 글자가 붙으니 순식간에 어떤 내용인지 알 수가 없게 되었다.

하루키의 혼잣말을 들은 유즈는 "어머"라며 목소리를 높이고 검지를 턱에 대더니 쿡쿡 유쾌하게 웃었다.

"우리 연극이야. 무대는 가공의 전국 시대, 계모와의 권력 투쟁에 패배한 백설 공주 아가씨가 새로이 궐기, 내게 칠난팔고(七難八苦)를 달라며 초승달에게 기도하고 일곱 용사와 함께 가문을 되찾기 위해 분투하는 이야기야. 물론 협력을 원하는 왕자님 같은 미남 다이묘도 나와."

"그거, 미묘하게 초소카베 모토치카와 야마나카 시카노스케가 섞여 있는데요?! 그리고 왕자님 같은 다이묘는 오다 노부나가 아닌가요!"

"어머나, 정답. 잘 아네?"

"윽! 아이 그게, 게임 같은 걸로⋯⋯."

"후훗, 각본을 쓴 아이도 그렇게 말했어. 어때, 재미있겠지?"

"뭐, 그건 확실히."

유즈의 말에 하루키가 끄덕였다.

실제로 어떤 이야기가 될 것인지 이래저래 상상력을 발휘하자 흥미도 샘솟았다. 표정도 풀어졌다. 과연, 좋은 연극이 될 것 같았다.

그런 하루키의 얼굴을 본 유즈는 문득 자조를 흘렸다.

"난 이런 연극은 생각도 못 했어. 시간도 없으니까 기존의 작품으로 할 수밖에 없다고 완고하게 생각해버려서."

"⋯⋯예?"

"전에, 너도 연극을 오리지널로 할지 말지 다투던 걸 봤지?"

"예, 뭐."

동시에 하루키는 그녀가 다른 부원과 잘 지내지 못하는 장면도 목격했던 것을 떠올리고 참으로 떨떠름한 표정을 지었다.

"각본 쓴 아이가 있지, 완전한 오리지널이 아니라 기존의 작품을 베이스로 하면 괜찮다고 그러면서 썼거든. 물론 그때까지 정체되어 있던 분위기를 날려버릴 만큼 멋진 완성도였어."

그러면서 유즈는 눈매를 가늘게 뜨고 탄식을 한 번. 그리고 하루키를 가만히 바라보고 계속 말했다.

"틀림없이 너라면 나처럼 다투지 않고 제대로 상황을 정리할 수 있었겠지."

"그건⋯⋯."

어떨까요, 라는 말을 삼켰다.

하루키는 주변의 분위기를 읽고 무난하게 지나가는 것에 뛰어나다.

확실히 표면상으로는 애매한 타협안을 찾아서 넘어갈 수 있을지도 모른다. 그러나 결국엔 원한이 남지 않을까.

결국 하루키에게는 그들을 납득시킬 수 있을 만큼의 열정이나 색깔이 없으니까.

그저 그러는 편이 자신을 낮게 보여줄 수 있다는 타산이 존재할 뿐.

그런 생각이 얼굴에 드러나 버린 하루키를 유즈는 계속 응시하며, 이것이 본론이라는 듯 이야기를 꺼냈다.

"**최근의** 카즈키 군이라면, 어떻게 수습할까?"

"웃?!"

최근의 카즈키 군. 또다시 튀어나온 그 말에 어깨를 움찔 떨고 걸음을 멈췄다. 유즈도 걸음을 멈추고 표정이 진지해졌다.

가을 축제 이후, 카즈키는 변했다. 그 사실을 깨닫지 못할 그녀가 아니다.

그리고 하루키는 그 이유를 알고 있었다.

그 가을 축제 날, 히메코를 향한 마음을 이야기하던 얼굴은 도저히 잊을 수 없을 것이다.

그러나 그것은 쉽사리 누군가에게 말할 수 있을 법한 이야기가 아니다. 카즈키를 좋아하고 있는 유즈에게는 더더욱. 입을 닫고 눈을 피하고, 시선을 헤맸다.

유즈는 그런 하루키는 개의치 않고 열기가 담긴 말을 자아냈다.

"후야제 공개 고백, 알고 있어? 거기서 맺어지면 행복해진다고 하는."

"그건……."

"올해는 나도 말하는 쪽으로 돌아서 볼까 생각해."

"……윽."

그것은 마치 선전포고처럼도 들려서, 하루키는 묘한 얼굴로 입을 다물었다.

유즈의 마음은 아플 정도로 전해졌다. 그만큼 카즈키에게 진심인 것이다.

그러나 바로 그렇기에, 아무 말도 할 수가 없게 되어버렸다.

유즈루는 그런 하루키를 보고 의외라는 표정을 지었다.

"어머? 너——."

"이것 참—, 미안해 카이도 군. 여기까지 데리고 와 해버려서."

"신경 쓰지 마. 겸사겸사야, 겸사겸사. 그렇게 힘든 것도 아니고."

""윽?!""

그때 갑자기 등 뒤에서 바로 지금 화제인 인물과 여학생의 목소리가 들렸다.

순간적으로 하루키와 유즈루는 얼굴을 마주 보며 함께 끄덕이고, 적당한 빈 교실로 몸을 밀어 넣었다. 그리고 살짝 문을 열며 그들의 모습을 살폈다.

카즈키는 골판지 상자를 들고 있었다. 안에 무엇이 들어 있는지는 알 수 없지만, 장난처럼 가볍게 흔들어 별로 무겁지 않다며 어필하고 있었다. 여학생은 그런 카즈키에게 "오, 믿음직해!"라며 쿡쿡 웃었다.

아무래도 이쪽에 무언가 자재를 찾으러 왔나 보다.

여학생은 카즈키 조금 앞을 걸으며 두리번두리번 주위를 찾았다.

"으음, 차광 커튼이 있는 건…… 저 방인가?"

""윽!""

하루키와 유즈가 동시에 숨을 삼켰다. 하필이면 이 교실로 오는 모양이었다.

교실을 휙 둘러봤다.

안쪽 3분의 1 정도에 사용되지 않는 책상과 의자가 쌓여 있고, 빈 공간에는 라바콘이나 호랑이 무늬 로프, 먼지 냄새 나는 체육 매트와 긴 의자, 내용물을 알 수 없는 골판지 상자가 놓여 있었다. 벽에는 대걸레나 빗자루 같은 청소 도구가 잡다하게 세워져 있었다. 도저히 숨을 수 있을 법한 장소는 보이지 않았다.

하루키가 어쩌면 좋을지 당황하는 사이, 갑자기 유즈가 억지로 손을 잡아당겼다.

("이쪽이야!")

("예?!")

유즈는 작은 목소리로 속삭이고 함께 청소 도구함 안으로 들어갔다.

다행히도 안에는 아무것도 없었다. 그러나 그다지 크지

않은 청소 도구함 안은, 두 사람이 들어가니 입추의 여지가
없었다.

하루키는 필연적으로 유즈와 마주 보고, 키가 큰 그녀에
게 안긴 모양새가 되었다. 다리는 외설스럽게 휘감기고, 서
로의 가슴이 짓눌리고, 손을 함부로 움직이면 상대의 어디
에 닿을지 알 수 없었다. 눈앞에 있는 것은 그녀의 늘씬하
니 하얀 목. 그곳에서 피어오르는 시트러스의 새콤달콤한
향기가 코를 채우니 머리가 어질어질해졌다. 가슴이 두근
거렸다.

'어, 와, 좋은 냄새, 부드러워?!'

하루키는 갑작스러운 일에 그만 혼란에 빠져버렸다.

이렇게 누군가가, 어머니조차 안아준 경험이 없었으니까
더더욱.

밖에서 빛이 약하게 새어드는 어두운 청소 도구함 안, 서
로의 숨결이 새어나오고 시선이 휘감겼다. 몸이 점점 뜨거
워졌다.

그리고 그때, 드르륵 교실 문이 열렸다.

하루키와 유즈는 움찔, 작게 몸을 떨고 숨을 죽이며 바깥
상황에 의식을 기울였다.

"차광 커튼 어딨지?"

"언뜻 봐서는 안 보이네. 저기 골판지 상자 중에 있을 것
같은데."

"으헤, 엄청 많네."

"아하하, 나도 찾는 거 도와줄게. 상자 옆면 같은 데 내용물 라벨이 붙어 있지 않을까?"

"아, 있다! 이건 석고, 이건 10년 전 기념 볼펜, 이건 자석? 고리던지기 세트도 있어! 이런 걸 왜 남겼나 싶은 물건까지 다양하네―."

"이런 문화제에 쓸지도 모르니까 그런 게 아닐까?"

"그러게―."

그런 대화를 나누며 물건을 찾는 카즈키와 여학생.

잠시 후, 여학생이 "오!"라며 목소리를 높였다.

"찾았어?"

"응. 하지만 저기……."

여학생이 가리킨 곳은 여러 개가 쌓여 있는 골판지 상자 가장 아래.

그녀가 조금 곤란하다는 기색을 내비치자 카즈키는 위에 있는 상자를 훌쩍 들어 올렸다.

"자, 지금 꺼내버려."

"어, 응…… 있다, 차광 커튼!"

"잘됐네. 내가 들고 있던 박스 안에라도 넣어둬."

"어, 하지만 이 정도는 내가……."

"됐으니까. 내가 폼 좀 잡게 해줘. 응?"

"후훗, 카이도 군도 참!"

그러면서 카즈키가 짓궂게 한쪽 눈을 감자 여학생도 쿡쿡 웃었다.

그녀가 찾던 물건을 꺼내고, 카즈키가 들고 있던 상자를 다시 내려놓았다.

그러자 여학생은 흥미진진한 모습으로 찰딱찰딱 카즈키의 팔을 만졌다.

"헤에…… 호오……."

(""윽?!"")

"저기, 왜……?"

"아니, 힘이 꽤 있으니까 어떤가 신경 쓰여서."

갑작스러운 일에 곤혹스러워하면서도 가만히 있는 카즈키.

그녀는 몹시 친근한 분위기를 자아내며 카즈키와의 거리를 좁혔다.

명백하게 친구로서의 일선을 넘으려는 행동이었다.

그 모습을 보고 있던 유즈는 굳게 입술을 닫고 하루키의 팔을 꽉 붙잡았다.

한편 그동안에도 그녀의 행동은 점점 과격해져서, 카즈키의 몸 여기저기로 손을 둘렀다.

"아니, 부활동으로 단련돼서 그런가, 근육이 굉장하네—, 복근 같은 것도 탄탄하잖아!"

"……슬슬 멈춰주지 않을래? 아까부터 간지러워서."

"아핫, 미안미안. 이렇게 남자 몸을 만질 기회 같은 건 없어서 그만."

카즈키가 쓴소리를 던지자 그녀는 훌쩍 한 걸음 물러나서 미안하다며 가볍게 양손을 들었다.

그리고 무언가 좋은 생각이 났다는 듯 싱긋 미소를 지었다.

"아, 그럼 사죄로 내 몸을 만져볼래? 영, 차."

"어, 아, 잠깐!"

("""윽!""")

"나 있지―, 크기랑 모양은 꽤 자신이 있거든―."

여학생은 등 뒤에서 카즈키를 끌어안고 무척 도드라지는 그 가슴을 꾹꾹 들이댔다. 문화제는 인간관계를 크게 바꾸는 계기가 된다. 틀림없이 저 여학생에게도 그럴 것이다. 가벼운 느낌으로 대하고는 있지만 그녀의 얼굴에는 어딘가 여유가 없어 보였다.

역시나 카즈키도 놀람과 동요를 감추지 못하고 얼굴이 굳어져 버렸다.

그녀는 그런 카즈키를 어떻게 생각했는지 몸을 꽉 누르며 달콤한 목소리로 속삭였다.

"카이도 군은 있지, 전이랑 다르게 틈이 많아졌구나."

"그런, 걸까?"

"응, 더 친근해졌다고 할까, 착각하게 만들어 버린다고 할까…… 있지, 지금은 여자친구 없지?"

그녀는 결정적인 곳으로 내디디려 하고 있었다. 유즈는 당장에라도 뛰쳐나가려는 중이었다. 틀림없이 질투의 불길이 그녀의 마음을 불태우고 있을 것이다.

하루키는 갑자기 사키를 떠올렸다.

만약 자신이 하야토를 놀리며 저런 식으로 몸을 사용한

스킨십을 했다가는, 분명 사키는 가슴이 찢어질 것만 같은 심정일 것이다. 지금은 그 아픔을 명확하게 알 수 있다, 알 수 밖에 없다.

그래서 하루키는 유즈에게 잡혀 있는 손을 꼭 감싸 쥐었다. 무슨 일이냐며 이쪽으로 시선을 향한 유즈에게 작게 고개를 가로저었다. 유즈는 그런 하루키를 보고는 놀라고, 자신을 진정시키듯이 후우우우 작지만 길게 숨을 내쉬었다.

그리고 **여자친구**라는 말을 들은 카즈키는 어깨를 움찔 떨며 태도를 바꿨다. 감도는 분위기도 조금 차갑게 변화했다.

카즈키는 천천히 그녀의 손을 떼어내고 조금 곤란하다는 듯, 진지한 눈빛으로 말했다.

"……미안해, 나한테는 좋아하는 애가 있어."

"읏!" ("'읏?!'")

이번에는 여학생이 놀랄 차례였다.

그녀는 살짝 의외라는 듯이 목소리를 떨며, 카즈키에게 물었다.

"혹시 A반 니카이도 씨? 아니, 하지만 소문은 들었지만 그런 분위기는 전혀…… 게다가 1학기 일이고……."

"그건……."

카즈키는 미간을 찌푸리고 머뭇거렸다.

"'…….'"

한동안 침묵과 함께 긴장된 분위기가 흘렀다.

교사에서의 소란에서는 먼, 길게 늘어지는 것 같은 시간

가운데서 둘은 서로 마주 봤다.

"──미안해."

이윽고 카즈키는 그런 한마디만을 짜냈다. 짧지만 확고한 의지가 섞인 목소리였다.

그 의도를 모르는 사람은, 이 자리에 없었다.

"……아하, 그런가. 그럼, 응, 난 먼저 돌아갈게!"

이윽고 그녀는 메마른 미소와 함께 도망치듯 교실을 떠났다.

홀로 남겨진 카즈키는 발소리가 들리지 않을 때까지, 마치 자신이 상처받은 것만 같은 얼굴로 교복 가슴께를 꽉 움켜쥐고서 그 자리에 머무르더니 이윽고 애절한 한숨을 내쉬었다.

그리고 느릿느릿 짐을 들고 교실을 뒤로했다.

("".""")

청소 도구함 안을 거북한 분위기가 지배했다.

가슴속이 복잡했다.

카즈키는 명백하게 누군가에게 마음을 두고 고민한다는 모습을 보였다. 그 상대가, 하루키가 아니라는 것도.

그것을 눈앞에서 보는 모양새가 된 유즈에게, 더더욱 무슨 말을 하면 좋을지 알 수 없었다.

이윽고 카즈키가 떠나고 족히 10분은 지난 뒤, 밖으로 나왔다.

하루키는 후우, 안도의 한숨을 내쉬며 가슴에 손을 대고 유즈를 흘끗 살폈다.

시선을 깨달은 그녀는 울 것 같은 얼굴을 필사적으로 미소로 꾸미고 태연한 척 목소리를 높였다.

"저런 카즈키 군의 얼굴, 처음 봤어."

"……나도 그래요."

"이젠 슬슬 돌아가야겠지. 이상한 일에 어울리게 만들어서 미안해."

"아."

그러더니 유즈도 서둘러 떠났다.

연극부와는 다른 방향으로 달려간 것을 지적할 만큼 눈치가 없지는 않았다.

복도로 나선 하루키는 교문이 있는 쪽을 보고, 얼굴을 잔뜩 일그러뜨리며 툭하니 중얼거렸다.

"어째서, 저렇게 되는 걸까……."

제8화

어머니와 딸

태양은 서쪽 너머로 떨어지려 하고 있었다.

주황색으로 물든 귀갓길을, 하야토는 그림자를 길게 드리우며 종종걸음으로 걸었다. 그 뒤로도 이러니저러니 준비로 매우 분주해서 시간이 촉박할 정도였다.

얼마 안 있으면 밤의 장막이 드리울 것이다.

어쩌면 슬슬 히메코한테서 저녁 재촉이 있을지도 모른다.

하야토는 하늘을 올려다보며 오늘 메뉴는 무엇으로 할지 생각했다.

어젯밤에 남은 돼지고기와 가지에, 냉장고에 있는 것을 한 번 털어도 될 것이다. 조리 시간이 단축되기도 한다. 그런 생각을 하며 대로에 있는 편의점을 지나갈 때, "아, 하야토"라며 누군가 말을 걸었다.

시선을 향하자 편의점 앞에서 종이컵을 들고 서 있는 하루키. 그녀는 늦었잖아, 라는 듯 입술을 삐죽이고 하야토 쪽으로 가볍게 달려왔다.

"하루키. 혹시 기다렸어?"

"뭐, 그렇지."

"기왕이면 학교에서 기다리지 그랬어."

"학교는 좀. 그게…… 거기 있으면 뭔가 일을 떠맡게 될 것 같으니까."

"그도 그러네."

살짝 질렸다는 듯 불평을 흘리는 하루키의 얼굴에는 피로가 그림자를 드리우고 있었다. 얼핏 보기에는 제대로 소화하던 것 같았지만, 문화제 운영의 밑바탕이니 하야토로서는 상상도 할 수 없이 많은 고생이 있을 것이다. 쓴웃음을 흘렸다.

하루키를 돕고 싶다는 마음은 있지만 사무 업무는 잘 모르고. 섭외도 소통 능력이 부족한 하야토에겐 어려울 것 같으니 그다지 힘이 되어줄 수는 없었다. 고작해야 힘쓰는 일 정도일까. 그렇게 생각하니 또다시 가슴에서 답답한 무언가가 생겨나려고 해서 얼버무리듯이 벅벅 머리를 긁적였다.

그러자 하루키는 "후우" 하고 숨을 내쉬고는 종이컵을 내밀었다.

"그리고, 새로 나온 터키 커피도 신경이 쓰였으니까."

"터키 커피…… 타는 방식이 특이하다고 들은 적이 있는 것 같은데……."

"커피 가루를 전용 냄비 안에서 끓이고, 그 위에 맑은 부분만 마시는 거야."

"호오. 어떤 느낌이야?"

"응─, 쓴맛이 강하고 향기가 독특하지만 맛있어. 다만 입안에 살짝 가루가 들어오니까 따로 마실 게 필요해질지도."

"아하하, 그런가."

그러면서 하루키가 미간을 찌푸리고 곤란하다는 표정으로 날름, 커피색으로 물든 혀를 내밀자 하야토도 웃음을 흘렸다.

그런 별것 아닌 대화를 나누며 어깨를 나란히 집으로 향했다.

그 밖에도 오늘은 이런 일이 있었다고 서로 이야기를 나누었다.

반의 흡혈 공주 카페 메뉴가 어떻다든지, 시라이즈미 선배가 클레임 처리를 다 맡겼다든지, 평소 수업하는 시간에 밖으로 나오는 건 두근두근한다든지, 미제출 팸플릿 원고를 회수하러 갔더니 부실을 뒤엎으면서 찾기 시작했다든지. 무심코 웃음이 나올 법한 이야기를 재미있게 풀었다.

그러다가 하야토는 문득 대형마트에서 미나모와 나눈 약속을 떠올렸다.

"그렇지, 미나모 씨 일인데."

"어? 어, 응, 미나모가 어쨌는데?"

"다음에 미나모 씨 집에 놀러 가기로 약속을 했거든. 언제로 할까?"

"……허?"

하루키는 눈을 끔벅거리고 의문이 담긴 표정을 지으며 하야토의 얼굴을 들여다봤다.

확실히 하루키에게는 갑작스러운 일이겠구나 싶어서 순서대로 설명했다.

"대형마트에 갔을 때, 미나모 씨랑 만났거든."

"응, 그래서?"

"커다란 건 다른 반 아이들이랑 같이 전부 샀는데, 아무래도 나머지 자잘한 물건 구매를 떠맡은 모양이더라고. 열심히 역할을 다하려고 하는 모습이 무리하는 것처럼 보여서──."

기억 속에 있는 모습과 너무나도 겹쳐졌다. 일찍이 어머니가 처음 쓰러졌을 때의, 자신과.

하야토는 거기서 말을 끊고, 그리고 욱신 아픈 가슴에 손을 대고, 살짝 한심함과 무력함이 배어나오는 목소리로 말했다.

"난 무슨 말을 하면 좋을지 모르겠거든."

"하야토……."

그렇다, 과거에 틀어박혀 버린 히메코에게 아무것도 못했던 것처럼.

자신의 무력함은 뼈저릴 만큼 알고 있다.

약한 마음이 섞인 말을 흘리자 하루키가 걱정스러운 눈빛으로 들여다봤다.

하지만 하야토는 애써 밝은 표정을 짓고, 붉게 물드는 뺨을 긁적이며 조금 부끄러운 듯 입을 열었다.

"그래도 하루키라면 어떻게든 해줄 거라 생각했으니까."

"……어?"

"하루키, 누군가의 이야기를 듣고 조언해주는 거 잘하잖아? 오늘도 이래저래 다툼을 해결한 모양이고…… 그러니까 계기만 만들어 왔다고 할까…….”

미나모의 사정에 참견하려고 했지만 제대로 되지 않아, 뒷일은 하루키에게 몽땅 던져버리는 모양새였다. 정말로 창피했다. 스스로도 이게 뭘까 싶었다.

하지만 하루키라면 어떻게든 해줄 거라는 신뢰가 있었다.

그런 하루키는 어안이 벙벙하다는 표정으로 눈을 몇 번인가 끔벅거린 뒤에 의외인 듯한, 그러나 기쁨이 배어나오는 미소를 드러냈다.

“그런가, 하야토한테 난 그렇게 보이는구나.”

“아니야?”

“후훗, 글쎄. 어떨까?”

“뭐냐고…….”

“하지만 생각이 났다면 바로 손을 뻗는다…… 하야토답네.”

“나다워?”

“그래. 어릴 적부터 계속 그랬어.”

그러면서 하루키는 부드럽게 웃었다. 옛날과 똑같은, 하야토를 신뢰하는 미소였다.

하지만 지금의 하루키와 **하루키**가 겹쳐지지 않아, 그만 가슴이 두근거렸다. 수줍은 마음을 감추듯 눈을 피하며 한 손을 들었다.

“그럼 뒷일은 맡길게, **파트너**.”

하야토가 그렇게 말하자 하루키는 씩 웃고 하야토의 손에 자신의 손을 짝 마주쳤다. 그리고 배턴을 받았다는 듯이 주먹을 만들어 하야토를 향해 내밀자, 하야토도 마찬가지로 주먹을 만들어 툭 맞부딪쳤다.

"응, 맡았어! 이것도 '빚'이구나."

"그래, 부탁할게."

그리고 하루키는 싱긋 웃고, 하야토의 손을 꾹 당기며 발걸음도 가볍게 달려갔다.

"그럼, 빨리 돌아가자!"

"아니, 야, 하루키!"

"오늘 저녁은 뭐야? 돌아가는 길에 슈퍼 들렀다가 갈 거야?!"

"이미 늦었으니까, 어제 남은 거랑 냉동!"

"아핫, 날림이네!"

"가끔은 괜찮잖아!"

숨을 헐떡이며 그런 말을 나누었다.

석양이 드리운 길을 고등학생 남녀가 손을 맞잡고서 달려간다. 참으로 민망하고 눈에 띄는 광경일 것이다. 실제로 길을 가는 사람들도 하야토와 하루키를 돌아봐서, 조금 부끄러웠다.

하지만 어째선지 마음이 가벼워지고 있었다.

그것은 틀림없이 상대가 하루키니까.

그러니까 두 사람은 자연스럽게 천진난만한 미소를 꽃피운다.

어릴 적과, 마찬가지로.

아무리 그래도 아파트가 보이자 누가 먼저라고 할 것도 없이 손을 놓고, 다리도 느려져서 걷기 시작했다.

뛰어온 탓인지 몸은 뜨겁고 어렴풋이 땀이 배어 있었다.

그때 불어든 저녁때의 가을바람이 두 사람의 열기를 빼앗았다.

동시에 조금 상기된 머리도 식은 하야토와 하루키는, 얼굴을 마주 보고 뭘 하는 거냐며 쓴웃음을 흘렸다.

"응? 저건……."

"히메코랑, 사키 씨?"

아파트 입구에 설치된 벤치에 동생과 동생 친구가 앉아 있었다. 벤치는 방문한 사람이면 모를까 기본적으로 주민이 쓸 일은 없다. 사실 하야토도, 그리고 히메코도 이용한 기억은 없었다.

대체 무슨 일일까?

오늘 아침의 묘한 분위기였던 히메코의 모습이 뇌리를 스쳤다.

하루키도 하야토와 마찬가지, 미간을 찌푸렸다.

의문은 있었다. 하지만 이대로 우두커니 서 있을 수도 없을 것이다.

하야토는 뜻을 다지고 가능한 한 평소 그대로의 모습을 가장하며 말을 건넸다.

"안녕, 히메코랑 사키."

"아, 오빠!"

"……오빠."

두 사람을 알아차리고 어딘가 안도한 표정을 짓는 사키. 반대로 감정을 읽을 수 없는 얼굴을 보이는 히메코. 그 반응에 하야토도 살짝 얼굴을 찌푸렸다.

무언가 화제를 꺼내자는 생각으로 두 사람을 봤지만, 발밑에 놓인 가방과 손에 든 스마트폰이 시야에 들어올 뿐. 딱히 무언가를 하던 흔적은 없어서, 집으로 돌아가지 않고 여기서 무엇을 하던 것인지 알 수 없었다.

그럼에도 무언가를 이야기해야만 한다는 생각에, "어—"라며 한동안 말을 굴리다 입을 열었다.

"그 의자, 앉아보니 편해?"

"……나쁘지 않아."

"으, 으음, 저도 처음 앉았는데 나쁘지 않다고 할까, 만약 등받이가 있었다면 저도 모르게 계속 머물렀을 것 같아요."

"그, 그래. 하지만 그건 여길 방문한 사람이 누굴 기다린다든지, 그럴 때 사용하는 거니까 말이지, 한참 앉아 있기라도 하면 곤란한걸."

"마, 맞아요."

일단 눈에 띈 것을 언급했지만 이야기가 빙 돌며 맞물리지 않았다.

히메코도 이야기는 그것으로 끝이라는 것처럼 스마트폰으로 시선을 되돌렸다. 하야토와 사키는 곤란하다는 듯 얼굴을 마주 봤다.

여전히 히메코는 제 컨디션이 아니었다. 그 탓에 이쪽도 기분이 영 이상했다.

그러자 하루키는 슥 앞으로 나와서 억지로 히메코의 손을 잡아당겼다.

"……아, 하루."

"히메, 집에 가자. 하야토랑 사키도. 나, 너무 배고파~."

"하루키…… 아, 아얏?!"

그러면서 하루키는 다른 한 손으로 찰싹, 하야토의 등을 재촉하듯 때렸다.

돌아보자마자 하루키가 한쪽 눈을 감았다. 아무래도 하루키 나름대로의 배려인 듯했다. 쓴웃음 지으며 황급히 뒤를 쫓았다.

아파트의 그리 넓다고는 할 수 없는 엘리베이터 안에서 하루키는 말을 이었다.

"오늘처럼 늦어졌을 때는 냉동식품이 많았지만, 이제까지 내가 사 온 냉동식품은 새우 치즈 도리아나 옛날 스타일의 나폴리탄, 돼지고기 달걀 오코노미야키 같이 바로 한 끼가 되는 것들뿐이었단 말이지."

"아, 저도 그래요. 전자레인지로 가볍게 준비할 수 있는 게 좋죠."

"그래그래! 근데 하야토가 사는 냉동식품은 대용량 닭튀김이라든지 크로켓, 타코야키에 만두에 필라프 같은 거더라고. 튀기거나 볶거나 조리가 필요한 게 많아."

"응? 튀기거나 굽는 것뿐이니까 엄청 편하잖아?"

"어—, 프라이팬이나 냄비를 준비해야 하고, 설거지도 늘어나잖아."

"그 정도는 좀 해."

"아니, 그게 귀찮다고."

"아하하. 저도 하루키 씨의 그 마음, 알겠어요."

"……오빠가 그러니까 나도 냉동은 수고가 꽤 든다는 이미지 있단 말이지."

"그것 봐—."

"으음……."

하루키와 나누는 평소 그대로의 대화에 이끌려서 히메코도 딴죽을 걸었다. 하야토가 신음하자 모두 웃음을 흘렸다. 덕분에 분위기가 조금 부드러워졌다.

안도의 한숨을 흘리며 집 앞으로. 그리고 문을 연 참에 "어?"라는 목소리가 새어나왔다.

이미 잠겨 있지 않은 문을 의아해하며 열었다.

"어머, 어서 와! 늦었네? 항상 이렇게나 늦니?"

"어, 어어, 다녀왔어. 오늘은 그, 문화제 준비가 있어서."

그리고 안으로 들어가자 어머니 마유미의 목소리가 맞이해주었다. 이사 온 이후로 없었던 일에 한순간 허를 찔린 표정을 짓고 말았다.

하루키랑 사키도 마찬가지로 눈을 끔벅거리며 순간적으

로 등줄기를 폈다.

"오, 오늘도 실례할게요."

"하, 항상 신세 지고 있어요."

"어머어머어머, 하루키랑 사키도 전혀 실례가 아냐! 자기 집이라 생각해도 된다고—? 후후, 넷이 함께 돌아오다니 신선하네. 딸이 늘어난 것 같아. 자, 가방 놓고 손 씻어. 저녁 준비도 곧 될 거야—."

마유미의 그런 재촉에 하야토는 시키는 대로 자기 방에 가방을 던져놓고 거실로 얼굴을 내밀었다.

그리고 식탁에 펼쳐진 광경에 눈을 끔벅이고 놀란 목소리를 높였다.

"이건……."

"와아!"

"굉장해……."

"오랜만이니까, 그만 의욕이 넘쳐버렸어!"

오른손으로 알통을 만들고 찰싹 때리는 마유미.

그곳에는 양배추롤 토마토 조림, 영양밥, 포토푀, 삶은 달걀의 단면이 보이는 미트로프, 경수채와 무로 만든 아삭아삭 샐러드에 문어 아보카도 마리네까지, 보기에도 호화로운 요리가 빼곡하게 놓여 있었다.

"어쩐 일이야, 이거."

"한번 만들기 시작했더니 이래저래 그만 몰두해버려서. 아, 어제 남은 건 점심으로 먹었다?"

"그건 상관없는데…… 한도라는 게 있잖아."

"다들 잔뜩 먹으니까 괜찮아. 사키랑 하루키도 있으니까 말이지. 남으면 내일로 돌리거나 도시락으로 만들면 그만이고."

"정말이지……."

그런 하야토와 마유미의 대화를 듣던 하루키와 사키는 얼굴을 마주 보고 절절하게 말했다.

"아주머니는, 정말로 하야토네 어머니구나."

"후훗, 저도 자주 그런 생각 해요."

"어머어머, 오호호호."

"하루키, 게다가 사키까지 무슨 말을……."

참으로 미묘한 표정을 짓는 하야토. 싫지만은 않다는 듯 손을 내젓는 마유미.

하루키와 사키는 쿡쿡 함께 웃으며 자리에 앉았다.

하야토도 두 사람을 따라서 앉고, 조금 늦게 거실로 온 히메코도 자기 자리에 말없이 앉았다.

"""잘 먹겠습니다."""" "……니다."

손과 목소리를 맞추어, 평소보다 조금 이른 저녁식사에 입맛을 다셨다.

"와, 이 포토푀에 크게 들어 있는 양배추, 심까지 녹을 정도로 푹 익었어!"

"이 샐러드에 뿌린 일본풍 드레싱, 엄청 어울려요!"

"문어 아보카도 마리네, 안에 이건 와사비인가? 의외지만 괜찮네……."

하야토는 정신없이 젓가락을 움직였다. 수개월 만에 먹는
어머니의 요리라는 것도 최고의 조미료였다.

맛있게 먹는 모두의 얼굴을 보고 마유미는 생글생글하는
표정이었지만, 갑자기 미간을 찌푸렸다.

"으─응……."

"왜 그래, 어머니?"

"아니, 미트로프 말인데, 케첩 뿌리는 건 햄버그랑 별로 다
르지 않은 것 같아서. 그 밖에 뭔가 맞는 소스는 없을까─?"

"응─…… 새콤달콤한 블루베리 소스 같은 것도 맞을지
도. 잼으로 만들 수 있어."

"어, 블루베리 잼으로?! 어떻게?!"

"잼에 간장 소스 같은 걸 섞어서. 인터넷에 레시피 있으니
까 보내둘게. 그보다 이 양배추롤 말인데─."

"아, 그건─."

그 밖에도 양배추롤을 조릴 때에 크림을 넣어도 괜찮다든
지, 영양밥은 밥솥으로 어떻게 만들었다든지, 수제 드레싱
이나 마리네의 특별한 조미료라든지, 그런 요리에 대한 이
야기로 꽃을 피웠다.

이윽고 하야토는 하루키와 사키가 보내는, 어딘가 어이없
다는 느낌이 뒤섞인 시선을 깨달았다.

아무래도 너무 **엄마 같은** 화제였나 싶어서 떨떠름하게 머
리를 긁적이자, 마유미는 사키와 하루키에게 밝은 목소리

를 건넸다.

"어머, 최근에는 요리를 잘하는 남자 같은 게 포인트 높지 않니?"

"저, 저한테는 높아요! 이사 온 뒤로 계속 신세를 졌으니까요."

"그러고 보니 나도, 문화제 카페 메뉴 같은 걸로 이래저래 다들 의지하는 걸 봤어."

"어머어머어머, 보통이 아니구나!"

"……보통이야."

갑작스럽게 자기 이야기가 튀어나오자, 하야토는 부끄러운 탓에 눈을 피했다.

그런 아들을 본 마유미는 후훗 웃음을 흘리고, 그리고는 "아!"라며 무언가 깨달은 목소리를 높이더니 몹시 진지한 목소리로 하루키에게 물었다.

"그래서, 실제로 얘는 학교에서 어떠니? 여자들의 평판이라든지 말이야."

"허?" "어, 어머니?!" "읏?!"

갑작스러운 말에 놀라는 이들.

하루키는 등줄기에 찬물이라도 맞은 듯이 눈을 희번덕거리고, 하야토는 그만하라며 목소리도 거칠어지고, 사키는 몹시 조마조마해서 진정하지를 못했다.

"아니, 최근에 헤어스타일 바꾸거나 해서 갑자기 분위기가 바뀌었잖니? 그런 쪽의 이야기가 있으니까 싶지 않아?"

"그러니까 이건 전에도 말했지만, 그런 게——."

"——사실은 하야토, 여자들 사이에서 무척 호감도가 높다고 들었어요. 요리 실력도 그렇지만, 바느질 세트로 옷도 수선해주고, 짐이 있으면 슬며시 들어주고, 이따금 다른 사람을 잘 도와준다며."

"어머, 어머어머어머!"

"어?! 하루키 씨, 그 이야기 자세히 부탁해요!"

"야, 하루키! 아니, 사키 씨까지?!"

"그것 말고도 하야토는 있죠——."

그리고 하루키가 반 여자들의 호의적이라고도 할 수 있을 평가를 이야기하자 정말로 간질간질해서 참을 수가 없었다. 항의하는 시선을 보냈지만 늘 보는 어딘가 짓궂은 미소가 돌아올 뿐. 아무래도 일부러 이러는 듯하다.

하루키가 그런 쪽으로 부추기는 듯한 말을 꺼내자, 당연히 대화는 고조되었다. 꺄아꺄아 새된 목소리가 키리시마가 거실에 울렸다.

하지만 그런 가운데, 평소라면 이런 쪽의 화제에 가장 먼저 달려들 것 같은 히메코는 달그락 젓가락과 식기를 놓고 조용히 일어섰다.

"잘 먹었습니다."

"어머 히메코, 벌써 다 먹었니?"

"응, 어쩐지 식욕이 없어서."

"괜찮아? 감기?"

"아니, 아무것도 아냐. 괜찮아."

히메코는 그러면서 어머니에게 어색하게 웃고 거실을 나갔다.

식사도 그다지 손을 댄 흔적은 없었다.

뒤에 남겨진 사람들은 히메코가 닫는 문을 바라본 뒤, 곤란하다는 듯 얼굴을 마주했다.

◇ ◇ ◇

"모처럼 저 아이가 좋아하는 파운드케이크도 구웠는데……."

마유미는 아쉽다는 혼잣말을 흘리며, 조금 예의 바르지 못하게 파운드케이크에 찌른 포크를 만지작거렸다. 하루키도 곤란하다는 듯 애매한 미소를 지었다.

저녁식사 후, 히메코에게 디저트가 있다고 말을 건네었지만 "필요 없어"라는 쌀쌀맞은 한 마디가 돌아왔다. 히메코가 좋아한다는 파운드케이크는 바나나의 단맛과 버터의 향기가 진한 데다 맛도 납득이 가는 일품이었지만, 이 자리에 있는 모두의 얼굴에는 쓸쓸한 감정이 퍼져 있었다.

마유미는 "곤란하네, 복잡한 나이니까"라며 밝은 태도로 말하고 있지만, 이대로 괜찮을 리는 없을 것이다.

하루키는 가슴에 손을 대고 히메코에 대해서 생각했다.

키리시마 히메코.

어릴 적, 츠키노세 시골에서 함께 놀았던 또 하나의 소꿉

친구.

처음 만났을 때는, 약속 장소로 온 하야토의 등 뒤에서 불쑥, 겁먹은 얼굴을 내밀던 것을 지금도 기억한다.

낯을 가리면서도 눈동자는 호기심으로 빛나고, 항상 두 사람을 따라서 돌아다니던 조금 어른스러운 여자아이.

그리고 재회한 뒤로는 당시의 인상은 남아 있지만 항상 밝은 미소와 어이없다는 표정, 도시의 이것저것에 허둥대는 모습을 보여주면서도, 틀어박히고는 했던 자신을 다양한 장소로 잔뜩 끌고 다녀준 동생.

역시 하루키에게 히메코도 바꿀 수 없는 존재다.

그래서 이렇게나 걱정이 되고, 가슴이 삐걱대는 것이리라. 저런 표정을 짓는 히메코는 보고 싶지 않다.

조금 전의 귀갓길, 하야토가 자신에게 고민을 듣고 조언하는 것이 특기라고 그런 것을 떠올렸다. 그렇게 말해준 파트너의 기대에 응하고 싶다.

하루키는 남은 파운드케이크를 조금 목이 메면서도 단숨에 쓸어 넣고, 일어섰다.

"으음, 잘 먹었습니다! 나 잠깐, 히메한테 다녀올게!"

"하루키?!" "어머어머?" "읏?!"

놀라는 세 사람의 목소리를 등 뒤로, 하루키는 히메코의 방으로 향했다.

그 기세 그대로 똑똑 노크하고, "히메, 들어갈게"라며 대답도 기다리지 않고 안으로 들어갔다.

파스텔톤의 여자아이다운, 하지만 바닥에는 잡지랑 참고서, 옷이 펼쳐져 있는 방 안, 히메코는 아직 교복차림 그대로 침대 위에서 쿠션을 끌어안고서 스마트폰을 만지작거리고 있었다.

히메코는 눈을 끔벅거리고 어색한 미소를 지었다. 명백하게 자신의 영역으로 침입한 하루키를 경계하며 접근시키지 않겠다는 분위기를 자아내고 있었다.

하지만 하루키는 굳이 그 분위기를 무시하고 히메코 옆에 앉아서 스마트폰을 들여다봤다.

"하루, 저기 그게, 무슨, 일이야……?"

"아하하! 히메 아까부터 뭘 보고 있어? 아, 이건…….."

"첫 방송에서 위 내시경 사진 올린 Vtuber."

"나도 이 사람 방송 가끔씩 봐. 말투라든지 리액션이라든지 재미있지."

"학교에서도 화제라서, 웃기다고 추천받았어."

"그렇구나."

"……응."

그러면서 히메코는 어색하게 웃었다.

잠시 두 사람은 말을 나누지 않고 그저 히메코의 스마트폰으로 동영상을 봤다.

제목부터 어째서 그렇게 되느냐며 딴죽을 걸고 싶어지는 발상, 그만 중독되어 버리는 독특한 표현, 때로 튀어나오는 소재는 매니악하지만 흥미를 품게 만드는 신기한 토크. 그렇게나 인기가 있는 것도 납득이 가는 내용.

보통은 보고 있으면 쿡쿡대고 말겠지만, 애석하게도 지금은 마음을 그냥 스쳐 지나갔다.

항상 그랬던 것처럼 하루키는 히메코가 되어서 그녀의 마음을 알아내려고 했다.

'⋯⋯⋯⋯⋯⋯⋯⋯음.'

하지만 몇 번을 시도해 봐도 제대로 되지 않았다.

꽈악, 손을 힘껏 쥐었다.

히메코가 무언가 품고 있다는 것은 안다.

지금 이대로는 안 된다는 것도 알고, 어떻게든 하려고 발버둥 치는 것도.

어쩌면 좋을지 모르겠다. 아무것도 할 수 없는 스스로를 답답하게 생각한다.

그럼에도 히메코는 소중한 소꿉친구인 것이다. 무언가를 하고 싶다는 마음이 가슴에 소용돌이쳤다.

사정은 짐작이 가지 않는다. 물어보려고 해도 히메코에게는 말하기 힘든 일일 것이다. 하루키도 하야토에게 자신이 타쿠라 마오의 숨겨진 자식이라는 이야기를 좀처럼 못 꺼내지 않았나.

그때의 하야토는── 당시의 모습을 다시금 떠올리자 살짝 뺨이 뜨거워지는 것과 함께 쿡쿡 웃음이 새어 나오고, 자연스럽게 몸이 움직이고 말았다.

"하, 하루?!"

하루키는 억지로 히메코를 품으로 잡아당겨서 끌어안았다.

갑작스러운 일에 놀라는 히메코를 달래듯이 머리를 쓰다듬으며 다정하게 속삭였다.

"나는 있지, 히메 바로 옆에 있어."

"……아."

"무슨 일이 있다면, 의지해줘야 된다?"

"……응."

지금은 바로 손이 닿는 곳에 있고, 언제 어떠한 때라도 바로 달려올 수 있으니까── 하야토처럼.

그런 하루키의, 말로 표현하는 마음이 전해졌는지, 히메코는 품속에서 고개를 끄덕이고 매달리듯 등으로 팔을 둘렀다.

하루키도 그런 히메코에게 응해서 꼬옥 힘을 실어 마주 안았다.

그 후, 히메코의 방에서 나온 하루키와 사키는 얼른 집으로 돌아갔다.

나날이 길어지는 가을밤은 깊어지는 것도 빠르다.

달을 감추는 흐릿한 구름은 마치 밤의 소란을 빨아들이는 듯, 무척 조용하게 느껴졌다.

어쩐지 춥고 살짝 적막감이 느껴지는 구름 아래, 사키가 주저하는 기색으로 입을 열었다.

"히메는──."

"응?"

사키는 거기서 잠시 말을 끊고, 발걸음을 늦추고 신중하게 말을 찾았다.

하루키는 재촉하지 않고 마찬가지로 발걸음을 늦추어 밤의 주택가를 천천히 걸어갔다.

이윽고 사키는 조금 곤란하다는 표정으로 하루키를 봤다.

"생각보다 더 외로움을 잘 타거든요."

"아—……."

외로움.

그 말은 하루키의 가슴으로 쿵 떨어졌다.

과거의 기억을 다시 떠올리자, 무언가 이유를 붙여서 따라오던 어린 히메코의 모습이 되살아났다. 그것이 조금 전 응석을 부리듯이 끌어안던 히메코와 딱 겹쳐져서 웃음이 흘러나왔다.

"그러네, 그리고 서투르고 고집쟁이야."

"누군가에게 기대는 것도 의외로 잘 못해요."

"아, 그런 것 같아. 우리를 좀 더 의지해줘도 되는데. 곤란하네—."

"예, 정말로요. 그래서 히메는, 괜찮을 것 같나요?"

사키가 걱정스럽게 얼굴을 들여다봤다.

하루키는 가슴속에 있는 말을 그대로 답했다.

"우리가 괜찮게 만들어 버리면 되잖아?"

"후에?"

"지켜보지만 말고, 우리가 먼저 이렇게, 확 억지로."

"……그건, 오빠처럼?"

"아핫! 그래그래, 하야토처럼!"

"후훗, 그렇네요!"

생각해보면 하야토는 옛날부터, 만났을 때부터, 이쪽 마음 같은 건 생각하지 않고 참견했다. 그리고 그것으로 얼마나 구원을 받았던가.

다짜고짜 들이미는 그 마음은, 기뻤다. 그러니까 틀림없이 히메코에게도 그러는 편이 좋을 결과가 될 터. 그런 확신이 있었다. 히메코는 바로 그 하야토의 동생이니까.

무언가를 떠올린 듯 쿡쿡 웃는 사키에게도 틀림없이 비슷한 일이 있었을 것이다. 둘이서 고개를 절레절레 내저으며 서로 마주 봤다.

그러는 사이에 사키의 아파트가 보였다. 키리시마가의 아파트와는 다르게 1인 가구에 맞는, 하지만 견고하게 느껴지는, 멀리 떨어진 딸을 위해 마련된 장소.

"그럼 잘 가, 사키."

"예, 내일 봐요."

인사를 나누고 사키가 아파트 안으로 사라졌다.

홀로 남자 갑자기 쓸쓸함이 치밀어 오른 하루키는 그것을 떨쳐내듯 자기 집으로 서둘렀다. 종종걸음으로 걸어가며 생각하는 것은, 히메코와 그녀 어머니의 관계.

마유미에게는 어릴 적, 자주 신세를 졌다.

찰과상을 치료해주고, 가끔씩 점심을 차려주고, 하야토

와 함께 친 장난을 혼내고. 지금과 마찬가지로 이리저리 표정이 바뀌는 모습도 역시나 하야토와 히메코와 무척 닮은 어른 여성이었다.

어린 히메코는 그런 마유미를 잘 따랐다.

그리고 히메코는 그녀가 쓰러진 두 번 모두, 그녀의 바로 옆에 있었다고 한다.

히메코의 마음은 논리적으로는 알 수 있었다.

틀림없이 무서울 것이다.

또다시 눈앞에서 소중한 어머니가 사라져 버리지는 않을까.

대부분의 사람들은 공감할 수 있는 일일 텐데, 하루키는 머리로는 이해할 수 있어도 감정으로는 잘 되지가 않았다. 아무래도 일그러진 자기 어머니와의 관계 탓인지 안개가 긴 것처럼, 뚜껑이 닫힌 것처럼 느껴지는 것이다. 잘 모르겠다.

그렇다, 사키가 가슴에 품은 마음처럼.

하지만 그런 사키의 감정에, 가을 축제 때, 카즈키를 통해서 닿은 적이 있었다.

만약 소중한 사람이──── 하야토가 눈앞에서 쓰러진다면?

"────아."

자신의 입에서 놀랄 정도로 서늘한 말이 새어나왔다.

가슴이 얼어붙어서 삐걱대고, 발밑은 불안정하게 무너지는 듯한 감각.

세계에 홀로 남겨진 것 같은 실의와 절망.

자신이라는 존재가 검은 무언가 공허 같은 것으로 침식당하는 듯한 착각을 품고, 하루키는 황급히 고개를 내저어 의식의 리셋을 시도했다. 걸음을 멈추고 옆의 담벼락에 손을 짚고서 허억허억 거칠게 숨을 몰아쉬며, 수습될 기미가 없는 동요를 억누르듯 가슴을 붙잡았다.

히메코의 감정을 엿본 하루키는 너무나도 곤혹스러웠다.

호흡을 가다듬고 고개를 들어, 어느샌가 다다른 자기 집을 보고 더더욱 얼굴을 일그러뜨렸다.

"어."

무심코 이상한 목소리를 흘렸다.

어찌 된 영문인지 평소에는 어두울 터인 현관이나 창문에서 불빛이 새어 나오고 있었다.

오늘 아침을 다시 떠올려 봐도 불을 켜놓고 나온 기억은 없었다.

그리고 살짝 느껴지는, 누군가가 있는 기척.

심장은 더욱 기분 나쁜 경종을 울렸다.

안에 누가 있는지는 명백했다.

애당초 이 집의 열쇠를 가지고 있는 것은, 하루키 말고 한 사람밖에 없다.

왜? 어째서?

갑자기 힘겨운 현실로 돌아온 것 같은 감각.

머릿속은 의문, 놀람, 동요가 빙글빙글 마구 헝클어졌다.

우선은 진정하고자 몇 번인가 심호흡을 되풀이하고, "아"라며 목소리를 높이고 원인에 다다랐다. 며칠 전에 교실에서도 화제가 된, 하루키가 눈에 띄도록 편집된 MOMO와 노래했을 때의 영상.

어리석었다.

어머니는, 타쿠라 마오는 딸이 눈에 띄지 않기를, 문제를 일으키지 않기를, **착한 아이**이기를 바란다.

그 영상을 발견한 어머니가 그것을 언급하지 않을 리가 없다.

평소에 가면을 뒤집어쓰는 감각으로 사고를 억지로 전환했다. 머리도 자동적으로 슥 차가워졌다. 그리고 칼날처럼 날카롭게 연마된 의식 가운데, 이 상황에 대해서 생각했다.

"…………."

아이러니하게도 어머니의 생각이나 반응은 손에 잡힐 듯이 알 수 있었다. 알고 말았다.

그렇다면, 어떻게 해야 최선의 결과에 다다를지를 계산할 뿐.

히메코와 그 어머니의 관계와 비교하면, 이 어찌나 우스꽝스러운 일인가.

하루키는 두른 분위기를 확 바꾸고, 어머니가 바라는 딸이 되어 문을 열었다.

현관으로 들어서자 누구라도 아는 고급 브랜드의 로고가 들어간 신발이 시야에 날아들었다. 틀림없이 어머니의 신발일 것이다. 그리고 하루키의 귀가를 알아차렸는지 거실에서 누군가 일어서고, 짜증을 감추려 하지도 않고 이쪽으로 다가왔다.

신발을 벗고 있는 도중에 나타난 어머니는, 여전히 요염한 분위기를 자아내며 무심코 숨을 삼킬 정도의 단아함과 뜨거움을 동거시키고 있었다.

"아, 어머——."

하루키가 놀람과 약간의 기쁨을 머금은 목소리를 높이려던 순간, 짜악 메마른 소리가 현관에 울렸다.

휘청거리고, 얻어맞은 뺨을 손으로 누르며 눈꼬리에 눈물을 머금고 어머니를 올려다봤다. 이번에는 곤혹과 공포가 뒤섞인 표정으로, 매달리듯이.

타쿠라 마오는 따귀에 이어 한없이 차가운 눈으로 딸을 내려다보고, 손에 든 스마트폰으로 그 동영상을 들이대며 지긋지긋하다는 듯 말을 던졌다.

"이건 어떻게 된 일까?"

"……으음, MOMO 씨한테, 강제로 손을 잡혀서 억지로……."

"그런 걸 묻는 게 아냐. 너는 내 딸이야. 내 말이 무슨 뜻인지, 알겠지?"

"……예. 죄송, 해요……."

하루키는 눈물을 글썽이며 고개를 푹 숙였다.

마치 말을 안 듣는 아이와, 그것을 혼내는 어머니.

하지만 하루키의 마음은 아무런 아픔도 느끼지 않았다.

이것은 어릴 적부터 수도 없이 되풀이된 광경.

그저 폭풍이 지나가는 것을 무난하게 넘기기 위한 연극.

이 어찌나 우스꽝스러운 모녀 관계일까.

하루키는 자학으로 입가를 누그러뜨렸다.

평소라면 어머니는 여기서 울화가 그칠 참이지만, 이번 만큼은 이야기가 달랐다. 오히려 여기서부터가 본론일 것이다.

실제로 어머니는 오른손을 이마에 대고서 성가시다는 듯, 아예 증오가 담긴 말을 내뱉었다.

"하필이면 MOMO…… 그 사람의 사무소라니."

"……그 사람?"

"넌 아무것도 몰라도 돼! ……그보다, 누군가 무슨 말을 하지 않았고?"

그러면서 어머니는 딸에게 무언가를 확인하듯, 떠보듯, 그리고 약간의 기대와 공포를 머금은 복잡한 시선을 보냈다. 그 부분에서 살짝 위화감을 느꼈지만, 이 상황을 벗어나기 위해 필사적으로 머리를 굴렸다.

누군가.

그렇게 물었을 때에 가장 먼저 떠오른 것은, MOMO와 아이리의 프로듀서 겸 매니저를 맡고 있는 사쿠라지마라는 남자. 실제로 그는 하루키를 타쿠라 마오의 딸이라 반쯤 확신하는 듯한 말투를 사용했다.

……두 사람이 어떤 관계인지는 모른다. 하지만 그저 지인이라고 하기에는, 그는 너무나도 깊은 부분을 지나치게 알고 있는 것 같았다.

하루키는 눈동자만을 움직여서 어머니를 흘끗 봤다.

하루키에게도 짙게 인상을 남긴 그 얼굴은 의연하며 상쾌한 인상을 주었다. 주름 없이 촉촉한 피부는 도저히 자식이 있는, 공표된 프로필을 믿는다면 30대 중반을 넘겼다고는 보이지 않았다. 20대라고 해도 통할 것이다.

생각해보면 동년배일지도 모른다. 그리고 하루키의 출생을 알고 있다는 것은, 심상치 않은 관계가 아닐까?

흥미가 없다면 거짓말이다. 하지만 지금은 이 상황을 벗어나는 것이 우선이었다.

"……딱히, 아무 일도 없었어요. 애당초 MOMO 이외한테는 말을 건네진 적이 없으니까요."

"……그래."

하루키는 사실을 비틀어서 말하고, 절레절레 힘없이 고개를 가로저었다.

그러자 어머니는 급속하게 흥미를 잃고, 이제 용건은 없다는 듯이 크게 한숨을 내쉬었다. 그러고는 거실로 돌아가서 자기 가방을 들었다. 신발과 마찬가지로 고급 브랜드 물건이었다.

타쿠라 마오는 그 모습을 쭈뼛쭈뼛 보고 있던 딸에게, 현관으로 향하며 타일렀다.

"알겠어? 네가 이렇게 자유로운 생활을 보내는 건, 내가 일을 해서 돈을 버는 덕이야."

"…………예."

"누군가에게 '빚'진 것을 갚으라며 험담을 듣고, 비참한 심정을 느끼고 싶진 않겠지? 알았다면, **착한 아이**로 기다리렴."

어머니는 하루키의 대답도 기다리지 않고, 그대로 집을 나갔다.

대체 어디로 가는지는 알 수 없다. 하지만 하루키는 폭풍이, 성가신 것이 떠났다는 듯 안도의 한숨을 흘리고 가슴을 쓸어내렸다.

그리고 지긋지긋하게 현관을 노려봤다.

자유롭게? 확실히 사는 것에서는 정말로 자유로울 것이다.

하지만 그것은 그저 살아있다는, 존재한다는 것뿐이다.

미간에 주름이 지며 빙글빙글 네거티브한 감정이 가슴속에 소용돌이쳤다.

그리고 퍼뜩 어떤 사실을 깨닫고 교복 가슴께를 꽉 붙잡았다.

"나, 는……."

어머니를 향한 자신의 마음과, 어머니를 향한 히메코의 마음에 얼마나 큰 차이가 있는지 깜짝 놀라서, 멍하니 서 있었다.

하루키의 얼굴은 잔뜩 일그러지고 약한 소리가 말이 되어 흘러내렸다.

"이런 내가 히메한테 해줄 수 있는 일이 과연 있을까……."

일그러진 자신이 싫어진다.

츠키노세에서, 사키와 비교하고 말았듯이.

하루키는 마구 흐트러지는 감정에 욱신거리는 가슴을 누르며, 보고 싶지 않은 것을 피하듯이 느릿느릿 자기 방으로 향했다.

"아."

방의 불빛을 달칵 켜자 침대 위에 굴러다니는 고양이 인형이 시야에 들어왔다. 언젠가 오락실에서 딴, 태어나서 처음으로 받은 누군가──하야토의 선물.

마치 이끌리듯이 다가가서 꽉 끌어안으니 자연스럽게 말이 새어 나왔다.

"……보고 싶어."

그러면서 뇌리에 떠오른 것은 유일무이한 친구의 모습.

스스로도 예상 밖이라는 듯 눈을 크게 뜨고 숨을 헉 삼켰다.

그럼에도 차갑게 식은 마음이 조금은 따뜻해지는 것을 느꼈다.

이 열기를 더더욱 원하여, 잠시 지금이라도 부르자는 생각도 들었다.

하지만 금세 그 생각을 경계하듯 작게 머리를 내저었다. 지금의 하야토는 동생 일로 벅찰 것이다. 그런 그에게 새로이 수고를 끼치는 짓은 하고 싶지 않았다.

게다가 사키 일도 있다.

문득 오늘 낮, 구교사에서 타카쿠라 유즈와 보고 만 카즈키에게 있었던 일을 떠올렸다.

만약 자신이 사키가 모르는 곳에서 매달리려고 한다면——? 그녀의 마음을 알고 있는 지금, 도저히 그렇게 친구를 배신하는 짓은 할 수 없었다.

"…………."

하루키는 인형을 꽈악 힘껏 끌어안은 뒤 손에 들고서 마주 보고, 스스로를 고무하듯 말을 건넸다.

"……여기서 파트너에게 정말로 특별해지고 싶다면, 응석을 부리면 안 돼!"

하루키는 흐흥, 거친 콧김으로 기합을 넣었다.

하지만 그것은 하루키의 마음을 더더욱 죄어드는 주박일 뿐이었다.

그럼에도 하루키는 씨익, 평소의 다부진 미소를 억지로 지었다.

그러기로 정했으니까

제
9
화

산으로 둘러싸인 좁은 하늘.

밭 사이에 낀 것처럼 드문드문 자리 잡은 가옥.

물건을 살 수 있는 가게도 변변히 없는, 과소화가 진행 중인 시골 산촌.

그런 변화 없이 자그마한 세계에서, **히메코**에게 **하루키**는 가장 환하게 미소를 꽃피우는 사람이었다.

『난 하루키! 너는?』

『읏! 히, 히메코…….』

처음 만났을 때도 반짝반짝 눈부실 정도의 미소를 짓던 것을 기억한다. 그러면서 건넨 손을, 결국에는 놀라고 수줍은 탓에 붙잡지 못했던 것도.

그럼에도 하루키는 싫은 표정을 짓지도 않고 오빠와 즐겁게 이야기를 건넸다.

『하야토는 동생도 있었구나, 좀 닮았어!』

『어, 그런가?』

『응응, 눈가 같은 데가! 근데 왜 오늘은 같이 있어?』

『집에서 혼자 있으면 지루하다면서 따라왔어. 어떻게 할까—?』

하야토가 조금 곤란하다는 표정을 지으니 하루키는 한순

간 "어?!"라며 의아하다는 표정을 지은 뒤, 하야토의 등을 찰싹찰싹 때렸다.

『무슨 소리야, 하야토. 놀 거라면 사람은 많은 게 더 좋잖아!』

『어, 하지만 히메코 여잔데.』

『뭣, 그런 건 관계없어! 그렇지, 히메!』

『아⋯⋯, 응!』

『아, 하루키! 히메코!』

그러더니 하루키는 히메코의 손을 꾹 잡아당기며 달려갔다. 갑작스러운 일이었다.

하지만 씩 웃는 하루키에게 이끌려서, 히메코는 지금부터 벌어질 즐거운 일에 대한 기대감에 신이 나는 미소로 답하고, 두근두근 가슴이 뛰었다.

등 뒤에서 필사적으로 따라오는 오빠의 모습을 보고 하루키와 얼굴을 마주 보자 아하하, 자연스럽게 목소리가 새어 나왔다.

이제까지 없던 고양감.

새로운 세계가 열리는 감각.

손을 잡고서 달리는 오빠 친구가 다음에는 어떤 풍경을 보여줄지 기대되어 가슴이 크게 뛰었다.

이날부터 실컷 놀고, 다양한 추억을 쌓았다.

산에서, 강에서, 폐공장에서.

깡통차기, 술래잡기, 숨바꼭질.

그 밖에도 양한테 장난을 치거나, 혼이 나거나. 하지만 무슨 일이든 전력으로 즐기고, 웃음이 끊이지 않았다. 그래서 히메코도 이끌려서 자연스레 마음이 들뜨고 신이 났다.

그래서 히메코에게 하루키가 특별한 사람이 되는 것도 전혀 신기한 일이 아니었다.

그것은 도시에서 재회한 뒤로도 변하지 않았다.

뭐, 남자라고 생각했으니까 변한 외모에 놀라기는 했지만.

옛날과 다름없이 오빠 옆에서 미소를 꽃피우고. 꾸며서 놀라게 만들거나, 수영장에서 맥주병 같은 모습을 선보이거나, 연예인과 함께 주변의 분위기를 끌어올리거나.

그 밖에도 영화에 쇼핑, 가을 축제 등등, 함께 많은 일을 하고, 휘두르고 휘둘리고, 항상 즐겁게 지내게 해주었다.

그래, 틀림없이 하루키는.

누군가를 즐겁게 만드는 것을 좋아하리라.

그러니까 어머니를 어떻게 대할지 고민하는 히메코를 보고, 그렇게 해준 것이다.

그리고 하루키가 다가와 주었기에 마음이 가벼워진 것도 사실이었다.

──아아, 이길 수가 없네.

절실하게 그리 생각했다.

그리고, 소원이 더더욱 쌓였다.

만약 남자였다면──.

"──엣췌! ⋯⋯어라?"

히메코는 자신의 재채기 소리에 눈을 떴다.

침대 위에서 이불을 덮지 않고, 쿠션을 끌어안고서 누워 있었다.

창문에서는 아침 햇살이 부드럽게 비쳐들었다. 아무래도 어제는 동영상을 보며 잠들어버렸나 보다.

이불 위에서 히메코와 함께 굴러다니는, 충전 케이블이 꽂혀 있는 스마트폰을 더듬었다. 평소 일어나는 시간보다 15분은 지난 시각을 본 히메코는 점점 얼굴에서 핏기가 가시고, "히익" 하고 숨을 삼키며 소리를 냈다.

"시간! 지각! 오빠, 왜 안 깨워준 거야─?!"

히메코가 황급히 불평과 함께 거실로 뛰어들자, 아침을 먹는 하야토와 눈이 마주쳤다.

하야토는 어색한 표정으로 식빵을 물고, "아─" "어─"라며 얼버무리다가 조금 곤란하다는 표정으로 말했다.

"히메코, 오늘 머리카락은 평소보다 더 심각한데⋯⋯?"

"갸───악?!"

지적받고 머리에 손을 대자, 거울을 보지 않고도 대폭발한 것을 잘 알 수 있었다. 경험상 무척 심각한 상대일 것이다. 게다가 늦잠을 잤다. 히메코는 참지 못하고 세면대로 달려갔다.

히메코가 부우우우우웅 드라이어를 들고서 머리카락과 씨름하는 사이, 부엌에서 누군가 말을 건넸다.

"어머 히메코, 아침은—?"

"필요 없어! 시간 없어!"

"어머니, 이럴 때는 과일 요거트 샐러드라면 먹어. 히메코, 먹을래?"

"먹을래!"

"그거, 어떻게 만들어?"

"바나나나 사과나 통조림이나, 냉장고에 있는 적당히 자른 과일을, 물기를 짠 요거트랑 마요네즈로 버무리면 돼."

"어머, 간단하네. 이런 거 어디서 알았어?"

"인터넷. 스마트폰으로."

"이야."

그런, 일찍이 츠키노세에서도 펼쳐진 가족의 대화가 들렸다.

거울에 비치는 히메코의 미간엔 주름이 새겨져 있었다.

그 후, 준비된 과일 요거트 샐러드를 쓸어 넣고 집을 나섰다. 조금 늦잠을 잤지만 아침식사 시간을 단축한 덕분에 평소보다 약간 늦은 정도의 시간이었다.

히메코는 잔뜩 입술을 삐죽이며 종종걸음으로 통학로를 걸어갔다.

옆의 오빠는 조금 떨떠름한 표정을 짓고 있었다.

평소라면 왜 안 깨웠냐며 불평할 참이지만, 어제 자신의 태도를 생각하고 입을 다물었다. 하지만 얼굴에는 드러나

버렸다.

하아, 고민스러운 한숨을 내쉬었다.

머리로는 괜찮다고는 이해하고 있다. 하지만 불안이 가시지를 않았다.

분위기를 나쁘게 만든다는 것도 알고 있었다. 그래서 어떻게든 해야겠다고 생각했지만, 문득 하루키의 얼굴이 뇌리를 스쳐서 "아" 하고 목소리를 높였다.

"왜 그래, 히메코?"

"……음, 딱히."

하야토가 걱정스레 말을 건넸지만 그만 쌀쌀맞게 고개를 돌렸다. 이런 어린애 같은 짓을 하는 자신은 방법도 모르겠지만, 하루키라면 어떻게 할까?

어젯밤의 일도 있어서 하루키가 상대라면 쉽게 상담할 수 있다. 오늘 얼굴을 마주하면 방과 후에 시간을 만들어달라고 해서 이야기를 들어보자.

이런저런 생각을 하는 사이, 평소의 약속 장소에 다다랐다.

이미 사키가 기다리고 있다가, 두 사람을 발견하고 활짝 미소를 꽃피우며 가볍게 손을 들었다.

"좋은 아침이에요, 히메, 오빠."

"안녕, 사키 씨."

"……안녕."

"어라, 하루키는?"

"아직이에요."

"으─음, 딱히 늦는다는 연락도 안 왔지?"

두리번두리번 주위를 살펴도 하루키의 모습은 보이지 않았다. 오늘은 늦잠을 자기도 해서 꼴찌일 거라 생각했으니까 의외였다.

모두 고개를 갸웃거리기를 잠시.

하야토가 어쩔 수 없다며 스마트폰을 꺼내어 연락을 취하려고 하자, 근처의 건물 뒤에서 쭈뼛쭈뼛 하루키가 모습을 드러냈다. 아무래도 숨어 있었나 보다.

"어─ 그게, 안녕."

"와 있었네, 하루키…… 아니, 그 뺨은 어쩐 일이야?"

"하루키 씨, 그거 어떻게 된 건가요……?"

"아, 아하하. 역시 좀 눈에 띄지?"

어찌 된 영문인지 하루키의 왼뺨은 어렴풋이 붉게 물들어 있었다.

다른 한쪽은 평소 그대로니까 무척 눈에 띄었다. 무슨 일이 있었을까?

하루키는 곤란하다는 듯 미간을 찌푸리고, 모두의 원 안에서 시선을 헤맸다.

하야토, 사키, 그리고 히메코의 얼굴이 걱정하는 기색으로 물들었다.

그리고 하야토가 빤히 쳐다보자 하루키는 이윽고 "음" 하더니 고개 숙여 무언가를 삼키고, 조금 주저하면서도 그러나 애써 가벼운 모습을 가장하여 입을 열었다.

"어제 있지, 돌아갔더니 어머니가 있었어. 근데 요전에 유카타 사러 갔을 때의 MOMO 영상을 봐버린 모양이라, 그래서."

"읏!"

"하루키……."

"저기, 그건……."

하루키의 입에서 어머니──타쿠라 마오의 화제가 튀어나오자 금세 모두의 얼굴에 긴장감이 드리웠다.

"아, 괜찮아! **착한 아이**로 있으라고 못을 박았을 뿐이니까!"

그런 모두의 얼굴을 본 하루키는 자꾸 아무 일도 아니라며 강조했지만, 아직 붉은 **뺨**이 이의를 제기하는 것만 같아서.

히메코는 뒤통수를 턱 얻어맞은 것 같은 충격을 받았다.

단독주택에서 홀로 자취.

뺨에 남은 폭력의 흔적.

공공연히 알려지지 않은 대배우 타쿠라 마오의 딸.

하루키와 어머니의 관계는 제대로 되지 않는 수준을 넘어서 뒤틀린, 파탄 일보 직전이다.

욱신거리며 아픈 가슴을 꽈악 눌렀다. 하루키의 사정을 히메코보다 더 잘 알고 있을지도 모르는 오빠는, 험악한 눈빛으로 그녀를 바라보고 있었다.

히메코가 조마조마하게 지켜봤더니, 이윽고 하야토는 "후우우" 하며 크게 한숨을 내쉬었다. 그리고 돌변해서 밝은 미소를 지으며 가벼운 태도로 입을 열었다.

"그래. 근데 그 뺨은 상당히 눈에 띄니까, 학교에서 다들 이야기해도 모른다?"

"으, 어쩌지……."

"아, 여드름 같은 걸로 빨개졌을 때, 컨실러로 가린다고 들은 적이 있어요!"

"컨실러?"

"피부 트러블을 감추는 거야. 애석하게도 가지고 있진 않네. 편의점에서도 팔겠지만, 가챠 몇 번은 돌릴 돈이 들 테고."

"아니, 예시가 그게 뭐야!"

"아하하, 저도 안 가지고 있어요. 히메, 갖고 있어?"

"어! 이, 있어."

퍼뜩 정신을 차린 히메코는 황급히 가방 파우치에서 컨실러를 꺼내어 하루키에게 건넸다.

"고마워, 히메. 좀 빌릴게."

"응……."

"……아, 정말로 지워졌다."

"화장이란 건 굉장하구나."

"하야토도 해볼래?"

"안 해."

"예?!"

"하루키 씨?!"

히메코는 눈앞에서 시끌벅적 애써 평소 그대로 행동하려

는 하루키를 보며 멍하니 있었다.

하루키의 상황을 생각하면, 어머니 일을 상담할 수는 없지 않을까.

그런 것도 깨닫지 못했던 스스로가 부끄러웠다.

그때, 가방 안에서 스마트폰이 진동하는 것을 깨달았다. 반쯤 무의식적으로 조작해서 확인했다.

『대답이 늦어져서 미안해. 잘 생각해봤는데, 좋아하는 타입 같은 걸 의식한 적은 없었으니까, 잘 모르겠네.』

카즈키의 메시지였다.

그저께, 사키와 함께 아이리의 연애 상담을 했을 때에 보낸 메시지의 답변이었다.

문득 가을 축제 때, 진지한 표정으로 친구가 되고 싶다며 말해준 것을 떠올리고, 퍼뜩 깨달았다. 가을 축제 일로 고민이 해결되어 상쾌하던 그의 표정도 기억에 새로웠다.

게다가 유명 모델을 가족으로 두었다면―― 정신이 들자 히메코는 충동 그대로 메시지를 보내고 있었다.

『오늘 방과 후, 만날 수 없을까요?』

◇ ◇ ◇

중학생 팀과 헤어진 하야토와 하루키는 문화제에 대해서 별것 아닌 대화를 나누며 학교로 향했다.

"으―음, 부피는 커지겠지만, 작은 화장품 같은 것도 가지고 다니는 편이 나으려나."

"음─, 그럴지도."

하야토는 맞장구를 치며 흘끗 하루키를 살폈다.

평소와 다름없는, 태연한 모습이었다.

애당초 하야토에게 하루키는 항상 밝게 웃고 있는 이미지가 강했다.

일찍이 츠키노세에서 놀던 때도. 도시로 와서 재회한 뒤로도.

언제나 천진난만한 미소를 짓고 있었다.

하지만 지금은 그 뒤로 깊은 고뇌를 품고 있다는 것을 안다.

처음 만났을 때의 체념이 밴 어두운 얼굴, 거절의 기색으로 물든 탁한 눈동자, 외로운 것은 싫다며 허우적거리는 분위기를 자아내던 것은, 잊을 수도 없을 것이다.

하루키를 그렇게 만든 원인은 어머니, 타쿠라 마오와의 관계.

조금 전에 본 뺨을 생각하면, 지금도 제대로 풀리지 않는 것은 분명하리라.

"그래서 있지─, 교실이라고는 해도 스테이지잖아? 역시 무대용 메이크업으로…… 저기, 듣고 있어 하야토?"

"어, 어어, 듣고 있어."

"정말이야?"

하루키가 조금 토라진 듯 입술을 삐죽이자 하야토는 참으로 애매한 미소로 답했다.

눈앞의 소꿉친구는 평소와 다르지 않다. 그러나 지금은 가슴속에 품은, 어릴 적에는 한 번도 알지도 깨닫지도 못했던 사정을, 알고 있다.

하지만 그것은 그저 알고 있을 뿐. 그 사실에 지독한 무력감을 느꼈다.

히메코도, 미나모도 그렇다. 힘주어 손을 꽉 움켜쥐고 미간에 주름을 새겼다.

문득 그때 사키의 얼굴이 뇌리에 떠올랐다. 이제까지 소극적인 사고에 말도 서툴렀지만, 최근 갑자기 빛이 늘어나며 점점 눈부시게 바뀌어가는 그녀에게서 배우지 않았나.

싱긋 웃는 사키에게 질타를 당한 것 같아서 뜻을 다지고 입을 열었다.

"……있잖아, 하루키."

"응? 왜?"

"또 어젯밤 같은 일이 있다면, 좀 더 의지해줘."

"하야토……."

흘러나온 목소리에는 살짝 애원하는 듯한 기색이 드리워 있었다.

하야토의 말을 들은 하루키는 가만히 마주 보고 조금 곤란한 듯한, 자신에게 어이가 없다는 듯한 쓴웃음을 지었다.

하루키가 눈을 내리깔며 확인하듯 가슴속의 말을 흘렸다.

"……솔직히 어젯밤의 일은 충격이었어. 무척 힘들었어. 오늘도 어떤 표정을 지으면 좋을지 알 수가 없어서, 그만 숨어버렸고."

"그럼."

"하지만 있지, 하야토의 얼굴을 봤더니 아무래도 상관없어져 버렸어."

"…………허?"

하루키가 무슨 말을 하는지 도무지 알 수가 없었다.

오늘 아침의 일을 다시금 떠올려 봐도, 딱히 아무것도 안 했다.

그만 무슨 말이냐며 소꿉친구의 얼굴을 빤히 들여다보자, 하루키는 부끄러운 듯이 몸을 비틀고 한 걸음 앞으로 튀어나갔다. 그리고 얼굴을 보이지 않고 등 너머로 이유를 이야기했다.

"하야토는 있지, 동정하지 않는구나."

"그건……."

무슨 의미일까? 질책하는 것일까?

말의 의도를 알 수가 없어서 떨떠름한 표정을 짓는 하야토에게, 하루키는 계속 말했다.

"내가 집에서 혼자 있다는 걸 알았을 때도, 타쿠라 마오의 숨겨진 자식이라고 그랬을 때도, 그 밖에도 이것저것. 아까도 그래. 같이 화를 내주거나, 살며시 다가와 주거나 하지만, 결코 불쌍하게 여기진 않아."

"당연한 거 아니야?"

하야토가 그렇게 대답하자 하루키는 어깨를 움찔 떨더니

걸음을 멈추고 돌아봤다.

"……그런 점이야."

"……어떤 점인데."

"그렇게 항상 나를 나로서 봐주니까, 나는 불쌍한 녀석이 되지 않을 수 있었어. 그러니까 있지, 생각해 버리거든. 하야토가 있으면 그걸로 괜찮다고."

"━━아."

그러면서 조금 수줍은 미소를 머금는 하루키의 얼굴은 마음의 부담도 지워져 아름다웠다. 솔직한 말에는 하야토를 향한 흔들림 없는 신뢰가 있고, 그것이 일직선으로 전해져서 가슴이 두근거렸다.

하야토는 "어"라며 가볍게 대답하고 눈을 피했다. 얼굴이 붉어졌다는 게 느껴졌다.

하루키도 마찬가지로 뺨을 붉게 물들였지만, 부끄러운 기분을 얼버무리듯이 손뼉을 짝 치고 다른 화제를 던지며 걸어갔다.

"그렇지, 오늘 방과 후에 있잖아, 바로 미나모네 집에 놀러 가자!"

"어, 그거 좋은데."

"화단에 가서 약속을 잡아야겠네."

"아, 역시 뭔가 선물이 필요하려나?"

"굳이 필요 없지 않아? 고등학생이 친구네 집에 놀러 가는 것뿐이니까."

"하지만 그 할아버지, 안 들고 가면 엄청 투덜투덜할 것 같아.

"아핫, 그건 그래!"

하야토와 하루키는 얼굴을 마주 보고 쿡쿡 웃었다.

통학로를 걷는 두 사람의 발걸음은 무척 가벼웠다.

◇ ◇ ◇

푸르게 갠, 기분 좋은 가을의 하늘이 펼쳐진 오후.

문화제 준비로 분주한 학교의 어느 교실 한편에서 덜커덩 소리가 울렸다.

"아얏―!"

"아니, 괜찮아 카이도?!"

"뭔데뭔데?! 지금, 엄청난 소리 났어!"

"누가 빨리, 테이블 좀 치워줘!"

당황한 듯 외치는 것은 테이블 한쪽을 든 남학생. 그 옆에는 테이블을 배 위에 얹고 있는 카즈키. 미끄러져서 그만 깔려버렸나 보다.

구출된 카즈키는 겸연쩍은 표정을 지었다. 그다지 무겁지는 않았던 것이 다행인지, 배를 누르고 있는 사이에 저리는 듯한 통증도 풀리고 사라졌다.

그러나 반 아이들 몇몇이 걱정스러운 표정으로 말을 건넸다.

"다치진 않았어, 카이도?"

"응, 이제 괜찮아. 미안해, 시끄럽게 만들어버렸네."

"그럼 다행인데…… 오늘은 무슨 일이야?"

"컨디션이 나쁘면 쉬는 게 어때?"

"그래, 준비가 늦어진 것도, 일손이 부족한 것도 아니니까."

"……아하하."

걱정하는 그들에게 카즈키는 쓴웃음으로 답했다.

오늘 아침부터 자신의 모습을 돌아보면, 참으로 지독했다.

문에는 손가락을 찧고, 필기도구는 성대하게 바닥에 쏟고, 가져왔던 지갑도 보이지 않았다. 주의가 산만해졌다.

원인은 오늘 아침에 히메코에게서 온 메시지.

그녀를 향한 마음을 자각한 지금, 만나고 싶다는 말에 동요하지 않는 건 불가능하다.

이대로 여기 있어 봐야 발목을 붙잡을 뿐일지도 모른다.

그렇게 생각한 카즈키는 일어서서 어색한 미소를 짓고, 모두의 호의를 받아들이기로 했다.

"바깥 공기 좀 쐬고 올게."

걱정스러운 반 아이들의 시선을 등 뒤로 교실에서 도망치듯 빠져나와서, 정처도 없이 그저 걸었다. 학교를 감싼 떠들썩한 소란이 어딘가 먼 세계처럼 느껴졌다.

그 사실에 조금 짜증과 선망을 느꼈다. 정말로 가슴속은 뒤죽박죽이었다. 자신이 스스로가 생각하는 대로 돌아가지를 않았다.

그만큼 히메코라는 존재에 마음이 흐트러져 있었다.

인기척을 피하듯이 움직이다 보니 이윽고 학교 뒤편의 화단에 도착했다.

이랑이 있고 채소가 심어져 있고, 새파란 잎이 흔들리고 있었다.

주위를 둘러봤지만 이곳의 주인이라고도 할 수 있는 미나모의 모습은 보이지 않았다.

당연한가. 지금은 문화제 준비를 하고 있을 것이다.

잠시 빌리겠다는 듯이 근처에 앉아서 스마트폰을 꺼냈다.

화면에 떠 있는 것은, 오늘 아침 히메코와 나눈 몇몇 대화.

『갑자기 무슨 일이야? 나는 시간 낼 수 있는데…… 놀러 가고 싶다면 하야토 군이나 니카이도 씨한테도 말을 하는 편이 나을까?』

『오빠랑 하루한테 들려주고 싶지는 않아서요. 단둘이서만 부탁해요.』

『알았어, 다른 사람한테 들려주고 싶진 않은 이야기구나? 그렇다면…… 이 가게에서 만나기로 할까?』

그것으로 대화는 끝나고, 그다음에 보낸 가게 URL에도 읽음이 붙었다.

평소의 그녀답지 않은, 문장에서 배어나오는 어딘가 절박한 분위기.

히메코가 하려는 이야기가 전혀 짐작도 안 가서, 더더욱 가슴이 어지러워 미간에 주름을 새겼다.

"『좋아하는 타입』, 『만날 수 있을까요』……."

여기까지의 메시지를 다시 읽고 혹시나, 하는 옅은 기대를 품었지만 바로 머리를 내저어 부정했다. 무심코 기대해 버린 스스로가 우스웠다.

냉정하게 생각하면 히메코는 자신에게 특별한 감정을 품고 있지 않다.

애당초 가을 축제 이후로 딱히 무슨 일이 있었던 것도 아니니까, 사이가 진전될 리는 없다. 그런 것은, 이제까지 상대방의 다양한 호의를 마주했기에 자신이 가장 잘 알고 있지 않은가.

정체 모를 아픔이 욱신 가슴을 지나가서, 일부러 의식을 전환하여 멍하니 운동장 쪽을 바라봤다. 여럿이서 스테이지를 만들거나 부활동 관계의 그룹이 행사를 준비하고 있었다. 그중에는 카즈키가 소속된 축구부의 모습도 있었다.

축구부는 전통적으로 사커 나인이라는 테마로 정해져 있었다. 방송에서도 볼 수 있는, 1부터 9까지의 숫자가 적힌 패널에 슛을 해서 맞추는 것이다. 매년 이것이 무척 호평이라나.

매년 같은 테마로 하니까 준비는 부실에 있는 패널을 꺼내기만 하면 된다. 그만큼 연습을 더 하거나 반의 준비를 도울 수 있는 것이다. 현재, 손이 비는 부원이 어딘가 부족한 부분은 없는지 체크하는 모양이었다.

한순간 도우러 가자고 생각했지만 무언가로 실수할 일이

잔뜩 있을 것이다.

이 감정은 정말 스스로 제어할 도리가 없었다. 하늘을 올려다보고 "하아"라며, 해결할 수 없는 마음과 함께 내뱉은 숨결이 파랗게 높은 하늘로 빨려 들어갔다.

그 밖에도 교문에서 물건을 사러 나가는 학생의 모습도 드문드문 보였다.

문화제 준비 중에는 방과 후의 종례도 없이 자유 해산이다. 그대로 귀가하더라도 걱정하는 사람도 없다.

……이대로 학교에 있어봐야 할 수 있는 일은 아무것도 없을 것이다.

진정이 안 된다면 차라리 일어서서, 조금 이르지만 약속 장소로 가기로 했다.

카즈키가 약속 장소로 지정한 것은 저번에 하야토, 이오리와 함께 갔던 미용실이 있는 거리의 카페였다.

체인점이지만 거리의 풍경이나 분위기에 맞춰 벽돌 건물이며, 내부 인테리어에서도 이국의 정취가 느껴졌다. 물론 가격도 차이가 없다. 누나가 가르쳐준 숨겨진 명소라고도 할 수 있는 장소다. 여자아이가 기뻐할 법한 분위기라, 약속 장소로는 최적일 터.

그것을 입증하듯 가게 안에는 대학생 정도의 여성 손님이 스마트폰을 만지거나 공부 도구를 펼쳐놓거나 잡지를 읽고 있었다.

"……."

카즈키는 깊숙한 모퉁이 한쪽에 자리 잡고, 창문으로 바깥 풍경을 멍하니 바라보았다.

이따금 데이트로 여겨지는 윈도쇼핑 중인 커플의 모습이 몇몇 시야에 들어왔다. 그러고 보니 이 거리는 유명한 데이트 스폿이기도 하다는 사실을 떠올리고는 아무래도 이래저래 그 일에 대해 떠오르고 말아서, 얼굴을 찌푸리고 이마에 손을 댔다.

결국 무슨 이야기일까?

좋은 일? 나쁜 일?

다양한 패턴을 떠올리고 이리저리 표정이 바뀌었다.

그때 창문에 비친 히메코를 발견했다.

"……카즈키 씨."

"히메코, 생각하던 것보다…… 빨리, 왔네……."

말을 건넨 카즈키는 한순간 수많은 생각을 하며 활짝 미소를 지으며 돌아보고── 이내 크게 눈을 떴다.

히메코는 곤란하다는 미소를 짓고서 가냘프게 서 있었다.

평소의 쾌활함은 없고, 마치 길을 잃고 당장에라도 울음을 터뜨릴 것 같은 어린아이처럼. 무심코 말문이 막히며 들뜬 기분이나 불안 같은 것이 한순간에 흩어졌다.

오빠나 소꿉친구에게는 들려주고 싶지 않은 이야기── 직감적으로 항상 밝은 미소 뒤로 이따금 드러나던, 어두운 그림자에 대한 이야기임을 깨달았다.

아, 틀림없이 이것은 그녀가 근원적으로 품고 있는 일에 대한 이야기다.

긴장감이 솟구쳤다.

머리가 싹 식었다.

그리고 입술을 꽉 깨물었다.

카즈키는 히메코의 말에 구원을 받았다.

그러니까 이번에는 자기 차례다.

긴장감은 그대로였지만, 카즈키는 히메코를 안심시킬 법한 미소를 **계산**해서 싱긋 웃으며 말을 건넸다.

"일단 앉아."

"……응."

카즈키의 재촉에, 맞은편에 앉는 히메코.

히메코는 고개를 숙인 채 입을 우물우물하며 머뭇거렸다. 아마도 무엇을 어떻게 이야기할지 머릿속으로 정리하는 것이리라. 시간이 좀 필요할 듯했다.

손바닥으로 만진 카페오레 컵이 무척 차가워진 것을 깨달았다. 남은 커피를 단숨에 들이켜고, "잠깐만 기다려"라고 말하고는 일어서서 카운터에 추가 음료를 주문하러 갔다. 겸사겸사 히메코의 음료도 주문할까 생각했지만 그녀의 취향을 몰라서 어려웠다.

결국 누나가 좋아하는 우유 많은 카페라떼를 두 잔 들고서 자리로 돌아왔다.

"기다렸지. 히메코, 카페라떼면 되겠어?"

"어, 가, 감사합니다. 돈은⋯⋯."

"됐어, 이 정도는. 알바도 하고 있으니까 말이지, 폼 좀 잡게 해줘."

그러면서 카즈키가 장난스럽게 한쪽 눈을 감자 히메코도 "그런가요"라고 애매하게 웃더니 컵에 입을 댔다. 그리고 살짝 미간을 찌푸렸다.

"⋯⋯으."

"아하하, 설탕을 넣는 게 나았으려나? 우리 누난 항상 안 넣거든."

"그런가요?"

"아무래도 칼로리를 신경 쓰다 보니까."

카즈키가 "별 차이 없을 거라 생각하는데"라며 농담처럼 말을 잇자 히메코도 쿡쿡 작게 웃음을 흘렸다. 그것은 간신히 보여준 히메코의 미소였다.

그저 그것만으로 카즈키의 가슴에 따스한 것이 퍼져나갔다. 스스로도 단순하다고 생각하면서도, 헤실헤실 풀릴 뻔했던 입가를 감추듯이 카페라떼를 옮겼다.

아아, 역시.

그녀에게 그런 어두운 얼굴은 어울리지 않는다.

언제나 밝은 미소로 지냈으면 좋겠다.

그걸 위해서 할 수 있는 일이라면 뭐든 하겠다.

카즈키는 살짝 씁쓸한 카페라떼와 함께 불안이나 당혹스러운 심정을 삼키고, 살짝 진지한 눈빛으로 히메코를 가만히 바라봤다. 그리고 히메코가 이야기하기 편하도록 만드는 것을 의식하여 말을 건넸다.

"오늘은 갑자기 무슨 일이야? 나한테 뭔가 물어보고 싶은 게 있다고 생각하면 될까?"

"예. 그게……."

"괜찮아, 하야토 군이랑 니카이도 씨한테는 이야기하지 않을 테니까. 그래서, 무슨 고민이 있는 거니?"

"그건──."

히메코는 말을 끊고, 주저하는 기색으로 속눈썹을 내리깔았다.

그리고 한순간 망설인 뒤, 속마음을 털어놓았다.

"──무서워요."

"무서워?"

"어머니가, 또, 갑자기, 사라져 버리지는 않을지……."

"저기, 그건……?"

갑작스러운 이야기에 사정을 파악할 수가 없어서, 조금 혼란스러운 바람에 고개를 갸웃거렸다.

그러자 카즈키의 모습에서 그가 전제가 되는 사정을 모른다는 걸 깨달은 히메코는 머뭇머뭇하는 분위기로 물었다.

"카즈키 씨, 혹시 오빠한테 우리가 이사 온 이유, 못 들었나요?"

"응, 아무것도."

"……정말이지, 오빠도 참."

히메코는 오빠를 향해 작게 입술을 삐죽이며 불만스러운 한숨을 내쉬었다.

어째서 하야토랑 히메코가 시골에서 도시로 왔는지, 신경도 쓰지 않았다. 애당초 이사는 드문 일이기는 하지만, 세상에는 넘쳐난다.

하지만 이유를 이야기하려는 히메코의 얼굴에는 주저하는 기색이 엿보였다. 조금 전의 말투로 보아, 무언가 심각한 이유가 있을 것이다. 자연스럽게 등줄기를 펴고서 마주 봤다.

그러자 히메코는 표정을 잔뜩 일그러뜨리고 아픔을 견디듯 가슴에 손을 대며, 주저하면서도 입을 열었다.

"제 눈앞에서, 어머니가 쓰러졌어요."

"……아."

카즈키의 표정이 싹 굳었다.

히메코는 속눈썹을 내리깔고 조금 떨리는 목소리로, 마치자신의 죄를 고해하듯이 과거의 일을 말로서 애써 자아냈다.

"부엌에서 요리하던 도중에, 갑자기, 쿵 하고 커다란 소리를 내면서요. 아무리 말을 걸어도 아무런 반응도 없어서……. 5년 전에는 어린애였으니까 아무것도 할 수가 없었고, 올해 여름 전에는 머리가 새하얘져서 결국 두 번 다 아무것도 못 하고……."

"히메, 코……."

상상 이상으로 무거운 사정이었다.

특이한 시기에 전학 왔다고는 생각했지만, 어머니의 병환 때문이라면 그럴 만도 하다.

가슴이 무겁게 아팠다. 명백하게 히메코가 품고 있는 무른 부분. 자신이 들어도 되는 이야기가 맞나 싶어 당황하고 말았다.

만약 가까운 가족이 눈앞에서 갑자기 쓰러지고 패닉 탓에 아무것도 못 했다면……?

히메코는 그 후회와 무력감을 담아서 작게 말했다.

"저는, 전혀 어른이 되지를 못해서요……."

"……아."

"지금도 이런 식으로 고민해버리고, 기껏 어머니가 퇴원했는데도 집 안 분위기를 나쁘게 만들어서……."

그 말로 퍼뜩 깨달았다.

항상 히메코의 언동 틈틈이 느낀, 어른을 향한 발돋움.

그 이유 중 하나라고 한다면, 그저 흐뭇하게 생각했던 그 부분의 의미도 변한다.

틀림없이.

히메코는 싸우고 있었던 것이다, 계속.

아무것도 못 했던 과거──자신과.

또 같은 일이 있을지도 모른다는 불안과 공포와.

그럼에도 어떻게든 하고자 마주하고, 발버둥 치고 있다.

──도망쳤던 카즈키와 달리.

그 모습은 정말로 히메코다웠다.

아아 역시, 그녀는 너무나도 눈부시다.

그렇기에 강한 히메코에게 끌리는 것이리라.

하지만 그러는 한편, 히메코에게 건넬 말을 찾을 수가 없었다.

카즈키도 얼굴을 잔뜩 일그러뜨리고, 손을 꽉 움켜쥐고서 입술을 힘껏 깨물었다.

어떻게든 공감해줄 수 있는, 크게 지장이 없는 다정한 말이라면 떠오른다.

……이제까지 그렇게 했듯이.

하지만 그것은 그저 그 상황을 넘기는 대증요법. 해야 하는 적절한 말이 떠오르지 않았다.

그런 스스로에게 깜짝 놀랐다. 마치 너는 이제까지 그런 얄팍한 인연만으로 사람을 대하지 않았느냐고, 눈앞으로 확 들이민 것 같아서.

그리고 카즈키의 표정을 본 히메코는 "아"라며 목소리를 높이고 미안하다는 듯 어깨를 작게 움츠렸다.

"갑자기 이런 이야기, 너무 무거웠죠……."

"!"

모깃소리처럼 작은 히메코의 목소리.

그것은 마치 이 이야기는 끝이라는 선언으로도, 거절의 말처럼도 들렸다.

카즈키는 직감적으로 여기가 하나의 분기점임을 이해했다.

아주 잠깐 동안에 다양한 생각이 맴돌았다.

어째서 하야토나 하루키, 사키가 아니라 자신에게 상담하러 왔을까?

틀림없이 지나치게 거리가 가까워서 이런 이야기를 할 수 없었음이 분명하다.

반대로 자신은 어떨까 생각해봤다.

안면을 트고 아직 4개월 정도인, 오빠의 동급생.

가족이나 소꿉친구와 다른, 아직 얄팍한 관계성.

그 사실에 가슴이 아팠지만, 바로 그렇기에 요구되는 것이 있으리라.

자신도 히메코 일을 누나가 아니라 미나모와 상담하지 않았던가.

바로 옆에는 없는, 떨어진 곳에 있는 **친구**이기에 말할 수 있는 것—— 카즈키는 "음" 하며 소리를 내고, 가능한 한 밝은 표정, 가벼운 목소리를 의식해서 전혀 대단한 일이 아니라는 듯 말을 건넸다.

"그런 식으로 말이지, 어른스럽게 굴려고 할 것 없어."

"……카즈키 씨?"

그녀의 노력을 부정하는 듯한 카즈키의 말에 히메코는 의문스러운, 비난이 섞인 시선을 보냈다. 가슴이 욱신거렸지만 애써 **평소답게** 미소를 지으며 말했다.

"지금 히메코, 무척 무리하는 것처럼 보여."

"그건! 그치만……."

"너무 애를 쓰다 보니 마음이 지쳐버린 거야. 솔직하게 어머니한테 어리광을 부리면 돼. 왜냐면, 그 불안은 어머니만이 해소할 수 있는 거니까."

"…………그런 걸로 잘 될까요?"

"글쎄?"

"글쎄라니, 남 일처럼!"

"아하하, 미안미안. 근데 사실 이런 건 있지, 의외로 단순한 일로 해결되기도 한다고? 혹시 기억해? 이사미 씨가 농구부 선배한테 고백받은 걸 미처 말하지 않았다가 이오리 군이랑 다퉜을 때라든지."

당시의 상황을 떠올렸는지 히메코는 "아"라며 숨을 삼키고 눈을 동그랗게 떴다.

"그러고 보니, 그러네요……."

"막상 해보면 쉬운 법이야. 돌아가면 어머니한테 꼭 안아달라고 하면 돼."

"진짜, 단순하게 말해주시네요, 정말!"

히메코는 토라진 표정으로 항의했지만, 표정에서 어두운 기색이 사라져 있었다.

카즈키는 마지막으로 확인하듯 말을 거듭했다.

"혹시 안 되면, 그때는 케이크 뷔페 쏠게."

"케이크 뷔페! 좋네요, 그럼 잘 풀렸을 때도 가요. 누가 사는 건 아니고, 다들 불러서!"

"응, 그러자."

히메코는 남은 카페라떼를 단숨에 들이켜고, "써!"라고 목소리를 높이며 씁쓸한 표정을 짓더니 일어섰다. 어딘가 상쾌해진 모양이었다.

그리고 밝은 미소를 짓고 카즈키에게 말했다.

"고마워요, 카즈키 씨! 이야기를 들어줘서 상쾌해졌어요!"

"천만에. 무책임하게 등을 밀었을 뿐이지 뭐."

"정말이지, 오빠나 하루 같은 말 하지 말라고요!"

"아하하, 영향을 받았을지도."

"카즈키 씨도 참!"

히메코가 토라진 듯 말하다가, 퍼뜩 무언가 깨달았는지 돌아봤다.

그리고 또다시 우물우물 무언가를 주저하며, 하지만 이번에는 조금 부끄러워하며 입을 열었다.

"저기, 카즈키 씨. 또 상담을 부탁해도 될까요?"

"물론이야."

"사실은 어떤 사람과의 관계, 라고 할까? 조금 생각하는 게 있다고 할까……."

"…………허?"

살짝 얼굴을 붉히고, 특정한 누군가에 대해서 상담을 하고 싶다는 히메코.

무심코 『그 좋아했다는 사람 이야기?』라며 되물으려다가 황급히 말을 삼켰다. 그리고 어떻게든 맞장구를 쳤다.

솔직히 그 어떤 사람이 누구인지 물어보고 싶었다.

적어도 남자인지 여자인지, 그것만이라도 알고 싶었다.

설령 그 좋아했다는 사람이 아니라고 해도, 연심을 자각하게 만든 여자아이한테서 특별한 상대라는 게 느껴지는 말이 튀어나오는데 신경이 쓰이지 않을 리가 없었다.

하지만 그것은 친구로서는, 오빠의 친구로서는 지나치게 파고드는 행위라는 것도 알았다.

꽈악.

손톱이 피부를 파고들어 자칫하면 피가 배어나올 정도로 힘껏 주먹을 움켜쥐고, 순간적으로 가슴속에서 마구 날뛰는 질척질척 어두운 감정을 집어삼켰다.

다행히도 오랜 세월에 걸쳐 사용한 만들어진 미소는 무너지지 않았다. 참으로 아이러니했다.

"일단 오늘은 이만! 그럼 갈게요!"

"……조심해서 돌아가."

그러면서 히메코는 그대로 떠났다.

카즈키는 그녀의 뒷모습이 더는 보이지 않을 때까지 지켜본 뒤, 후우, 스스로를 향해 커다란 한숨을 내쉬었다.

"………………이걸로 된 걸까?"

혼잣말 해봐도, 모르겠다.

히메코에게 건넨 말도, 지금 다시 생각해보면 너무도 가벼웠다.

그러나 알게 된 것도 있었다.

히메코는 가슴속에 품은 트라우마를, 어른이 되는 것으로 뛰어넘으려 하고 있다.

틀림없이 그것은 만만찮은 일일 것이다.

그래서 히메코는 카즈키에게, 무슨 일이 있다면 불평을 흘리거나 상담을 청할 수 있을 법한, 지나치게 가깝지는 않은 친구의 관계를 원하고 있다. 가까운 존재인 오빠나 소꿉 친구의 반 친구이자, 그들의 이런저런 사정을 아는 존재. 딱 적당한 거리감일 것이다.

원래 카즈키가 히메코에게 가진 최초의 감정은 응원하고 싶다, 였다. 그 마음은 지금도 변하지 않았다. 그래서 이 위치에 이의는 없었다.

하지만 가슴속에 생겨나고 만 그녀를 향한 연심은 그 위치에 방해가 되어버릴 것이다.

──연인이 된다는 건, 그들과 마찬가지로 가까운 사람이 된다는 의미니까.

게다가 본인이 그런 마음이 없는데도 그런 감정을 들이밀어 봐야 민폐임은 사무치도록 잘 알고 있었다.

그래서 카즈키는 자신의 마음에 살며시 뚜껑을 덮고 자물쇠를 채웠다.

괜찮다, 태도를 꾸미는 것은 익숙하다.

그리고 카즈키는 가슴을 꽉 붙잡고, 곤란하다는 얼굴로 자신의 마음을 옥죄는 주문의 말을 토해냈다.

"……제대로 친구가 되고 싶다고, 말했으니까."

자기 일이라면 견딜 수 있겠지만

문화제 준비에 몰두하는 사이, 시간은 순식간에 지나갔다.

방과 후, 라고 하기에는 조금 이른 시간.

사실 도중에 학교를 빠져나온 하야토와 하루키는, 오늘 아침에 놀자고 약속을 한 미나모를 데리고서 그녀의 집으로 향하고 있었다.

"이것 참—, 미나모가 부르러 와 줘서 살았어……."

"난 의상을 맞추는 게 그렇게나 난리가 날 일일지는 몰랐어……."

"아, 아하하. 굉장한 열기였죠……."

어깨를 풀썩 떨어뜨리는 하루키.

잔뜩 지친 표정인 하야토.

화제는 조금 전까지 펼쳐지던, 의상 맞춤이라는 이름의 아비규환으로 변한 촬영회.

원래는 흡혈 공주 카페에서 사용하는 의상의 사이즈가 맞는지를 보려는 것이었다.

하지만 하루키가 받은 것은 가봉이라더니 말도 안 되는 퀄리티의 드레스와, 협의에서는 없었던 여러 의상. 담당자들이 이르길 캐릭터를 향한 사람이 넘쳐버렸다나.

그리고 뜨겁게 이야기하는 그들의 말이, 평소에는 내부

장식이나 조리 같이 다른 부문을 맡은 사람들의 마음에 불을 붙여버렸다.

각 의상의 만듦새가 어떻다든지, 이 노래를 위한 의상도 만들자, 라든지, 각자에 맞춘 밴드 의상이나 홀 담당 인원의 의상에 관한 이야기까지, 왁자지껄.

당사자인 하루키는 의상 완성도를 보겠다는 핑계로 옷 갈아입히는 인형 신세가 되어 이런저런 포즈를 요구받았다. 처음에야 의욕이 있었지만, 점심을 먹을 틈도 없이 세 시간이 넘게 시달리면 당연히 피곤해지는 법.

게다가 그들에게는 이의를 허락지 않는 박력이 있어서 도중에 자리를 비우는 것도 허락되지 않았다.

지금은 플라네타리움 준비가 일단락된 미나모가 두 사람의 교실로 찾아온 참에, 그것을 이용해서 탈출한 것이었다.

이런 상황에도 세 사람의 발걸음은 가벼웠다.

특히 미나모는 차분하지 못한 태도로 미소를 그리며 잔뜩 기대하고 있었다.

하야토와 하루키가 그런 그녀에게 이끌려 쿡쿡 웃음을 흘리자 미나모는 부끄러운 탓에 뺨을 물들이고, 시선을 앞으로 향하고, 신이 난 목소리로 더듬더듬 이야기했다.

"이렇게, 방과 후에 누가 집으로 놀러 오는 건 초등학교 때 이후로 처음이라서요. 이러니저러니 해도 들뜬 걸지도 모르겠네요."

"아―, 중학교부터는 부활동이 본격적으로 시작되고, 행동범위도 넓어서 쇼핑이나 노래방 같은 데 놀러 가니까, 누구네 집에 갈 일은 별로 없을지도…… 아, 하야토!"

"나, 난 아무 말도 안 했잖아!"

"중학생 시절에 외톨이에 쓸쓸하던 날 상상한 거지? 묘하게 미적지근한 얼굴이었거든!"

"트집 잡지 마!"

"그럼, 그런 생각은 전혀 없었다는 거야?"

"…………뭐, 응."

"시선 피하지 마—!"

"아얏—!"

입술을 삐죽인 하루키가 딴죽 대신에 옆구리를 꼬집자 하야토가 과장스럽게 아파했다.

그런 소꿉친구 사이의, 어린애 같은 대화.

이번에는 미나모가 미소를 지었다.

하야토는 꼬집힌 자리를 문지르며 어딘가 납득한 듯 말했다.

"뭐, 히메코를 봤더니 잘 알겠어. 툭하면 방과 후에 뭐 사먹거나 놀러 가거나 그러는 모양이니까."

"히메, 순식간에 쁘띠프라 계열 가게에 환해져서 놀랐어."

"쁘띠프라?"

"쁘띠 프라이스. 싸고 귀여운 잡화나 화장품, 패션 말이야."

"후후, 그럴지도 모르겠네요. ……하지만 저는……."

그리고 미나모는 조금 곤란하다는 표정을 지었다.

하야토가 살짝 걸리는 것을 느끼는 사이, 옆의 하루키도 심각한 표정으로 턱에 손을 대며 중얼거렸다.

"그러고 보니, 이럴 때는 뭘 하면서 놀면 될까…… 하야토, 알아?"

"알 리가 없잖아. 애당초 츠키노세에 또래가 없었으니까, 누구네 집에 놀러 간다는 발상 자체가……. 미나모 씨, 초등학교 때는 어땠어?"

"으음, 저학년 때지만 같이 책이나 만화를 읽거나 인형 놀이, 그 밖에는 종이접기나 그림 그리기라든지……."

"아, 아하하. 아무리 그래도 이 나이가 되어서 할 일은 아니네. 만화는…… 어떤 걸 읽는지 신경 쓰이지만 다 같이 할 수 있는 일은 아니고. 게임 같은 건 있어?"

"올해 막 이쪽으로 왔으니까, 전혀요. 할아버지 바둑판이나 장기판, 마작이라면……."

"전부 셋으로는 인원이 안 맞네."

"으음. 나, 전부 규칙도 몰라. 화투라면 미니 게임으로 해봤으니까 알지만."

"차라리 공부라도 할까요?"

""아니, 그건 좀.""

하야토와 하루키의 목소리가 겹쳐지자 미나모를 중심으로 웃음이 퍼졌다.

그러는 사이, 미나모의 집이 보였다.

이 근교에서도 한층 눈에 띄는, 연배가 느껴지는 커다란 일본식 가옥은 미타케가의 자산 수준을 느끼게 만들었다.

살짝 압도당하는 사이, 미나모의 집 옆에서 누군가 말을 건넸다.

"어머, 미타케 씨, 미나모가 돌아왔어요. 어머, 친구도 같이 있네!"

"음!"

"멍!"

"다녀왔어요, 할아버지랑 아마미 씨! 그리고 렌토도!"

목소리의 주인은 사람 좋아 보이는 노부인. 그 바로 옆에는 미나모의 할아버지와 기분 좋게 꼬리를 흔드는 대형견 러프 콜리 렌토. 아무래도 잡담이라도 나누고 있었나 보다.

세 사람을 알아차린 미나모의 할아버지는 손녀의 모습을 보고 표정이 풀어졌지만, 하야토의 모습을 확인하자마자 점점 표정이 험악해졌다.

그리고 성큼성큼 큰 걸음으로 다가왔기에 하야토도 무심코 뒷걸음질 쳤다.

"이, 이이이이 자식! 어째서 여기에!"

"어— 그게, 오랜만, 입니다."

"호, 혹시 미나모에게 독니를?!"

"그냥 놀러 왔을 뿐이라고요!"

"미나모는 놀이라는 거냐?!"

"왜 그렇게 되는데?!"

"정말! 할아버지, 무슨 소리야!"

얼굴을 새빨갛게 물들이고서 화를 내는 미나모의 할아버지에게, 하야토는 양손을 앞으로 내밀어 부정했다.

그러자 무언가 깨달은 듯 옆집의 아마미가 목소리를 높였다.

"그러고 보니 미나모가 남자애를 데려오는 건 처음이구나! 최근에 헤어스타일이라든지 뭔가 바뀌었다 싶었더니…… 우후후, 여기 이 아이가, 그런 걸까?"

"아, 아마미 씨?!"

"으그그그그그, 역시 네놈……!"

"그러니까 아니라고요!"

"그렇다면 미나모는 귀엽지 않다고 하는 게냐―?!"

"정말―, 할아버지!"

"하루키, 기척 지우고서 담벼락이랑 동화되지 말고, 무슨 말이라도 좀 해줘!"

"아니아니, 이런 재밌어 보이는 수라장, 전 신경 쓰지 마시고 계속해주세요."

"재미있다니, 야!"

"아하하…… 어흠. 그러고 보니 하야토는 자주 미나모의 커다란 가슴에 눈길을―."

"삐얏?!" "하루키?!" "이, 이, 이, 이, 이!" "우후후, 남자애구나."

하야토는 도움을 청했지만 장난기 심한 하루키가 불길에 기름을 끼얹었다.

미나모의 할아버지는 얼굴을 홍당무처럼 새빨갛게 물들이고서 붙잡으려 들고, 하야토는 허둥지둥하면서도 어르고 달랬다. 미나모도 옆에서 하야토를 엄호했지만, 가슴을 가리듯이 양팔로 끌어안고 있었기에 쓸데없이 악화될 뿐.

그러나 그런 모습을 보는 하루키나 아마미의 눈빛은 흐뭇했다.

렌토도 "멍!" 하고 기쁜 듯 울며 꼬리를 흔들었다.

하야토는 하루키를 쏘아봤지만 "이힛" 하는 평소 장난이 성공했을 때의 미소가 돌아올 뿐.

하지만 미나모도 기분이 좋다는 것이 느껴졌다.

소란스럽지만 떠들썩한, 나쁘지 않은 분위기였다. 이것만으로도 미나모네 집을 방문할 가치가 있었을지도 모른다.

"정말이지, 이 자식, 오늘만큼은 내가───── 음."

"……할아버지? ─────아."

그러나 그때, 소동의 중심이었던 미나모의 할아버지가 갑자기 입을 다물고 진지한 표정을 지었다.

갑작스러운 일에 어떻게 된 것이냐며 얼굴을 마주 보는 하야토와 하루키. 고개를 갸웃거리는 아마미와 렌토.

의아하게 여긴 미나모가 할아버지의 얼굴을 들여다보고, 시선을 따라가고, 그리고 표정이 굳어졌다.

단숨에 불온한 분위기가 내려앉았다.

하야토와 하루키도 미나모와 할아버지가 보는 방향으로 시선을 향했더니 그곳에 인물 하나가 있었다.

조금 구겨진 정장 차림에 깡마른, 어디에든 있을 법한 중년의 남성이었다. 감정 없는 가면 같은 무표정이 마음에 걸렸다.

미나모와 할아버지는 점점 거북한 분위기를 자아냈다. 아마미 부인은 쩔쩔매고, 렌토는 낮게 엎드린 자세로 "그르르" 하고 낮은 울음소리를 흘렸다.

상황을 파악하지 못한 하야토와 하루키가 아무런 말도 못하는 가운데, 미나모는 남성을 향해 그녀답지 않게 딱딱한 목소리를 던졌다.

"············아버지."

미나모의 말에 그때까지 쇳덩어리처럼 굳어 있던 그의 표정이 살짝 일그러졌다.

더더욱 상황을 이해하지 못했지만, 깨달은 것도 있었다.

어찌 보아도 양호해 보이지 않는 부녀 관계. 최근에 미나모가 품고 있던 문제는 아버지와 관련이 있었을 것이다.

미나모의 할아버지는 눈썹을 잔뜩 추켜올리며 손녀를 감싸듯이 한 걸음 앞으로 나왔다.

"뭐 하러 왔느냐, 코헤이."

힐문하는 것 같은 목소리에서 긴장한 기색이 여실히 배어나왔다.

하지만 코헤이라 불린 미나모의 아버지는 시시하다는 듯 코웃음을 쳤다.

그리고 색깔이 없는 눈동자를 미나모에게 향했다.

"그 여자의 딸이랑 만나러 왔을 뿐이야."

"윽! 코헤이!"

그 말에 모두의 표정이 싹 굳었다.

미나모는 어깨를 움찔 떨고, 슬프게 흔들리는 눈빛으로 속눈썹을 내리깔았다.

그러나 코헤이는 그런 딸의 모습을 개의치도 않고, 마치 이 자리에 없는 것처럼 할아버지에게 이야기했다.

"……아버지는 아무런 생각도 안 들어?"

"너, 넌, 무슨 소리를!"

"저걸 옆에 둔다니, 나한테는 아직 무리야."

"윽!"

하야토는 깜짝 놀라서 숨을 삼켰다.

자신의 딸을 상대로, 뒤틀린 감정을 숨기려 하지 않는 부모.

그것을 본 하야토는 반사적으로 옆에 있는 소꿉친구의 뺨으로 시선이 가고, 어젯밤 하루키가 당한 짓을 상상해 버리고는──머릿속이 새하얘지는 것과 함께, 단숨에 피가 올라버렸다. 남의 가정 사정이라든지 상대가 친구의 아버지라든지 그런 일은 의분으로 날아가 버리고, 정신이 들자 그의 멱살을 붙잡고 있었다.

"아니, 너!"

"이, 이 자식!" "하, 하야토 씨?!"

"윽! 넌 뭐야? 우리 집안 문제야. 관계없는 녀석은 잠자코 있어."

"잠자코 있을 수 있겠냐고! 아까부터 뭐야?! 미나모 씨한테, 자기 딸한테 그게 할 말이냐고!"

"⋯⋯⋯⋯아, 그건가."

격정을 부딪치듯 정장 옷깃을 꽉 움켜쥐고, 상대를 들어올릴 것만 같은 기세인 하야토. 갑작스러운 만행이라고도할 수 있을 행동에 미나모와 그녀의 할아버지도 놀랐다. 아마미 부인도 숨을 삼키고, 렌토도 "멍?!" 하고 흥분한 기색으로 짖었다.

그럼에도 코헤이는 지극히 냉정하게 그것을 받아넘겼다.

그는 천천히 성가시다는 듯 하야토의 손을 뿌리치고, 옷깃을 바로했다. 그리고 변함없이 철가면 그대로 담담하고싸늘한 목소리로, 마음속의 끈적끈적한 것을 내뱉었다.

"친딸이 아닐 거라 추정된다⋯⋯라고 하면 알겠어?"

"⋯⋯⋯⋯⋯⋯⋯⋯허?"

맥 빠진 목소리가 새어나오고, 또다시 붙잡으려고 했던손이 허공을 헤맸다. 그 말의 의미를 순간적으로 이해하지못했다.

그러나 잠자코 눈을 피하는 미나모와 떨떠름한 표정으로신음하는 할아버지의 태도가, 그의 말이 진실이라 이야기하고 있어서.

휘청휘청 발밑이 흔들리는 감각.

처음에는 미나모와 아버지 사이에 무언가 다툼이 있다고

생각했다.

무척 초조한 모습에서, 부조리한 말을 듣고 있을지도 모른다는 생각도.

그러나 그 전제가 그릇되었다.

그야말로 배신당했다.

미나모의 아버지야말로 피해자였다.

그 마음의 상처는 어느 정도일까.

감정을 억누른 철가면은 마치 자신의 마음을 지키는 것 같았다.

──하루키의 미소처럼.

모두가 침통한 분위기에 빠지려는 가운데, 미나모의 할아버지는 허덕이듯 입을 열었다.

"……아직 그렇다고 결정된 게 아니잖냐. 애당초, 이제까지 계속 함께 있었지 않으냐……."

"나도 그렇게 박정하게 굴 생각은 아냐. 딱히 쫓아내려고 온 것도 아니고. 학비나 양육비도 낼게. 하지만 그래도 마무리만큼은 지어두고 싶어."

"읏! 아버지, 이건……."

미나모가 "아버지"라고 부르는 목소리에 살짝 미간을 찌푸린 코헤이는, 그런 것보다도 중요한 일이라며 가방에서 봉투 같은 것을 꺼내서 미나모에게 떠넘기듯 건넸다.

곤혹스러운 기색으로 받아든 미나모는 거기에 적힌 문자를 보고 점점 표정이 새파래졌다.

"DNA 감정 키트야. 사실을 분명히 가리도록 하자."

"아버지, 하지만……."

"너도, 아버지도 아닌 남자를 아버지라 부를 필요 없어지잖아?"

"윽! 코헤이, 네놈!"

미나모에겐 마치 절연장이 날아든 것처럼 보였을 것이다. 봉투를 든 손이 부들부들 떨리고 있었다. 당장에라도 쓰러질 것만 같았다.

"──윽!"

갑자기 스스로가 부끄러워졌다. 그리고 자신 안의, 유일하게 분명한 것을 깨달았다.

하야토에게 친구는, 특별하다.

그러니까 미나모가, 친구가 저런 표정을 짓게 두어서는 안 된다.

어떻게 하면 좋을지 방법을 생각하는 것보다도 먼저 미나모 곁으로 달려가려고 했을 때, 하루키의 얼어붙을 듯이 차가운 말이 분위기를 찢어발겼다.

"──나도, 아버지가 누구인지도 모르는, 혼외 자식이야."

"하루키……?" ""어?"" "……하루키, 씨?"

부녀 관계가 거론되는 와중에, 하루키의 발언은 모두의 흥미를 끌었다.

경악, 당혹, 당황이 지배하는 분위기 가운데, 하루키는 훤히 드러낸 마음을 폭발시켰다.

"주위에서 안 태어났으면 좋았을 거라고 그랬어! 어머니한테도, 왜 낳았을까 하는 말도! 난 그저 태어났을 뿐인데 어째서…… 부모의 제멋대로인 사정으로 우리를 휘두르지 마—!!!"

하루키는 흐르는 눈물도 개의치 않고 떨리는 목소리로, 주변의 시선 따위 알 바냐며 외쳤다.

그것은 이제까지 마주한 악의에 맞서 참고 또 참았던 감정의 발로.

하야토는 하루키의 마음을 생각하니 짓눌러버릴 것 같은 감정을, 어금니가 깨질듯이 악물고 필사적으로 조절했다.

"가자, 미나모. 이런 곳에 있으면 안 돼!"

"아, 예!"

하루키는 미나모의 손을 붙잡고 그대로 달려갔다.

코헤이는 "어, 아……"라고 신음을 흘리며 놀라서 멍하니 서 있었다. 하루키의 말은 그의 철가면을 깨부수고 동요의 기색으로 덧칠했다.

하야토는 그런 그를 얼핏 보고는 미간을 찌푸렸다. 그리고 몸을 돌릴 때, 미나모의 할아버지가 마치 애원하는 것 같은 말을 건넸다.

"네놈! ……………………미나모를, 부탁한다."

"예, 물론이죠!"

그 말에 담긴 만감을 받아들인 하야토는, 맡겨달라는 듯 사나울 정도의 미소로 응하고 두 사람을 뒤쫓았다.

하루키와 미나모를 쫓아간 곳은 주택가에 있는 공원 앞이었다.

하야토를 기다렸는지 입구 근처에서 두 사람은 손을 잡은채, 걸음을 멈추고서 서성이고 있었다.

"하──."

루키, 라고 말을 이으려다가, 도중에 숨을 삼켰다.

두 사람의 뒷모습에선 말을 건네는 것이 주저될 만큼 비통함이 감돌고 있었다.

하루키와 미나모가 품고 있는 것은 자신에겐 어떻게도 할수 없는 일이다. 하물며 타인인 하야토가 이러쿵저러쿵 할일도 아니다.

하지만 그것이 아무것도 하지 않는 것의 변명이 되지는 않는다. 필사적으로 가능한 일을 찾았지만 결국 아무것도 발견하지 못하고, 무력함을 통감하고, 답답해서 애를 태웠다.

하야토가 말을 건네지 못하는 사이, 하루키가 후회를 드리운 어두운 목소리로 중얼거렸다.

"아── 정말, 나 뭘 한 걸까. 미나모 일이라면 참을 수가 없게 되어버린단 말이지……."

"……."

자기 일이라면 괜찮았는데, 그런 의미가 담긴 자조였다.

그것은 하루키가 계속 참고 있었다는 뜻이기도 해서 하야토는 얼굴을 찌푸렸다.

하루키는 "후우" 하고 크게 한숨을 내쉬며 체념으로 채색된 속마음을 드러냈다.

　"미나모를 데리고 나온다고 어떻게 될 일이 아니겠지. 사실은 변하지 않고, 무언가가 잘될 리도 없어. 그저 도망쳤을 뿐."

　"그건……."

　"나는, 무력해."

　"……읏."

　"예를 들어 아무도 모르는 마을에 갔다 치면, 고등학생이 뭘 할 수 있지? 학교는? 살 곳은? 돈은? 학교를 그만두고 일을 해? 그렇게 해서 어떻게 될까? ……우리는 아직, 누군가의 도움으로 살고 있어."

　하루키의 말이 하야토의 가슴에 박혔다.

　참으로 지당했다.

　그런 것은, 아플 정도로 알고 있다.

　어릴 적 만났을 때와 비교해서 무척 키가 커졌다.

　요리에 알바, 원동기 면허 취득 등등, 할 수 있는 일도 늘어났다.

　이제 어린아이가 아니다. 하지만, 그저 그것뿐.

　할 수 있는 일은 아직 너무나도 적고, 도저히 어른이라고는 할 수 없다.

　작고 무력한 자신에게 질렸다.

　분한 탓에 꽉 움켜쥔 주먹에 손톱이 파고들어, 피가 배어

나왔다.

하지만 동시에 강한 마음이 가슴속에서 솟구쳤다.

그런 하야토랑 하루키와는 대조적으로, 미나모는 조금 수줍다는 표정으로 꼭 맞잡은 손을 들고 밝은 태도로 말했다.

"하지만, 하루키 씨는 내 손을 잡아줬어요."

"미나모……?"

"이런 저라도 함께 있어주는 사람이 있다는 거, 무척 기뻤어요."

"……아."

크게 눈을 뜨는 하루키.

미나모가 흘린 미소를 맞닥뜨리고, 하루키의 굳은 표정도 녹아내렸다.

하야토도 아직 조금 딱딱한 분위기를 억지로 가르고, 하루키의 머리에 손을 툭 얹고 마구 휘저었다. 그리고 애써 평소와 같은 분위기를 의식해서 말을 건넸다.

"아웃, 갑자기 뭐 하는 거야!"

"있잖아, 잘 생각해보면 말이지, 아무것도 못 하는 건 당연하잖아."

"……하야, 토?"

"나도 요리도 밭일도 처음에는 실패만 했어. 그런 일을 거듭해서, 할 수 있는 일을 늘일 수밖에 없단 말이야, 파트너."

"아. ……응, 그러네."

아직 무엇을 어떻게 하면 좋을지 알 수 없지만.

그럼에도, **친구**니까.

"뭐, 좀 레어한 문제니까, 해결 방법은 전혀 안 떠오르지만."

"가볍게 말해주시네, 정말이지."

"쿡쿡. 맞는 말이긴 해요, 곤란하네요."

"미나모까지!"

하야토가 장난스럽게 그리 말하자 쿡쿡 자그마한 웃음이 퍼져나갔다.

"일단 우리 집에서 밥이라도 먹자. 이제부터 어떻게 할지 생각하더라도, 우선은 뭘 먹어야 머리가 돌아가지."

"저기, 갑자기 제가 들이닥쳐도 괜찮을까요?"

"괜찮아괜찮아, 사키도 저녁을 먹으러 오니까, 새삼스럽게 한 사람 늘어난다고 딱히 달라지지도 않아."

"그건 내가 해야 될 말이잖아!"

"……아. 후훗, 그렇다면야."

그러고는 키리시마 가를 향해 걸음을 옮기고, 앞으로 나아간다.

'……아.'

그리고 이것만큼은 해야 한다고 생각했던 말을, 하야토는 등 너머로 던졌다.

"나는 있지, 너희가 태어나줘서 정말 잘됐다고 생각해. 이렇게 친구가 될 수 있고, 즐거운 나날을 보낼 수 있어서…… 만약 너희가 없었다면, 내 세계는 너무 심심했을 거야."

촌스럽고 어울리지도 않는 말이라는 건 알았다.

하지만 거짓 없는 본심이기도 했다.

얼굴도 불타오를 정도로 열기를 띠고, 빨개졌을 것이다.

부끄럽다.

하지만, 마음은 말로 표현하지 않으면 전해지지 않으니까.

하야토가 뜨거워진 머리를 얼버무리듯 벅벅 긁적이자, 뒤에서 등을 찰싹 때렸다.

"아얏─, 뭐 하는 거야 하루키!"

"몰라! 하야토 잘못이야!"

"뭐냐고!"

"후훗, 방금은 하야토 씨가 잘못했어요."

"미나모 씨까지?!"

하루키는 하야토의 항의를 무시하고 저벅저벅 앞으로 갔다. 흘끗 보인 귀 끝이 붉었다.

어째서 얻어맞았는지 알 수가 없어서 어리둥절하고 있었더니 미나모까지 나무랐다.

이쪽도 무슨 소릴 하는지 모르겠다.

하지만 돌아보고 날름 혀를 내미는 하루키의 얼굴에는 아무런 그늘도 없었다.

그러니까 분명히, 방금 한 말은 틀리지 않았을 것이다.

어딘가 짓궂은 그 미소는 옛날에 츠키노세에서 본 **하루키**의 그것과 같은─── 하야토가 좋아하는 미소였다.

『하루키, 우리는 계속 친구니까!』

문득 옛날에 헤어질 때 나눈 말을 떠올렸다.

마음속의 저울에 살며시 많은 것들을 얹어봤다.

하루키와 하루키.

과거와 지금.

많은 곳에서 함께 많은 추억을 쌓았다.

시골의 하천에서, 숲에서, 논두렁길에서.

도시의 집에서, 거리 여기저기서, 학교에서.

그곳에 있는 것은 언제나 기억의 선명한 곳에 꽃피는, 하루키의 환한 미소.

그러니까 처음 만났을 때와 같이 흐려진 하루키의 얼굴을 보고 가슴속에 샘솟은 마음이 무엇인지 마주한 결과, 간단히 답이 나왔다.

아아, 그렇구나.

마음이 쑤셨다.

이유는 명백했다.

생각해보면 어릴 적부터 계속, 즐겁게 웃는 하루키를 원했다.

하야토에게, 친구는 특별하다.

친구와 만나고, 다양한 일을 접하고, 많은 것을 보았기에 지금의 자신이 있으니까.

츠키노세에서는 친구라고 할 수 있는 또래 상대가 없었기에 더더욱.

친구를 위해서 무언가를 하는 것은 당연한 일이다.

가을 축제 때, 카즈키도 그러지 않았나.

그러니까 이제 이 이상 보고도 못 본 척은 할 수 없다.

가슴속에 생겨난 마음에 떠밀리며 한 걸음 앞으로 내디딜 결의를 했다.

언제라도 친구――소중한 사람은 미소로 지내기를 원하니까.

그러니까 그런 **친구**의 힘이 되고 싶다고, 힘이 되어줄 수 있는 자신이 되고 싶다고 강하게 생각했다.

――지금은 아직, 평소와 같이 옆에 있어주는 정도밖에 못 하지만.

그럼에도, 역시

태양이 서쪽 저편으로 점차 넘어가고 있다.

거리가 붉게 물드는 가운데, 가까운 밤의 기척에 쫓기듯이 귀가한 하야토와 하루키는 날아든 광경에 눈을 동그랗게 뜨고서 얼굴을 마주 봤다.

"어머, 어서 와!"

"어, 어머니, 이거 탄 거 아냐?!"

"불이 세서 말이지. 낮추면 돼. 그 정도는 탄 축에도 안 들어가."

"다음, 레시피로는 사전에 만든 조미료 조합이란 게 있는데, 어디 있어?!"

"거기야 거기, 눈앞."

"이건 언제 넣으면 되는데?!"

"적당히야, 적당히."

"그러니까 그 적당히라는 게 언제?!"

어찌 된 영문인지 히메코가 어머니 마유미와 함께 저녁을 만들고 있었다. 먹는 것 전문이고, 게으르고, 인스턴트식품조차 귀찮아하고, 내버려 두면 완제품 도시락을 사 오는, 그히메코가.

이제까지 변변히 요리를 한 적이 없었기에 당연히 손놀림은 조마조마했다.

하지만 표정은 진지했고, 어머니를 향한 확실한 신뢰와 어리광이 엿보였다.

아무래도 히메코는 평소 분위기로 돌아온 듯했다.

기쁜 일이지만, 대체 무슨 일이 있었는지 신경 쓰이는 게 사실이다.

사정을 알 것 같은 사키의 모습을 찾다가, 소파에서 부끄러운 듯 웅크린 그녀를 발견하고 눈을 끔벅거렸다.

"사키……?"

"아, 아하하……."

이쪽도 어찌 된 영문인지 무척 시크한 느낌의 하늘하늘 팔랑팔랑 드레스차림.

저번에 본 하루키가 입었던 것과는 다른 디자인이었다. 범인의 신작인가?

그것을 본 하루키는 훗, 무언가를 헤아린 듯 다정한 미소를 짓고 사키도 애매한 미소로 답했다. 하야토는 부엌의 어머니에게 시선을 던지고 어이없다는 한숨을 내쉬며 벅벅 머리를 긁적였다.

"어머니 때문에 미안해. 싫으면 거절해도 됐는데."

"아뇨 뭐, 이런 것도 신선해요. 이건 그게, 히메처럼 기가 세서서 거기 밀렸다고 할까요……."

"나 참…… 그보다 히메코는 왜 저래?"

"저도 자세히는 몰라요…… 애초에 돌아왔을 때는 저 혼자였거든요. 이걸 입는 사이에 귀가한 히메가 『오늘은 같이 저녁 만들고 싶어!』라고 그러더니.”

“그렇구나…… 대체 무슨 일이 있었던 거지?”

“글쎄……?”

하야토가 미간에 주름을 짓자 사키도 곤란하다는 듯, 하지만 안도한 듯한 미소를 짓고 쿡쿡 웃었다. 그리고 익숙지 않은 얼굴이 있다는 것을 깨닫고 고개를 갸웃거렸다.

“어라, 거기 계신 분은…….”

사키는 그 인물의 어느 부분을 보고 눈매가 슥 가늘어졌다.

“친구신가요? 안녕하세요, 무라오 사키에요. 오빠랑은 어릴 적부터 잘 알아서, 어어, 소꿉친구라고 해도 되겠죠.”

“저, 저기…….”

“그건 그렇고 무척 귀엽고 작으신데도 큰 분이네요? 오빠가 여자를 집으로 데려오다니 별일이라고 할까 의외라고 할까, 가슴인가요? 역시 크기인가요?”

“삐얏?!” “사키 씨……?” “사, 사키?!”

사키는 험악한 눈빛으로 미나모의 풍만한 부분을 보고는, 자신의 흉부에 손을 대고 “저도 그럭저럭 있는걸요”라며 입술을 삐죽였다.

가슴을 꽉 끌어안은 미나모와, 갑작스러운 일에 곤혹스러워하는 하야토와 하루키.

네 사람 사이에 영문 모를 분위기가 흘렀다.

그렇게 허둥대는 사이, 마유미의 환호성이 들렸다.

"어머, 미나모잖니! 어서 와, 잘 왔어!"

"오, 오랜만이에요."

"어?! ……아주머니, 아는 사인가요?"

두 사람이 아는 사이임을 깨달은 사키가 한순간 눈썹을 꿈틀 추켜올리고 묻자, 마유미는 깔깔 웃으며 대답했다.

"입원 중에 친해진 분의 손녀야. 자주 병문안을 와서 있지."

"그랬군요."

"또 만나서 기뻐. 오늘은 어쩐 일이야? 미타케 씨는 건강하셔? 어머, 그거……."

"……아."

어머니는 미나모가 품고 있는 봉투 패키지에 적힌 DNA 감정이라는 글자를 보고는 입을 다물었다. 마유미의 시선을 따라간 사키도 숨을 헉 삼키고 불안스럽게 허둥댔다.

당황과 곤혹으로 채색된 어색한 분위기가 다시 자리를 덧칠했다.

하야토와 하루키도 실수했다며 표정이 굳어졌다.

미나모의 사정은 쉽사리 퍼뜨려도 될 일이 아니다.

어리석었다고 한다면 그뿐이겠지만, 그럼에도 하야토는 무언가 할 말이 없을지 필사적으로 찾았다.

그러나 고개를 든 미나모는 강한 의지가 깃든 눈빛으로 주위를 둘러보고 굳은 목소리로 모두에게 말했다.

"이것에 대해서, 설명해도 될까요?"

테이블을 둘러싸고서 미나모는 자신에 대해 조금씩 이야기했다.

어머니의 외도로 생긴 남의 애일지도 모른다는 것.

진상을 아는 어머니가 사고로 행방불명이 되었다는 것.

그리고 사이가 나쁜 아버지를 떠나 할아버지의 집에 의탁하고 있었는데 그곳으로 아버지가 찾아와서 DNA 감정을 들이밀었다는 것.

모두 뿌리가 깊은 문제로, 이렇다 할 대답이 있을 리가 없었다.

필연적으로 거실의 분위기가 침통해졌다.

마유미는 몹시 감정이 복받쳐서 눈물을 글썽이며 조금 억지스럽게 자그마한 미나모를 꽉 끌어안았다.

"그게, 제대로 말은 못 하겠지만. 나한테 미나모는 미나모야. 할아버지를 아끼고, 조금 성급한 구석은 있지만 다정한 아이라는 건 잘 아니까."

"……아."

"머무를 곳이 없다면 얼마든지 우리 집에 있어도 돼. 그런 것 정도밖에 못 해주겠지만."

"하지만, 너무 민폐를 끼칠 수는……."

"민폐 같은 건 얼마든지 끼쳐도 돼! 하지만 걱정시키지만은 말아줘. 알겠지?"

"웃! 감사, 합니다……."

마유미의 말은 모두의 마음을 대변하는 것이었다.

분명 그들에게 미나모는 타인이다. 하지만 이곳에 그녀를 거부할 사람은 없었다.

이곳에 있어도, 된다.

그것이 미나모에게 똑바로 전해지고, 팽팽하던 분위기가 느슨해졌다. 미나모의 뺨에 한 줄기 눈물이 흘렀다.

그런 마유미와 미나모를 보고 표정이 풀어진 하루키가 중얼거렸다.

"아주머니는 있지, 정말로 하야토랑 히메의 어머니구나."

"갑자기 그건 무슨 소리야?"

"아주머니, 언젠가의 하야토랑 같은 말을 하고 계셔."

"으응?"

"아, 뭔가 알겠어요. 하는 말 하는 일, 히메나 오빠랑 똑같아서."

"사키 씨까지."

하루키와 사키가 얼굴을 마주 보고 쿡쿡 웃자, 하야토는 잘 모르겠다며 미간에 주름을 새겼다. 그런 하야토를 보고 더더욱 미소가 깊어지는 소꿉친구 여자 둘.

그리고 그때, 마유미가 좋은 생각이 떠올랐다는 듯 밝은 목소리를 높였다.

"아, 그렇지! 뭣하면 차라리 우리 집 아이가 되어버릴래? 하야토랑 합치면 되지 않겠니?"

"후엣?!" "어머니?!" "아주머니?!" "아주머님?!"

뒤집어진 네 목소리가 겹쳤다.

마유미는 생글생글 짓궂은 미소를 짓고서 아들을 놀렸다.

"어머나―, 미나모로는 불만이니? 이렇게나 귀엽고 착한 애는 좀처럼 없는데?"

"아니, 그런 이야기가 아니고!"

"아, 그런가. 하야토한테는 하루키가 있구나―?"

"하루키는 아냐!" "미얏?!" "웃??!!?!?!"

어머니는 이번에는 놀림의 창끝을 하루키에게 향하고 깔깔 웃었다.

이마를 누르는 하야토와 놀란 목소리를 높이는 하루키. 미나모는 동요한 나머지 연신 하야토와 하루키, 마유미의 얼굴을 순서대로 쳐다봤다. 필사적으로 한 손을 들며 여기에 있다는 것을 어필하는 사키는 볼 수도 없었다.

그런 혼돈스러운 분위기 가운데, 몹시 냉정한 히메코의 목소리가 울렸다.

"미타케 씨를 우리 집에 재우는 건 찬성이지만, 괜찮겠어? 같은 학년 남자네 집에 묵는 건 평판 문제가 될 일이거든?"

"그건……."

확실히 히메코의 말대로였다.

사생아라는 말을 듣는 미나모가 사귀지도 않는 동급생 남자네 집에서 머무른다―― 실정은 어떻든지 추문이 벌어질 것은 상상하기 어렵지 않았다. 애당초 미나모의 아버지가 어떻게 생각할까.

어떻게 하면 좋을지 생각에 잠긴 가운데, 하루키가 자청

하고 나섰다.

"그럼 우리 집으로 와. 어차피 쓰지 않는 방이 있으니까."

"어, 괜찮나요?"

"하지만 하루키, 괜찮겠어? 바로 어제 그런 일이 있었는데……?"

"괜찮아괜찮아. 어차피 거의 집에 오지도 않고, 친구가 집에서 묵는 것뿐이니까 딱히 소문 같은 문제도 없어."

"하지만……."

"정말이지, 걱정이 많구나, 하야토는."

별일 아니라는 듯이 하루키는 웃었다.

그렇지만 하야토는 어쩐지 위험한 느낌을 받았다.

미나모도 그렇지만, 부모 일로 상처를 받은 것은 하루키도 마찬가지다.

너덜너덜해진 두 사람이 서로를 지탱할 수 있을까?

그러나 하루키의 마음은 아플 만큼 잘 알 수 있어서, 하야토는 아무런 말도 못 하고 얼굴을 찌푸릴 뿐이었다.

이럴 때야말로 무언가 하고 싶은데 성별의 차이가 장벽이된다.

하야토의 그런 답답하다는 표정을 본 사키는 꽉 움켜쥔 손을 가슴에 대며 머뭇머뭇하다가, 시원스럽게 목소리를 높였다.

"그럼, 저희 집에서 묵지 않을래요? 혼자 사니까요. 미나모 씨도, 하루키 씨도 같이."

다들 눈을 동그랗게 뜨며 얼굴을 마주 봤지만, 사키의 제안에 반대하는 사람은 없었다.

밤도 으슥하게 깊었을 무렵.

아직도 많은 차가 오가는 간선 도로에서 주택가로 들어와서, 거리의 소란도 닿지 않을 곳에 있는 사키의 아파트.

최근에 물건이 늘어난 거실에서, 잠옷 차림의 사키와 하루키는 부지런히 가구를 이동시키고 있었다.

"사키, 셋 세면 테이블 움직이는 거야. 하나, 둘, 셋!"

"영, 차……!"

"후우, 일단 이 정도면 됐나?"

"그러네요, 어떻게든 공간이 확보된 것 같아요."

"이제 이불을 가져와서…… 사키 거랑 예비로 두 세트, 한 사람은 소파에서 모포인가? 아무리 그래도 우리 집에서 이불은 못 가져올 테고. ……이걸 기회로 침낭이라도 살까."

하루키가 비교적 진지한 톤으로 중얼거리자 사키는 아하하, 애매하게 웃었다.

그리고 미나모가 복도에서 미안하다는 듯 얼굴을 내밀었다. 목욕을 마치고 촉촉하게 젖은 머리카락에, 사키에게 빌린 유카타차림.

"목욕, 다 했어요. 잠옷까지 빌려서 미안해요……."

"아뇨, 프리 사이즈 유카타밖에 빌려드릴 게 없었으니 괜찮아요!"

"응응, 나나 사키가 갖고 있는 걸로는 조금 그렇지—!"

사키와 하루키는 유카타 위에서도 또렷하게 알 수 있는 미나모의 풍만한 둔덕으로 시선을 주고, 자신의 것과 비교하고는 어색한 표정으로 함께 끄덕였다.

규격 밖. 선망과 질투심도 안 생길 정도로, 『뭘 먹으면 저렇게 될까? 아니면 체질?』같은 흥미 쪽이 앞서서 무심코 생각에 잠겼다.

미나모는 갑자기 말이 없어진 두 사람을 보고 살짝 곤란하다는 표정을 지었지만, 이불을 깔기 위한 공간이 비워져 있는 것을 보고 "아"라며 작게 목소리를 흘렸다.

"미, 미안해요! 저도 참, 아무것도 돕지도 않고."

"됐어됐어, 미나모는 오늘 이런저런 일이 있었으니까, 그렇지?"

"그래요. 아, 어제 시골에서 추동번차*(秋冬番茶)가 왔거든요. 타 올게요!"

양손을 짝 맞댄 사키는 부엌으로 달려가서 물을 끓였다.

전날 모두와 함께 산 다기를 가지러 가는 발걸음은 가볍고, 콧노래까지 불렀다.

조금 태도가 별로인가, 라는 생각을 하면서도 이 상황에

─────────

*가을부터 초겨울 사이에 채취한 찻잎으로 만든 녹차. 다른 찻잎에 비해 품질이 평범하고 양이 많다.

마음이 들떴다.

미나모 본인이 밝은 분위기이고, 하루키나 하야토네 가족
도 하나가 되어 문제를 생각해준다는 것도 든든해서.

사키가 차를 가지고 거실로 돌아오니 이미 이불이 놓여
있어서 둘 자리가 없었다. 테이블도 조금 전에 구석으로 밀
어놓았다.

그러고 보니 그랬다. 자신의 어리석음이 부끄러워서 손에
든 쟁반으로 시선을 떨어뜨리고 어쩌면 좋을지 미간을 찌푸
리자, 이번에는 하루키가 양손을 짝 맞댔다.

"사키 방에서 심야 다도회라도 할까."

그 제안에 사키와 미나모는 와아, 환호성을 터뜨렸다.

사키의 방으로 가서 접이식 작은 테이블에 차를 놓았다.

다과로 쓸 게 있었던가 생각하는데, 하루키가 니히히 장
난스러운 웃음을 흘리고 가방에서 과자 몇 가지를 꺼냈다.

"와, 이건?"

"아까 집에서 갈아입을 옷 같은 거 가져오면서 챙겼어. 다
도회에는 과자가 필요하겠지?"

"후후, 그러네요…… 아니, 곱창 맛 젤리?! 생햄 멜론 맛
사탕에, 탕수육 맛 감자칩……."

하지만 사키는 과자 포장지를 보고 눈을 끔벅거렸다. 어
느 것이든 맛을 상상할 수가 없었다. 대체 어디서 찾았을까.
옆의 미나모도 어딘가 곤란하다는 표정.

그러고 보니 하야토가, 하루키는 가끔 명백하게 지뢰임을

293

알면서도 호기심 탓에 돌격하는 버릇이 있다며 투덜거리던 것을 떠올렸다. 그렇구나, 이건가.

그런 하루키는 현재 기대감에 진정하지 못하는 모습이었다.

이것들을 어쩔까, 하며 미간을 모으고 있는데 미나모가 젤리를 휙 손에 들었다.

"이거, 『젤리의 감촉으로 곱창을 리얼하게 재현, 중독 확정!』이라네요."

"신경 쓰이지, 그거?! 뭐, 난 곱창을 먹은 적이 없으니까 비교할 수도 없지만."

"그럼 다음에 먹으러 가보는 것도 괜찮겠네요."

"그러네! 아, 그러고 보니 여름에 하야토랑 남자애들이 다들 무한리필 고깃집에 가서는 있지──."

"아, 그 이야기 히메도──."

"집에서 불판에 구우면 연기가──."

하루키가 가져온 과자는 확실히 미묘한 것뿐이었다.

하지만 곱창이란 이런 느낌으로 물컹물컹한 식감이냐든지, 사탕인데 고기 맛이 나서 미각에 버그가 생기겠다든지, 탕수육 맛의 재현도가 너무 높아서 뭘 먹고 있는지 혼란스럽다든지, 이야깃거리가 되어 수다가 즐거웠다.

한번 붙은 수다의 불꽃은 전부 먹고서도 꺼지지 않고 이어졌다.

이곳에 없는 키리시마 남매, 문화제 준비에 대한 이것저것, 혼자 살다보면 하는 실패들, 기타 등등. 흐르는 분위기는 완전히 친구 사이와도 같았다.

이윽고 찻잔도 비고 시곗바늘이 무척 움직였다는 걸 깨달았다.

"아, 슬슬 시간이 됐네."

하루키가 그렇게 중얼거리자 누가 먼저라고 할 것도 없이 테이블 정리를 시작했다.

거실에는 소파와 이불 두 세트가 세 줄기로 펼쳐져 있고, 하루키는 "난 특등석─♪"이라면서 바로 소파로 뛰어들었다.

그런 하루키다운 행동에 사키는 미나모와 얼굴을 마주 보며 쓴웃음.

미나모를 이불에서 재우기 위한 그녀 나름의 배려일 것이다.

그런 생각을 하며 불을 끄려는데, 미나모가 구석으로 밀어둔 테이블 위의 어느 물건을 알아차렸다.

"어라, 노트북. 별일이네요."

"어, 그런가요?"

"스마트폰이 있으면 인터넷은 충분하니까요."

"음─, 우리 집에 있는 컴퓨터도 실질적으로 게임기같이 됐지."

"그러네요, 확실히 저 노트북도 게임 전용일지도."

"응응, 내가 빌려준 야한 게임용이지."

"삐얏?!" "하, 하루키 씨?!"

갑작스러운 폭로에 눈물을 글썽이며 항의의 목소리를 높

이는 사키.

날름 혀끝을 내밀며 흘려넘기는 하루키.

"하지만 사키, 이야기가 재미있다면서 빠져 있잖아?"

"그, 그건 뭐…….'

"성인 전용이기에 그릴 수 있는 이야기인걸."

"확실히 처음에는 편견이 있었지만, 실제로 그런 장면이 있기에 고조되는 게 있죠."

"그러니까 사키는 그런 이야기를 좋아하는 야한 아이라는 거지."

"예! 어, 아니에요!"

"후훗."

"저, 정말, 미나모 씨도 웃지 마세요!"

"아하, 아하하하핫."

"미나모 씨?" "미나모?"

그리고 갑자기 미나모는 우스워서 참을 수 없다는 듯 웃음을 터뜨렸다.

갑작스러운 일에 어안이 벙벙해서 얼굴을 마주 보는 사키와 하루키.

이윽고 한바탕 웃고 눈가의 눈물을 훔친 미나모는, 눈매를 슥 가늘게 뜨며 두 사람을 바라봤다.

"갑자기 미안해요. 어쩐지 신기하고 우스워서. 오늘 방과 후까지는 이 세상의 끝 같은 기분이었는데, 이렇게 웃어버려서. 웃을 수 있구나 해서. 사키 씨랑은 오늘 처음 만나는

데도, 집에서 자게 되어서."

그러면서 미나모는 웃었다. 자조하듯, 조금 곤란하다는 얼굴로.

차분한 분위기 속에서, 하루키가 문득 속마음을 흘렸다.

"미나모 기분, 조금 알 수 있을지도. 나도 그랬어."

"……예?"

"이렇게 태어났으니까 어디를 가도 어른들이랑 서먹서먹해졌거든. 그래서 이 세상의 모든 걸 저주했어. 하지만 누군가가 억지로 여기저기 놀자고 데리고 다녀서 말이야, 어느샌가 웃게 되었거든."

"하루키 씨……."

그러면서 하루키도 웃었다. 자신의 가슴에 손을 대고, 그곳에 간직하고 있는 소중한 보물을 자랑하듯이. 조금 수줍게.

그리고 얼마나 그 누군가가 그녀에게 큰 존재인지가 전해져서, 사키의 마음을 꽉 조여들게 만들었다.

"저, 저도."

무심코 목소리를 높이고 만 것은 대항심 때문일까.

사키도 일찍이 자신의 세계가 변한 계기를 이야기했다.

"저도, 왜 신악무를 추는지 모르겠어서, 괴롭고, 힘들고, 어쩌지도 못하고…… 그랬지만! 그런 저한테 한마디, 『예쁘고 멋있어』라고 말해준 사람이 있어요. 그래서 어떤 식으로 마주하면 좋을지 알게 되어서, 그게……."

말하고 나서 후회했다. 말꼬리가 점점 줄어들었다.

미나모나 하루키와 비교하면 자신의 문제는 얼마나 사소한 일인가.

객관적으로 보면 그럴지도 모른다.

하지만, 그럼에도.

그 말에 사키가 구원을 받은 건 진실이었다.

그때 가슴속에 생겨난 동경, 마음, 그에게 끌린 이유.

그것이 말이 되어 입에서 튀어나왔다.

"저도 오빠처럼, 누군가에게 미소를 줄 수 있는 사람이 되고 싶어요."

가슴을 펴고 옆에 서기 위해, 라는 말은 삼키고.

하루키와 미나모는 사키의 말을 듣고 눈을 동그랗게 뜨며 가만히 바라봤다.

가당찮은 이야기였나?

수치심 때문에 뺨이 뜨거워졌다. 그러나 사키의 거짓 없는 본심이었다.

그래서 사키는 두 사람의 눈을 응시하고, 허둥지둥하면서도 가슴속에 있는 그녀들을 향한 마음을 형태로 만들었다.

"그러니까 그, 아직 역부족일지도 모르겠지만, 의지해준다면 기쁠, 거예요."

사키가 그렇게 말하자 하루키와 미나모는 얼굴을 마주 보고 쿡쿡 웃음을 흘렸다.

그리고 미나모는 사키와 하루키의 얼굴을 보고 조심스럽게, 하지만 분명하게 말했다.

"제 이야기, 들어줄래요?"

미나모의 말을 듣고 사키는 꿀꺽, 침을 삼키고 표정을 굳혔다.

스스로 말을 꺼냈으니 부정할 일은 없었다.

하지만 이야기가 이야기라서 긴장하지 말라는 것도 어려웠다.

사키가 허둥대고 있으니 하루키가 조금 주저하는 기색으로 입을 열었다.

"저기, 불 끄고 있지, 이불 속에서 이야기하지 않을래?"

"예?" "하루키 씨?"

갑작스러운 제안에 사키와 미나모도 무슨 일이냐며 얼굴을 마주 보고 고개를 갸웃거렸다.

하루키는 조금 부끄럽다는 표정으로 시선을 피하고 중얼거렸다.

"나 있지, 하야토한테 어머니에 대해서 밝혔을 때, 전화 너머였거든. 술술 말할 수 있었던 건, 아마도 자기 얼굴도 상대의 얼굴도 서로 보이지 않아서 그랬던 거라 생각해. 그러니까……."

사키는 그 말에 퍼뜩 깨달았다.

미나모의 사정은 무척 무거운 것이다. 이야기를 듣고서 표정으로 드러내지 않을 자신이 없었다.

그것을 본 그녀는 어떻게 생각할까?

결코 동정을 받고 싶어서 이야기하는 것은 아니리라.

거기까지 생각이 미치지 않았던 사키는 스스로가 부끄러운 듯 어깨를 움츠리며 불을 끄고 이불을 덮었다.

"……." "……." "……."

잠시 서로의 숨결만이 거실에 울렸다.

창문에서는 츠키노세와는 다른, 조금 희미한 달과 별빛. 그리고 이따금 지나가는 자동차 소리.

어떻게 이야기할지 말을 찾던 미나모는, 이윽고 자신의 가슴속을 정리하듯 조금씩 이야기를 시작했다.

"우리 집은 지방의 단독주택이었어요. 주말에는 자주 쇼핑을 가거나 영화를 보고, 여름방학이나 봄방학 같은 때는 동물원이나 유원지, 여행도 함께 갔어요. 저는 자주 투정을 부려서 어머니를 곤란하게 만들고, 아버지는 부드러운 말로 달래주고요. 그런 어디에나 자주 있는, 사이좋은 가족이었다고 생각해요. 그리고 이런 나날이 계속 이어질 거라 생각했어요."

그 말을 듣고 사키도 자신의 어릴 적을 떠올렸다.

뇌리에 떠오르는 것은 신악무 연습 틈틈이, 종종 산기슭에 있는 쇼핑몰이나, 연휴에는 차를 타고 여행이나 온천에 갔던 기억.

틀림없이 미나모의 가정도 그런 어디에나 있는, 흔한 가족이었을 것이다.

"그게 갑작스럽게 무너졌어요. 어느 날, 안색이 바뀌어서 귀가한 아버지가 어머니에게 마구 따지고…… 그렇게나 사이가 좋았는데 싸움만 하게 되고, 저도 진짜 딸이 아닐지도 모른다는 말을 듣고, 그게 슬프고 힘들어서, 하지만 어떻게 할 수도 없어서…… 그런데 이야기가 끝나기도 전에, 어머니는 선박 사고에 말려들어서 행방이 묘연해졌어요…….”

“……읏.” “아.”

사키는 말을 잃었다. 그 후로 미나모 아버지의 갈 곳을 잃은 감정이 그녀를 향하고 만 것은, 상상하기 어렵지 않았다.

소중한 일상이 어느 날 갑자기 무너져버리는 괴로움은 아마 자신도 안다. 그렇기에 후회는 하지 않기 위해 한 걸음 내디뎌, 지금 이곳에 있다.

하지만, 그렇지만.

손바닥을 뒤집듯이, 정말로 좋아하는 사람이 자신에게 악의를 향한 적은 없다.

그것은 얼마나 괴로울까.

만약 하야토에게 미움을 산다면── 잠깐 상상한 것만으로도 등줄기가 얼어붙는 것 같은 공포를 느꼈다.

아아.

대체, 그녀는 마음에 얼마나 큰 상처를 받았을까?

무거운 침묵이 어두운 거실을 지배했다.

말을 건네고 싶지만 나오지 않았다. 생각만이 헛돌았다.

사키에게는 아직 그런 인생의 경험치가 압도적으로 부족해서, 자신의 무력함이 싫었다.

하루키도 몇 번인가 몸을 뒤척일 뿐, 어떤 말을 던지면 좋을지 알 수가 없는 모양이었다.

아파트 옆을 지나가는 차 소리를 몇 번인가 들었을 무렵.

미나모는 툭하니 속마음을 흘렸다.

"……어째서, 이렇게 됐을까."

분명 무의식 중에 한 말이리라. 그리고, 오열이 흘러나왔다.

쌓여 있던 감정이 그만 마음의 제방에서 넘쳐버린 것이다.

그것은 미나모가 아슬아슬한 상태임을 여실히 이야기하고 있다.

그래서 사키는 그 마음을 무너뜨리지 않겠노라는 듯, 얼른 말을 꺼냈다.

"미나모 씨는 그만큼, 아버지랑 어머니를 좋아하는군요."

"…………아."

어안이 벙벙한 미나모의 목소리가 새어 나왔다.

고려 없이, 그저 생각한 것을 말했을 뿐. 스스로도 생각이 얕았다며 미간을 찌푸렸다.

무어라 말할 수 없는 분위기가 흘렀다.

하지만 미나모는 코를 훌쩍이고, 그리고 확고한 목소리로 자신의 마음속을 확인하듯 중얼거렸다.

"그러네요. 저, 그래도 역시 아버지가, 좋아요."

"……웃."

마치 노래하듯 속삭이는 목소리.

마치 선언처럼도 들리는 그것은, 가슴속 깊은 곳을 강하게 쳐서 감탄의 목소리를 흘리게 만들었다.

아직 어떻게 하면 좋을지 알 수 없지만.

사키는 그녀의 그 마음이 전해지면 좋겠다고, 강하게 바랐다.

에필로그

다음 날 아침.

침대에서 몸을 일으킨 하야토는 자명종 시계가 평소보다 다소 늦은 시간을 가리키고 있다는 사실에 얼굴을 찌푸렸다.

그 후로 사키네 집으로 간 하루키와 미나모에게서 연락은 오지 않고, 하야토는 이불 속에서 애를 태우며 어느샌가 잠들어버렸나 보다.

잠기운을 떨쳐내듯 작게 머리를 내저으며 거실로 들어서자, 눈앞에 펼쳐진 의외의 광경에 눈을 끔벅거렸다.

"안녕, 오빠."

"! 어어어, 안녕, 히메코."

하야토를 본 히메코는 한순간 그를 돌아봤지만, 금세 앞에 있는 프라이팬으로 시선을 떨어뜨리고 흠칫흠칫 볼에서 달걀물을 흘려 넣었다.

촤악 기름이 튀는 소리에 어깨를 움찔 떠는 동생.

아마 스크램블에그를 만드는 것이리라.

그건 알겠는데, 어젯밤에 이어서 익숙하지 않은 짓을 하니 당황스러웠다.

"어머. 잘 잤니, 하야토."

"어머니."

그때 세면대에서 어머니 마유미가 얼굴을 내밀었다.

어안이 벙벙한 하야토의 얼굴을 본 마유미는 쿡쿡 웃었다.

"저 애, 갑자기 아침을 만들겠다고 그래서 있지."

"히메코가? 갑자기? 어째서?"

"글쎄, 뭔가 심경의 변화가 있었던 게 아닐까? 후훗, 딸이 식사를 만들어주……"

"와, 와악―!"

"어머어머어머!"

"……"

대화 도중에 허둥대는 히메코의 목소리가 들렸다.

마유미는 곧바로 딸에게 달려가서 가스레인지 불을 줄였다. 그리고 달래듯이 히메코의 손을 잡고 나무주걱으로 함께 휘저었다.

그것은 어디에나 있을 법하지만 키리시마 가에서는 드문 광경.

최근에 동생의 변화는 어지러울 정도였다.

"……옷 갈아입을까."

하야토는 굳이 그렇게 중얼거리고 조금 석연치 않은 표정을 지으며 자기 방으로 돌아갔다.

식탁 위에는 너덜너덜해진 스크램블에그가 자리 잡고 있었다. 아마도 불 조절을 실패했을 것이다.

"잘 먹겠습니다."

하야토는 볼품없는 음식에 쓴웃음 지으며 손을 맞대고 바로 입으로 옮겼다.

과연, 겉모습도 영 그렇지만 가끔씩 후추 알갱이가 씹힌다. 굳이 따지자면 달걀 소보로 같지만, 맛은 결코 나쁘지는 않았다. 첫 시도치고는 잘 만들었다.

"음, 꽤 괜찮잖아, 히메코."

"……다음에는 실패 안 할 거니까."

하야토가 솔직한 감상을 흘렸지만 히메코는 불만인지 미간을 찌푸리고서 대답했다.

어머니는 그저 그 모습을 흐뭇하게 지켜보고 손을 움직일 뿐.

이윽고 접시는 비고, 마지막으로 먹은 토스트를 밀크커피로 흘려 넘기는데 스마트폰이 메시지 착신을 알렸다. 바로 화면을 본 히메코가 말했다.

"아, 오늘 사키 당번이니까 먼저 학교로 간대."

"그렇구나."

"그러니까 하루랑 미나모도, 사키랑 맞춰서 먼저 간다는데."

컵을 든 손이 뚝 멈추고, 무심코 미간에 주름이 생겼다.

하야토도 확인했더니 비슷한 내용의 메시지가 와 있었다.

그렇구나, 그런 사정이라면 어쩔 수 없다. 그런 날도 있을 것이다.

하지만 어제는 많은 일이 있었다.

그렇다고 해서 무언가 할 수 있는 것은 아니지만.

"…………그런가."

하야토는 살짝 짜증과 쓸쓸함을 담아서, 그저 그렇게만 중얼거렸다.

그리고 살짝 씁쓸한 커피를 단숨에 들이켰다. "잘 먹었습니다"라며 식기를 싱크대에 놓고, 방으로 돌아가서 가방을 움켜쥐고 그대로 현관으로.

신발을 신고 있는데 등 뒤에서 히메코가 말을 걸었다.

"오빠, 기다려."

"어, 미안."

"그리고 자, 이거."

낯익은 보따리. 하지만 너무 의외라 한순간 무엇인지 알 수가 없어서 물어봤다.

"……도시락? 이것도 히메코가?"

"이건 어머니가."

"그렇구나."

"뭐어."

하야토가 안도한 것 같은 목소리를 흘리자 히메코는 불만스럽게 입술을 삐죽였다.

그것을 보고 실언임을 깨달은 하야토가 "아—"라고 신음하며 기분을 풀어줄 말을 찾는 틈에, 신발을 신고 집을 나갈 준비를 마친 히메코는 탄식을 한 번.

그리고 어쩔 수 없다는 듯한 다정한 눈빛으로, 쓴웃음 지었다.

"가자."

"……응."

사전에 연락했다시피 평소의 약속 장소에는 아무도 없었다.

하야토는 쓸쓸함이 뒤섞인 한숨을 내쉬며 그 자리를 지나가고, 하늘을 올려다봤다.

하늘 낮은 곳에 가을다운 고적운이 마치 양떼처럼 스스슥 헤엄쳤다. 미나모와 만났을 때를 떠올렸다. 당시에는 팔짝팔짝 움직이는 곱슬머리가 츠키노세의 양과 겹쳐 보였다는 생각에 그리워졌다.

문득 뺨을 쓰다듬는 서늘한 공기에서 살짝 습기를 느꼈다. 어쩌면 비구름으로 바뀔지도 모르겠다.

그것이 마치 당장에라도 울음을 터뜨릴 것 같던 그녀를 떠오르게 만들어서, 자연스럽게 발걸음도 빨라졌다.

"오빠!"

그때 등 뒤에서 또다시 히메코의 날카로운 목소리가 날아들었다.

퍼뜩 정신이 들어서 돌아보니, 무척 떨어진 곳에서 어이없다며 항의하는 동생의 얼굴.

아무래도 조급한 마음 탓에 주위가 보이지 않아서 그만두고 왔나 보다.

"……미안해."

"정말이지, 이 정도야 딱히 상관은 없긴 한데 있지. 그렇게 서두르지 않아도, 다들 **도망가지 않아.**"

──아니다. 하루키나 미나모는 자신의 출생이나 과거로부터는──.

"도망칠 수 없다고."

그만 초조함과 답답함에 떠밀려, 반사적으로 그런 말을 입에 담았다. 스스로도 헉, 숨을 삼킬 만큼 큰 목소리가 나왔다.

동시에 어제 하루키의 말도 떠올랐다.

『──우리는 아직, 누군가의 도움으로 살고 있어.』

그것은 미나모를 데리고 그저 도망쳤을 뿐이라고 말하던 하루키가, 어디에도 갈 곳이 없다며 무심코 흘린 마음속의 말.

주먹을 아플 정도로 꽉 움켜쥐었다.

히메코는 험악한 표정을 짓고 있는 하야토를 나무라지 않고, 잠시 놀란 표정을 짓기는 했지만 다시 다정한 미소로 다가와서 등을 툭 두드렸다.

"그래. 그럼 오빠가 **또**, 거기서 데리고 나와줘야지."

"…………어?"

──그런 과거마저 희미해져 버릴 장소로.

히메코는 자못 당연하다는 듯, 그게 마치 원래 역할이라는 것처럼 이야기했다.

머리를 두들겨 맞은 것 같은 충격을 느낀 하야토는 크게 입을 벌렸다.

문득 처음 **하루키**와 만났을 때를 떠올렸다.

어딘가 체념한 듯 어두운 얼굴, 타인을 거절하는 흐린 눈동자, 아무것도 믿을 수 없다며 무릎을 끌어 안았지만 자신을 봐달라고 하는 듯한 모습이 마음에 들지 않았다.

그때는 하루키의 사정 따위는 몰랐고, 정말로 그냥 마음에 들지 않았을 뿐이다.

그럼에도 억지로 데리고 나온 뒤 이사로 헤어질 때까지 하루키는 계속 웃었다.

그러니까 하야토 안의 하루키는 언제나 웃고 있다.

처음에는 그런 표정을 지을 수밖에 없었을지도 모른다.

하지만 그때는 확실히 미소를 꽃피울 수 있는 장소로 데려가지 않았나.

그러니까, 틀림없이.

지금의 그녀들도.

하야토는 표정을 다잡고 주먹을 꽉 움켜쥐었다.

"그럼 난 이쪽으로 갈게. ……문화제 기대할게, 오빠."

어느샌가 갈림길에 와 있던 히메코는 한순간 돌아보고, 대답도 기다리지 않고 그렇게만 말하고는 떠났다. 그녀의 얼굴은 다정하면서도 몹시 어른스러워 보였다.

"정말이지, 가볍게 말해주시네."

분명 할 수 있느냐 없느냐가 아니다. 하느냐 마느냐의 문제인 것이다.

표정이 풀어진 하야토는 불평하듯 중얼거렸지만, 얼굴은 결의로 가득했다. 그리고 자신이 갈 곳—— 미래가 조금은 보인 것 같았다.

후기

애니메이션화 기획 진행 중입니다!

아, 히바리유입니다! 정확하게는 어딘가에 있는 마을의 목욕탕, 히바리유의 간판 고양이입니다! 냐─앙!

예, 감정이 조금 앞서 버렸습니다! 애니메이션이 되어 하야토가, 하루키가, 사키가, 히메코가, 미나모가, 카즈키가, 전학 미소녀의 모두가 움직이고 말하게 되는 모양입니다 얏호!

역시 애니메이션화라면 작가에게는 꿈의 도달점 중 하나겠죠! 처음에 그 이야기를 들었을 때, 어딘가 먼일 같아서 "흐─응. 아, 그런가─" 같이 미적지근한 반응을 한 것을 기억합니다. 하지만 시소 님에게 축하 일러스트를 받거나, 스니커 문고 35주년 방송의 코멘트를 적거나 하는 사이에 점점 기쁨이 치밀어 올라서, 현재에 이릅니다. 원작자로서, 한 사람의 시청자로서 어떻게 될 것인지 벌써부터 기대가 됩니다! 냐─앙!

뭐, 6권부터 무척 텀이 벌어져 버렸습니다만, 좋은 뉴스와 함께 전해드릴 수 있었습니다. 그렇지만 애니메이션화를 향해서는 이제 막 움직이기 시작했을 뿐, 방영은 무척 미래의 일이 될 것 같습니다만, 앞으로도 전학 미소녀를 응원해주시길 부탁드립니다! 원작도 기합을 넣어 쓸 거라고─!

그리고 7권입니다만, 문화제편 전반이라는 느낌입니다. 많은 부분의 준비에 매진했다고 할까, 소화불량이 되지는 않았을까? 어떨까? 7+8권은 커다란 하나의 이야기로 생각하고, 그리고 전학 미소녀 제2부에서 가장 보내드리고 싶었던 부분, 그야말로 전학 미소녀를 처음 쓸 때부터 그리고 싶었던 장면을 향해 나아가고 있습니다. 모쪼록 다음 편도 기대해 주시기를.

그리고 7권에서는 히메코에 대해서 많은 일을 해냈다, 그런 느낌도 있네요. 어머니가 쓰러진 탓에 생긴 이런저런 것, 다시금 4권 프롤로그도 합쳐서 읽어주신다면 좋을지도 모르겠습니다. 일단 1권 무렵부터 히메코만 어머니 병문안을 가지 않거나, 그 사실이 부자연스럽지 않도록 여러모로 신경을 쓰기도 했습니다. 앞으로 품고 있던 것을 내려놓은 히메코이기에 볼 수 있을 활약을, 작가로서도 기대하고 있습니다.

참고로 미나모의 설정 말입니다만, 1권에서 등장할 때부터 있었습니다. 조금 더 빨리 그 일을 꺼내고 싶었지만, 이런 타이밍이 되어 버렸습니다.

그러고 보니 6권 후기에서 언급한 와카야마현 아리타시의 수협 가게 말인데, 그곳의 참치 해체쇼를 보고 다녀왔습니다. 처음 봤습니다만, 순식간에 해체되었죠. 상상 이상으로 빨라서 깜짝. 각 부위의 설명도 있어서 무척 보는 맛이 있었습니다. 물론 그날 점심은 참치 모둠 덮밥입니다. 8권의 문화제에서 그런 취재의 성과를 내보내고 싶은 참. 내보낼 수 있을까? 어떻게 하지?

　헌데 다른 이야기입니다만, 다양한 작가 분의 후기를 보는 건 좋아하거든요. 그러니까 저도 지면이 허락하는 만큼 후기를, 그렇게 생각은 하지만 무엇을 적으면 좋을지 알 수가 없어서. 매번 고생하고 있습니다. 그 사실을 친구 작가에게 푸념했더니 돌아온 말이, "뇌를 텅 비우고 좋아하는 숫자에 대해서 이야기해라"라고. 무슨 소리야, 이 녀석? 이과냐? 이과니까 숫자냐? 그저 웅변을 펼치던, 24라는 숫자가 얼마나 좋은지 어찌어찌 모를 것도 아닙니다. 시간이나 달, 페트병 음료를 박스로 팔 때의 개수 등등으로 친숙하기도 하고, 쪼갤 수 있는 숫자도 많아서 나누기 쉽다. 그리고 18이라는 숫자에 두근거리는 정도입니다만, 숫자라기보다 연령 제한의 의미겠네요. 그 밖에 특별히 좋아하는 숫자, 라고 생각을 짜내어 본 것이…… 일의전심(一意轉心), 이율배반(二律背反), 삼자삼양(三者三樣), 사분오열(四分五裂), 육창십국(六菖十菊) 같은 말. 이야기가 숫자에서 조금 벗어나네요. 그러는 저는 문과입니다. 고등학교 때에 만난 물리가 너무나도 이해가 안 되어서, 조금 지나치게 슬픈 점수를 받아버려서 말이죠. 지금도 학년 말인 3월에 추가 시험을 치른 것을 강하게 기억하고 있습니다. 그것으로 이과의 길은 닫혔습니다. 그렇다고 해서 문과 과목이 특기였던 것도 아니라서, 현대 국어 등등 무척 고생했지만요. 그럼에도 이렇게 소설을 쓰고 있으니, 인생이란 알 수 없는 법입니다.

만화판 이야기를. 오야마 키나 선생님이 그리는 만화 4권도 발매 중입니다. 그쪽도 잘 부탁드릴게요. 남몰래 매번 커버 어딘가에 양이 없는지 기대하고 있습니다. 저 디자인, 귀여워서 좋아하거든요.

마지막으로 편집자 K 님, 수많은 상담이나 제안, 감사합니다. 일러스트 시소 님, 미려한 그림 감사합니다. 저를 지탱해준 모든 사람과, 여기까지 읽어주신 독자 여러분께 진심으로 감사를. 앞으로도 응원해 주신다면 행복하겠습니다.

틀림없이 보내주신 많은 팬레터가 애니메이션화의 원동력이 되었다고 생각합니다.

그러니까 앞으로도 가볍게, 아예 경솔하게, 이번에는 애니메이션화 축하의 마음을 담아서 보내주세요!

어, 뭘 적으면 될지 모르겠다?

역시 여기는 『냐―앙』이라고 한마디 적는 것만으로 괜찮아요!

냐―앙!

레이와 5년 9월 히바리유

TENKOSAKI NO SEISOKAREN NA BISHOJO GA, MUKASHI DANSHI TO
OMOTTE ISSHO NI ASONDA OSANANAJIMI DATTAKEN Vol.7
©Hibariyu, Siso 2023
First published in Japan in 2023 by KADOKAWA CORPORATION, Tokyo.
Korean translation rights arranged with KADOKAWA CORPORATION, Tokyo.

**전학 간 학교의 청순가련한 미소녀가 옛날에
남자라고 생각해서 같이 놀던 소꿉친구였던 일 7**

2024년 9월 1일 1판 1쇄 발행

저   자 히바리유
일 러 스 트 시소
옮 긴 이 손종근
발 행 인 유재옥
본 부 장 조병권
담당편집 박치우
편 집 1 팀 김준균 김혜연
편 집 2 팀 정영길 조찬희 박치우 정지원
편 집 3 팀 오준영 이해빈 이소의
편 집 4 팀 전태영 박소연
라이츠담당 김정미 맹미영 이윤서
디 지 털 박상섭 김지연 윤희진
미   술 김보라 박민솔
발 행 처 ㈜소미미디어
인쇄제작처 ㈜코리아피앤피
등   록 제2015-000008호
주   소 서울시 마포구 토정로222, 403호 (신수동, 한국출판콘텐츠센터)
판   매 ㈜소미미디어
영   업 박종욱
마 케 팅 최원석 박수진 최정연
물   류 허석용 백철기
전   화 (02)567-3388, Fax (02)322-7665

ISBN 979-11-384-8419-0
ISBN 979-11-384-3377-8 (세트)